U0112574

国家古籍整理出版专项经费资助项目

唐 宋 小 品 丛 书

欧明俊　主编

黄庭坚小品

〔宋〕黄庭坚◎著　黄宝华◎注评

中州古籍出版社

·郑州·

前　言

　　黄庭坚，字鲁直，自号山谷道人，晚号涪翁，宋洪州分宁（今江西修水）人。在中国文化史上，黄庭坚是在多方面卓有建树的文化巨匠之一。他在诗、词、文、书法等领域皆有高超的造诣。他的诗开创了宋代的"江西诗派"，书法名列"宋四家"之一，与另一位大师苏轼并称"苏黄"。虽然有此殊荣，但他的一生却是在党争和贬谪中度过的。

　　他生于仁宗庆历五年（1045），早年在家乡优游林泉，养成了清高耿介的品格，对此他终生持守不渝。治平四年（1067）登进士第，先后任汝州叶县尉、北京国子监教授。在北京大名府时与苏轼订交，从此毕生以师礼事之，成就了一段千古佳话。此后又曾知吉州太和县，监德州德平镇。

庭坚出任地方官正值王安石新法在各地推行之时，他对官府的横征暴敛持强烈批评态度，在诗歌作品中多有反映。元丰八年（1085）神宗去世，哲宗继位，太皇太后高氏听政，改号"元祐"，起用反变法人士，史称"元祐更化"。苏轼、黄庭坚等知名文人受到荐拔，入京供职。庭坚以校书郎召，入史馆参与校定《资治通鉴》，撰修《神宗实录》，与诸文士共奉苏轼为文坛宗主，交游唱和，度过了他们生平中唯一的一段黄金岁月。他与张耒、晁补之、秦观并称为"苏门四学士"，又与陈师道、李廌合称为"苏门六君子"。元祐八年（1093）高太后去世，哲宗亲政，政局丕变，庭坚因参与修史获罪，贬为涪州别驾、黔州安置。绍圣二年（1095）四月到黔州，元符元年（1098）春，为避外兄张向之嫌又移戎州，直至元符三年。此年徽宗继位，庭坚得赦，十二月离戎东归，流寓江陵。崇宁元年（1102）政局又变，元祐党人遭全面整肃，庭坚也因为撰写《承天院塔记》而被诬为"幸灾谤国"，于崇宁二年"除名编管宜州"，最终于崇宁四年卒于宜州，享年六十一岁。

　　要理解黄庭坚的文学艺术成就，必须把握其

哲学伦理思想。如果说后者是植物的根和茎，那么文学艺术就是其枝叶和花朵。在儒道佛三家思想趋于融合的时代语境下，黄庭坚以其独特的方式构建起他的人生哲学。简言之，就是以儒家的道德伦理思想为本，吸收佛道随缘任运、适性逍遥的处世态度，表现为内刚外和的人格境界。所谓内刚即是内心坚持儒家的道德节操，外和则指和光同尘、因任自然的应世方式。本来三家各自有其本体论依据，道家标举"齐物"，佛家发挥"中道"，都是通过泯灭差别而入于空无，从而达到超然于物欲的境界。而庭坚则以孟子"物不齐"的命题来取代佛道的本体论，通过克己正心求得同样的超越境界，他每以"不俗"来概括这一境界。黄庭坚的诗学观、艺术论都可以追溯到他的这一人生思想，他所标举的艺事的最高境界"韵"，其实质就是这一"不俗"的人格境界。

作为一本黄庭坚的散文选集，理应对他的散文特色与成就作一些介绍和阐述。山谷的文名为其诗名所掩，所以后来者多关注其诗歌与诗学。其实他的散文成就也是卓然可观的。近年来关于山谷散文的研究成果也呈扶摇直上之势，尤其台湾学者盖琦纾的专著《黄庭坚的散文艺术》更是一部集大成之作。

从中国古代文章发展演变的历史来考察，韩柳的古文对传统的骈文是一变，苏黄的小品对古文又是一变，在文章发展史上实具里程碑的意义。在唐代古文的写作中，主流仍是关乎国事政经的策、论、传、记之类的文章，正如叶适所言"韩愈以来，相承以碑、志、序、记为文章大典册"（《习学记言》卷四十九），而非主流的边缘化作品则被归为"杂著"。及至苏轼，在其典重宏大的文章之外，已颇着力于随笔、小品之类的写作，扩展了杂著的阵容；而山谷在乃师的基础上更有开疆拓土之功，成就了杂著的蔚然大观。据统计，山谷散文今存两千八百余篇，体裁近二十种，其中策问、论体各仅三篇，而书信多达一千二百篇，题跋六百余篇，占了总数的三分之二。概言之，小品随笔成了山谷散文的主体，或曰他将散文写作小品化了。

这种散文的小品化集中表现为对传统文体的修正与改造，即不循文体的常规来写作，宋人称之为"破体"，今人所谓"跨界"差可拟之。有论者指出晚明小品"处在一种流动的状态之中，在旧有的文类名目之下，作者可能尝试新的形式与内容相结合，而产生相互包容、重叠的现象"（曹淑娟《晚明性灵小品研究》）。其实早在宋代黄庭坚就已进行这样的尝试了。他试图打破某些文体的畛域，注入新的内涵，形成新的风格。如论说体本是散文中的重要门类，向以政论、史论等高文大典为主体。山谷散文中也有以"论"为题的作品，但鲜有策论、奏议之类的庙堂文章，转而多写日常起居、谈艺论文、治学修身、品鉴人物等主题，与题跋文几乎合流。鉴于此，其甥洪炎为他编文集时就不设"论"体，表明山谷之论与一般的论体文异趣，他自己也明言"至于议论文字，今日乃当付之少游及晁、张、无己"（《与秦少章觌书》），非其所长。至于其他文体，山谷也多有破体的尝试，于此不赘。

要之，黄庭坚散文的重心已从军国大事、治世方略等重大主题转向文人生活的私人领域，展现他们（包括创作者主体）在读书修身、作文从世、游山玩水、参禅悟道、品鉴名物、事亲交游、进退出处、聚散晤对等方面的体悟感受，随感而发，涉笔成趣，脱略格套，在讲究章法典则的古文之外别成一格。学者们固已注意到山谷散文的这一特色，但对于导致这种转型的深层次原因则语焉不详。笔者认为这与宋代文化的内倾化，尤其是儒学的心性论转向，有着内在的、深切的关联。思想文化的这种转型最终表现为理学的成型，而黄庭坚生当理学形成之初的阶段，其思想与周敦颐、二程多有契合。这种内倾化转向最明显地体现在他的诗学观中。一方面，他继承传统诗教的重道倾向，另一方面他又将道的重心从关乎国事民生转向了表现人格境界，相应地，诗歌的价值功能也从政教讽喻偏向了人格感化。山谷诗学的转型与当时的历史大背景及个人的命运遭遇皆有关联。如果说，山谷早年任地方官时所写诗歌尚有批判现实、为民请命的犀利之作，那么在他贬谪之后的流寓生涯中，这类作品几乎淡出其诗歌领域，而代之以抒写个人情怀的篇什；此外还有描写人物和器物以及绘画、音乐、书法等艺事的诗。这四大类诗归结为一个总的主题，即表现"不俗"的人格境界。山谷散文的小品文转向实与其诗学转型异曲同工。值得注意的是，山谷在贬谪之后诗作明显减少，更多地倾注精力于小品文的写作，有学者指出"山谷游记、行记、题记几乎皆作于他晚年贬谪期间"（陈善巧《黄庭坚入蜀及蜀中创作研究》）。可以说，山谷的文就是其诗的境界的延伸。

如前所述，山谷诗的主题都可归结为表现其人格境界的总的主题。在这一点上，其文与其诗实有一种对应关系。山谷文中除抒写个人怀抱的内容之外，一些关于人物、器物的文章也同样展现出他所推崇的人格境界。山谷文中每有生动的人物描写，散见于各体文中，如《小山集序》之写晏几道的天真痴绝，《跋东坡字后》之传苏轼的率性放达，《董隐子传》之述主人公的"狂而不悖"，《庞安常〈伤寒论〉后序》之叙庞氏的任侠仗义；还有其墓志碑铭中写传主的勤政爱民等高行尚义，无不服务于凸显高尚的人格境界。山谷文中还有众多题写器物的作品，尤其是关乎文人生活的笔、墨、纸、砚及酒、金、药、果等类事物的小品，都体现出文人的雅趣。山谷的游记纯以记叙手法纪行，不涉议论，也不濡染忧怀世情，但内在却充盈了丰厚的道德精神。山谷文中的这些主题类型均可与其诗境对应。要之，无论是抒怀论艺，还是写人品物，它们都指向了表现人格境界的同一个主题。这种人格境界既有仁者风范，又有超越之致，甚至有侠义之风。这种境界表现在文学风格上就是一种平淡简远的韵致，也就是山谷反复致意的艺事的最高境界"韵"。自山谷标举"韵"以来，它日益成为士人企慕的标的，其弟子范温更以一千五百余字的长文阐释之（见《潜溪诗眼》），揭示出它以简淡悠远的风格表现道德人格的含义，故他最后将审美风格意义上的韵推及人格风范，归结为"有余之韵"。范氏此论正说明了山谷之"韵"的底蕴即是其所介的"不俗"人格，是其诗和散文共同企求的境界。质言之，山谷的文就是诗化的散文，是其"诗意地栖息"的人生之真实写照。

如果说山谷的散文以破体为创辟的话，其中也不乏所谓"尊体"，即传承古法的成分。对于这两个方面，他都曾有所论说，体现了他的理论与创作中对立统一的辩证法思想。值得关注的是山谷对赋体的传承。他曾自言："心醉于诗与楚辞，似若有得。"（《与秦少章觏书》）对于辞赋的写作他不无自负，其作品的成就确也不俗。《文心雕龙·杂文》揭示出辞赋家开创了三种文体，分别为宋玉之"对问"，枚乘之"七体"及扬雄之"连珠"。此三体不仅为辞赋家所用，也影响到古文家的写作。山谷尤着意于"对问"体的运用，其各体文中多有此例，如杂著类的《解疑》《家戒》即有此特色。山谷之文浸润了浓厚的道德精神，富有道德训诫的意味，其文性情与理致兼备，而后者多表现于格言体的文章。他善于将自己的人生体悟提炼为格言，"将修身处世心得箴铭化，其文辞精练工整，具修辞美感，为诗化的语言，但又相当生活化"（《黄庭坚的散文艺术》）。这种特色在其铭文类的作品中尤为显著，与其吸收辞赋的抒写手段有直接关联。山谷在文章中每参以对偶、排比或押韵的句式，形成骈散相间的格式，如《幽芳亭记》属对成文，透出禅机佛理；《跛奚移文》以四言韵文为主，杂以散句，属赋体杂文。又，山谷文中多用且善用典故，尤其在训诫类的文字中，这也导源于辞赋的传统。山谷由于学识渊博，腹笥丰厚，故在文中驱遣典故，贴切达意，增强了言说的权威性和联想性；更有甚者，则将典故别作新解，另出新意，诚如其诗论中所云"夺胎换骨""点铁成金"。为了体现山谷文的这一写作特点，本书也适当收录了他的一些辞赋作品，其散体的序文本身就是一篇篇佳构妙文。

　　本书作为黄庭坚文章的一个选本，力求多方

面地展示其文章成就和特色，俾使读者能领略其风采神韵，获得道德的熏陶和人生的启迪。一篇小小的序文当然不能涵盖山谷文章的全部特色，还是留待读者自己徜徉其中，含英咀华吧。

目　录

卷一　序跋

卷二　尺牍

卷一 序跋

但观世间万缘，

如蚊蚋聚散，

未尝一事横于胸中。

王定国^①文集序

　　元城^②王定国，洒落有远韵，才器度越等夷^③。自其少时，所与游尽丈人行^④，或其大父^⑤时客也。生长富贵，其嗜好皆老书生事，而不寒乞^⑥，诸公多下之^⑦。其为文章，初不自贵珍，如落涕唾，时出奇壮语惊天下士。坐大臣子，不慎交游，夺官流落岭南，更折节^⑧自刻苦读诸经，颇立训传，以示得意。其作诗及它文章，不守近世师儒绳尺，规摹^⑨远大，必有为而后作，欲以长雄一世，虽未尽如意，要不随人后，至其合处，便不减古人。定国富于春秋，崎岖岭海，去国万里，脱身生还，邂逅江宾，斗酒相劳苦，但以罪大责轻、未有以报君为言，郁然发于文藻，未尝私自怜，此其志未易为俗人道之。王良秫骥子而问途，气已无万里矣^⑩。恐观者以为定国之所以垂世传后者如是而已，故为序见之。定国名巩，文正公^⑪之孙，懿敏公^⑫之子。癸亥^⑬八月壬辰序。

【注释】

①王定国：王巩字定国，号清虚居士。大名府莘县（今属山东）人。神宗时上书言事，不为王安石所用。从苏轼游，元丰元年见苏轼于徐州，二年苏轼以"乌台诗案"下狱，受株连者二十余人，王巩亦在其中，贬监宾州（治今广西宾阳）盐酒税，元丰六年（1083）北归至江西，时山谷知吉州太和县，二人相遇于江滨。序即作于此年八月。

②元城：县名，西汉置，治今河北大名县东，宋时为大名府治。此代指大名府，因王巩实莘县人，莘县在元城之东。

③等夷：同辈之人。

④丈人行：对长辈的敬称。

⑤大父：祖父。

⑥寒乞：寒酸、寒碜。

⑦下之：居其下，甘拜下风。

⑧折节：改变原有的志向、作风。

⑨规摹：犹"规模"，即格局、气派。

⑩"王良"二句：王良，春秋时善驭马者。《荀子·王霸》："王良、造父者，善服驭者也。"其名又见于《孟子》《吕氏春秋》《淮南子》等古籍。一说王良与九方皋、

九方埋为同一人，以善相马名世。有说是周灵王（前571~
前545在位）时人，封于赵；也有说是秦穆公（前659~
621在位）时赵国人。秣（mò），以饲料喂养牲口。骥子，
良马。此二句言王定国已无当年豪迈气概。

⑪文正公：王旦（957~1017），字子明。参与编修
《文苑英华》，真宗朝官至宰相，卒谥文正。

⑫懿敏公：王旦次子王素（1007~1073），字仲仪。
卒谥懿敏。

⑬癸亥：神宗元丰六年（1083）。时山谷在吉州太和
任上。

【赏读】

　　王巩出身贵胄世家，器识才具超越同侪，交游者多
为前辈耆宿，为文卓荦不凡，时出奇壮语，属典型的贵
公子做派。经历贬谪之后锋芒收敛，折节读书，沉潜经
典，并撰为训传，性格趋于淡泊平和。王巩这一气质上
的转变，在士大夫中颇获好评，如刘挚曾云："王巩坐事
窜南荒三年，安患难，一不戚于怀，归来颜色和豫，气
益刚直，此其过人远甚，不得谓无入道也。"（《续资治通
鉴长编》卷四五九元祐六年六月条引）苏轼曾为王巩诗
集作序云："今定国以余故得罪，贬海上三年，一子死贬
所，一子死于家，定国亦病几死。余意其怨我甚，不敢

以书相闻，而定国归至江西，以其岭外所作诗数百首寄余，皆清平丰融，蔼然有治世之音，其言与志得道行者无异。幽忧愤叹之作盖亦有之矣，特恐死岭外而天子之恩不及报，以忝其父祖耳。"（《王定国诗集叙》）罗大经《鹤林玉露》乙编卷一亦云："定国坐坡累，谪宾州，瘴烟窟里五年，面如红玉，尤为坡所敬服。"诸人对王巩的评论都凸现出他不怨天尤人、不忘君恩的品格。山谷此序与东坡序可谓同一旨归，突出了他感念君恩，恩有以报之的心志。东坡在序中称定国之作乃"发于情、止于忠孝者"，比发于情、止于礼义的变风变雅又高了一个层次，直可比肩"流落饥寒，终身不用，而一饭未尝忘君"的杜甫。山谷在序中的表述则较为委婉，没有像东坡这样直白、高调。遗憾的是定国未能守节如一，"其后乃阶梁师成以进……士大夫晚节持身之难如此！"（《鹤林玉露》乙编卷一）这又是后话了。

小山集^①序

　　晏叔原，临淄公之莫子也^②。磊隗权奇^③，疏于顾忌，文章翰墨，自立规摹^④，常欲轩轾^⑤人，而不受世之轻重。诸公虽爱之，而又以小谨望之^⑥，遂陆沉^⑦于下位。平生潜心六艺^⑧，玩思百家^⑨，持论甚高，未尝以沽世^⑩。余尝怪而问焉，曰："我槃跚勃窣^⑪，犹获罪于诸公，愤而吐之，是唾人面也^⑫。"乃独嬉弄于乐府之余^⑬，而寓以诗人句法，清壮顿挫，能动摇人心，士大夫传之，以为有临淄之风尔^⑭，罕能味其言也^⑮。

　　余尝论："叔原固人英也，其痴亦自绝人。"爱叔原者，皆愠而问其目。曰："仕宦连蹇^⑯，而不能一傍贵人之门，是一痴也；论文自有体^⑰，不肯一作新进士^⑱语，此又一痴也；费资千百万，家人寒饥，而面有孺子^⑲之色，此又一痴也；人百负之而不恨，己信人，终不疑其欺己，此又一痴也。"乃共以为然。虽若此，至其乐府^⑳，可谓狭邪之大雅^㉑，豪士之鼓吹^㉒，其合者^㉓，《高唐》《洛神》之流^㉔；其下者，岂减桃叶、团扇哉㉕?

余少时间㉖作乐府，以使酒㉗玩世。道人法秀独罪余以笔墨劝淫，于我法中，当下犁舌之狱㉘。特未见叔原之作耶！虽然，彼富贵得意，室有倩盼㉙慧女，而主人好文，必当市购千金，家求善本，曰"独不得与叔原同时"耶！若乃妙年美士，近知酒色之娱；苦节臞儒，晚悟裙裾之乐㉚，鼓之舞之，使宴安鸩毒而不悔，是则叔原之罪也哉㉛！

【注释】

①小山集：北宋词人晏几道词集。

②"晏叔原"二句：晏叔原，晏几道字叔原，号小山，晏殊第七子。临淄公，晏殊，爵封临淄公。莫，通"暮"。此指排行小。

③磊隗：即磊块，犹言磊落，喻人之俊伟。权奇：奇特不凡。

④规摹：即规模，此指文章的体制风格。

⑤轩轾（zhì）：轻重高低，指褒贬、批评。

⑥小谨：注意细枝末节，即谨小慎微。望之：期望他。

⑦陆沉：语出《庄子·则阳》，原义无水而沉，此指沉沦，埋没。

⑧六艺：儒家六经。

⑨百家：诸子百家。

⑩沽世：为世所用，获取功名。沽，即酤，买或卖，此用后一义。

⑪槃珊勃窣（bó sū）：脚步不稳、跛行之貌。

⑫"愤而"二句：谓如尽吐胸中积愤，势必触犯别人。

⑬乐府之余：指词。词因合乐歌唱，乃由古代乐府演变而来，故云。

⑭"以为"句：认为小山词有其父晏殊的遗风。

⑮"罕能"句：很少能体会到小山词中的深意。

⑯连蹇（jiǎn）：艰难，命运坎坷。

⑰体：规矩法度。

⑱新进士：新登科第、初入仕途者。此特指当时趋奉新法、新学的投机者、暴发户。

⑲孺子：幼儿。

⑳乐府：指词。下同。

㉑狭邪：即狭斜，小路曲进巷，后指娼妓居处。此代指风流倜傥的生活。大雅：原为《诗经》的一部分，引申为正声。此称小山词风流艳丽而能归于雅正。

㉒鼓吹：原为乐歌名，声情雄壮，由打击乐及吹奏乐组成。此犹言壮歌。

㉓合者：犹言合作，指符合法度、标准的作品。

㉔《高唐》：指宋玉《高唐赋》。《洛神》：指曹植《洛神赋》。

㉕桃叶：《桃叶歌》，晋王献之为其妾桃叶所作。团扇：指汉班婕妤所作《怨歌行》，诗中以团扇自喻身世。二诗皆为情歌。

㉖间：间或，有时。

㉗使酒：借酒任性放纵。

㉘"道人"三句：释惠洪《禅林僧宝传》卷二十六载法秀禅师告诫山谷："汝以艳语动天下人淫心，不止马腹中，正恐生泥犁耳！"我法，指佛法。犁舌，当作"泥犁"，梵语地狱之意。

㉙倩盼：美丽动人。《诗·卫风·硕人》："巧笑倩兮，美目盼兮。"

㉚"苦节"二句：谓刻苦持节之清瘦儒者，暮年时也体悟到了妇人之乐。《四部丛刊》本《豫章黄先生文集》"晚悟"作"晚恨"，与文义相悖，今据明万历本改。

㉛"鼓之"三句：谓贪图歌舞享乐，犹如饮鸩服毒而不后悔，这难道是叔原的罪过吗？宴安鸩毒，语出《左传·闵公元年》，意为安逸的生活如同饮毒酒。鸩，指用鸩鸟有毒的羽毛浸泡的酒。

【赏读】

山谷为晏几道的词集作序可能在元祐中，其时几道己五十余岁，退居京城赐第。其《小山词》自序称："七月己巳，为高平公缀辑成编。"据学者考证，范姓望出高平，宋人称范仲淹父子为"高平公"，几道所称殆范纯仁，纯仁于元祐四年知颍昌府，是年七月适有己巳日（参见夏承焘《唐宋词人年谱·二晏年谱》）。山谷序当作于此年或其后。

此序运笔夭矫奇崛，异于一般的应酬之作。作为一篇序文，它不是仅评介其作品，而是首先着墨于作者的人品，从而提示作品风格的内在底蕴，体现了"文如其人"这一传统的古训。因而此文不妨可作为人物特写来欣赏。人品与作品这两个方面交织于序文中，成为其基本架构。第一、第二两段均由人品写至其作品。几道原本出身富贵，以后却遭遇家道败落。但身为贵介公子，他仍保持了耿介独立、豪俊不羁的性格，以至于陆沉下位，潦倒以终。第一段一上来就概括了几道的为人和为文，如高屋建瓴，笼罩全篇。第二段描述几道的四"痴"，连类排比，气盛笔酣，从不同的侧面更具象化地展现了他超群拔俗、赤诚真率的性格特征，在尘世浊流中尤显其性情中人的人格魅力。基于这种人格境界，小山词虽多以艳情为主题，却寄寓了真性情、高品格，不可目为单纯的艳歌。如果说第一段中主要从风格的层面来评介其词，那么第二段则上升至境界、品位的层面。

故无论是人品还是作品，第二段对第一段皆是一种递进和深化。第三段转换笔法，乃由作品而及于人品。写作品则以自己早年的"笔墨劝淫"反衬叔原作品之格高，写人品则视角转至作品的接受者。其一是富贵好文者能受其作品的感染熏陶，其二是贪图酒色者，他们的作为不能由小山负其罪咎：从正反两个不同的方面深化了他作品的价值与品位。如此就从另外的角度总结了叔原的人品与词品。

　　这篇序文笔致腾挪，笔法多变，叙中寓议，既有精辟概括，又有生动勾勒，其中还穿插不同类型的问答。在表述上，时拗崛其意，尤其第三段，作者不从正面去表述其意，而是罗列出几种不同的情况，让人琢磨出它的言外之意，有深折的韵味。

训郭氏三子名字序

郭英发①见其三子而乞名，余名之曰：基、垕②、斐③，而英发请其说，告之曰：

《老子》曰："九层之台，起于累土④。"累土为基而功不已，增台⑤崇成。忠信者，事之基也，有忠信以为基，而济之以好问强学，何所不至哉！《书》曰："厥父基，厥子乃弗肯堂，矧肯构⑥？"故名曰基，字以堂父。梁有疑狱，国中半以为当罪，半以为不当罪，虽王亦疑，聘陶朱公而问焉。朱公对曰："臣有二璧，其径相若也，其色泽相若也，而一者千金，一者五百金。"王曰："径与色泽相若，而价倍何也？"朱公对曰："其一，侧而视之，厚兼寸，是以其价千金。"王曰："善哉！赏疑则从予，罚疑则从去也⑦。"夫物薄而可以旷日持久者，未之有也。孔子曰："躬自厚而薄责于人⑧。"孟子曰："仁，人之安宅也⑨。"故名曰垕，字以宅父。日月之行微矣，积而成万年于不可纪，惟其不已也。昔北山愚公欲平太行、王屋，操蛇之神惧其不已也，谒之于帝，帝为迁之于朔东雍南[10]。夫不已者，神所畏也。《淮南子》曰："浮空一辈，体具众微，众微从之，成一拳石。积此以往，岿然成山。"故名曰辈，字以山父。

又祝之曰：咨[11]尔堂父，忠信惟汝。既基而[12]堂，奄观百堵[13]。咨尔宅父，薄不可狙[14]。仁以为宅，安往不厘[15]？咨尔山父，一尘为初。学而不已，泰华[16]为徒。惟尔英发，务殖三德。尔子似之，不稼何穑[17]？厉夜生子，求火烛之。恐其似己，尚三复之[18]。

【注释】

①郭英发：山谷居戎州时与其交游，其常以诗文请益于山谷，并将山谷《筇竹杖赞》刻石。

②厘：古"厚"字。

③辈（fèi）：即"尘"字。

④"九层"二句：见《老子》六十四章。

⑤增（céng）台：即层台。增，通"层"。

⑥"《书》曰"等句：《尚书·周书·大诰》："若考作室，既厎法，厥子乃弗肯堂，矧肯构？"意为：譬如父亲建屋，已经确定了办法，他的儿子却不愿打地基，更何况会去构建屋子呢？山谷此处所引有出入。

⑦"梁有疑狱"数句：事见刘向《新序》卷四《杂事》。梁，即战国时魏国。梁惠王（罃）继其父魏武侯

位，从安邑（今山西夏县西北）迁都至大梁（今河南开封），从此魏亦称梁。陶朱公，一般认为即越国之范蠡。《史记·越王勾践世家》载范蠡来到齐国，居于陶（今山东定陶），经商致富，"于是自谓陶朱公"。又见《史记·货殖列传》。后人对此有质疑，以为范蠡与梁王之世相去已逾百年，此处之陶朱公不可能是范蠡。此质疑持之有理。按：《新序》原文作"陶之朱公"，可能为陶邑朱姓之人，且《货殖列传》言"故言富者皆称陶朱公"，说明此名号已成泛称。此处之陶朱公未始不是一位富贵人士。《新序》所录本为传说，并非信史，故不必泥定陶朱公为谁。

⑧"孔子曰"等句：《论语·卫灵公》："躬自厚而薄责于人，则远怨矣。""躬自厚"谓责己严。

⑨"孟子曰"等句：《孟子·公孙丑上》："夫仁，天之尊爵也，人之安宅也。"意为：仁是天最尊贵的爵位，是人最安定的住宅。即以仁为安身立命之基。

⑩"昔北山"四句：见《列子·汤问篇》。

⑪咨：嗟叹声。

⑫而：通"尔"，你。

⑬"奄观"句：一下子见到了众多的墙。奄，忽然。百，形容多。堵，土墙。《诗·小雅·鸿雁》："百堵皆作。"一般认为一堵之墙长高各一丈。

⑭薄不可狃（niǔ）：不可习于浇薄。狃，习惯于。

⑮安往不垕：何往而不厚？

⑯泰华：泰山与华山。

⑰不稼何穑：不去种植，何来收获？《诗·魏风·伐檀》："不稼不穑。"毛传："种之曰稼，敛之曰穑。"

⑱"厉夜"四句：《庄子·天地》："厉之人，夜半生其子，遽取火而视之，汲汲然唯恐其似己也。"厉，丑陋。庄子的原意是放情任物，所生之子，是妍是丑，一任其然，不必多虑。山谷此处则谓：当关心其子之成长，着力培养。此可谓反用典故之例。

【赏读】

本文是山谷应郭英发之请为其三个儿子写的字序。山谷于元符元年（1098）六月抵戎州，次年初春移居城南，亲自动手整治租赁之舍。《答郭英发书》称："发春即治僦舍，悉谢遣公家人，唯两仆夫备使令，事事躬亲。"毕工后命其舍曰"任运堂"。又《与郭英发帖》云："《笋竹赞颂》文陋笔弱，皆不足传，乃烦刊石，但增愧耳。"可见山谷与郭氏关系不同一般。由此推断，此序当作于元符二年或稍后。

字序是一种给人起字并阐释其含义的文体，山谷所写的字序不在少数，在字序中他往往引经据典，着重发挥道德训诫的意义，因而也是了解山谷道德伦理思想的一个重要方面。

山谷给郭氏长子起名曰"基"，引《老子》《尚书》以为据，指出人生在世，立身行事，首先要打好基础，有了扎实的基础方能树立起事功的高楼大厦，这个基础就是"忠、信"，它是儒家伦理的两个基本的德目。《论语·学而》引曾子曰："吾日三省吾身：为人谋而不忠乎？与朋友交而不信乎？传不习乎？"忠原是指为人谋事的尽心努力，扩而大之遂成为对国家的忠诚。山谷更多的时候将此基本德目表述为"孝友忠信"。在以血亲关系为核心的传统社会中，孝更是所有德目的基础。山谷对此曾反复申述，谆谆教人，如《与洪甥驹父》云："然孝友忠信是此物之根本，极当加意，养以敦厚醇粹，使根深蒂固，然后枝叶茂尔。"由养心治性达于孝友忠信，方有事功及文章之盛，这是山谷的一贯思想。

次子的命名，山谷以《新序》中的一则故事为例予以说明，"赏疑则从予，罚疑则从去"，在奖赏举棋不定时当给予，在责罚疑惑不决时当放弃，后者颇合近代的法制精神，遗憾的是，我们的先人并未将它上升为法的精神与制度，而仅视作一种道德选择。三子之名则着眼于持之以恒的"积"的精神，以愚公移山的事例表而出之。三个儿子的命名都体现了道德精神，这也是山谷此类文章的特色所在。

道臻师画墨竹序

墨竹出于近世，不知其所师承。初吴道子[①]作画，超其师杨惠之[②]，于山川崖谷。远近形势、虎豹蛇龙，至于虫蛾草木之四时，日月列星风雨水火雷霆之神物，军陈战斗斩馘奔北之象[③]，运笔作卷，不加丹青，已极形似。故世之精识博物之士，多藏吴生墨本，至俗子乃衒丹青耳。意墨竹之师近出于此。

往时天章阁待制燕肃始作生竹[④]，超然免于流俗。近世集贤校理文同[⑤]遂能极其变态，其笔墨之运疑鬼神[⑥]也。韩退之论张长史喜草书，不治它枝，所遇于世，存亡得丧，亡聊不平，有动于心，必发于书；所观于物，千变万化，可喜可愕，必寓于书。故张之书不可端倪，以此终其身而名后世[⑦]。与可之于竹，殆犹张之于书也。

嘉州[⑧]石洞讲师道臻，刻意尚行[⑨]，欲自振于溷浊[⑩]之波，故以墨竹自名。然臻过与可之门而不入其室，何也？夫吴生之超其师，得之于心也，故无不妙。

张长史之不治它技，用智不分也，故能入于神⑪。夫心能不牵于外物，则其天守全⑫，万物森然出于一镜⑬，岂待含墨吮笔，槃礴而后为之哉⑭！故余谓臻：欲得妙于笔，当得妙于心。臻问心之妙，而余不能言，有师范道人⑮出于成都六祖⑯，臻可持此往问之。

【注释】

①吴道子：唐代画家，阳翟（今河南禹州）人，被后世奉为"画圣"。

②杨惠之：唐代画家、雕塑家。邓椿《画继》卷九："旧说杨惠之与吴道子同师。道子学成，惠之耻与齐名，转而为塑，皆为天下第一。"山谷之说不知何据。

③"军陈"句：陈，即"阵"。斩馘（guó），割下耳朵。古代战争中以割取敌人左耳计功。北，败北。

④"往时"句：燕肃，字穆之，祖籍青州益都，后徙阳翟，卒于仁宗康定元年（1040）。善画山水寒林，师法李成，追踪王维。擢龙图阁待制，后进龙图阁直学士。此云"天章阁"，殆误记。

⑤文同：文同（1018～1079），字与可，梓州永泰（今四川盐亭东）人，善画竹，元丰初出知湖州，未到任而卒，世称"文湖州"。

⑥疑鬼神：形容运笔神妙。疑，通"拟"，类似。

《庄子·达生》："器之所以疑神者。"

⑦"韩退之"数句：语出韩愈《送高闲上人序》。山谷所引乃概括其意。张长史，张旭，唐代书法家，字伯高，吴郡人。官金吾长史，故世称张长史。擅狂草书，有"草圣"之誉。亡聊，犹言无聊。端倪，原指开头与边际，此言控其奥秘。《庄子·大宗师》："反复终始，不知端倪。"

⑧嘉州：属成都府路，治龙游（今四川乐山）。

⑨刻意尚行：砥砺其意志，高尚其行为。《庄子·刻意》："刻意尚行，离世异俗。"

⑩溷浊：混浊。

⑪"用智"二句：用《庄子·达生》所载"佝偻承蜩"事。孔子听丈人自述其技后叹曰："用心不分，乃凝于神，其痀偻丈人之谓乎！"

⑫"夫心"二句：《庄子·达生》："壹其性，养其气，合其德，以通乎物之所造。夫若是者，其天守全，其神无郤（隙），物奚自入焉！夫醉者之坠车，虽疾不死，骨节与人同而犯害与人异，其神全也。"天守全，保持其自然的天性。

⑬"万物"句：《庄子·天道》："水静犹明，而况精神！圣人之心静乎！天地之鉴也，万物之镜也。"此言虚静之心犹如一面镜子，能映照出万物各态。

⑭"岂待"二句：谓形象已成于心中，不必等到落笔画出。《庄子·田子方》：宋元君命众画师作画，画师们"舐笔和墨"，准备下笔，有一画师后至，不拘礼节，径至馆舍，"公使人视之，则解衣般礴，裸。君曰：'可矣，是真画者也。'"褩礴，即般礴，意思是盘腿而坐。

⑮师范道人：山谷道友，在黔州与山谷相从有十八个月。《与周元翁》："今所与共居师范上座，是简州人，沩山喆老门人也。"山谷对他极推重，以师友待之。

⑯成都六祖：禅院名。

【赏读】

据文意推测，本文当作于谪居戎州时。随着文人画思潮在宋代的兴起，墨竹一科在绘画领域中也蔚为大观，名家迭出。山谷在诗文中多有题咏墨竹之作，既传达了画竹的神韵意境，也表述了他的绘画美学观。本文的主旨在于说明画品本于人品，这是当时文人画思潮中的一个重要观念。

文章从追溯墨竹之源入手，推尊吴道子为水墨画之祖，循而至于标举本朝的燕肃与文同。山谷在此引韩愈之论张旭草书，以之拟议文同之画竹。张旭草书之胜在于他将生活中遭遇的种种情感体验都倾注于笔端，故韩愈将他与遗世绝俗的僧徒作了对比，后者心境淡泊，"颓堕委靡，溃败不可收拾"（《送高闲上人序》），故于书无所成就。在此基础上，山谷发挥了他的美学观。吴道子之超越其师乃在"得之于心"，张旭的成就则缘于其"用智不分"，即专心致志。然后笔锋一转，他将这种心境联系到庄子所描述的境界上去了。其实仔细分析，此与庄子所表述的境界还是有些微妙的差别的，"用智不分"只是创作者专注于艺事的一种聚精会神的状态，至于"心能不牵于外物"云云则是一种超脱荣辱得失、与天道合一的淡泊宁静的心境。二者不尽相同，但山谷却将它们混而为一，从而将艺事的成功建基于佛道式的宁静心境上了。故最后他说"欲得妙于笔，当得妙于心"，至于心之妙如何，则要去请教禅家高僧了。在此山谷是有意为之地使用了曲笔。

对照苏轼之论，就可以看出山谷的微妙用心。苏轼有《送参寥师》一诗，诗中也引述了韩愈的这一论点，但他径直否定了韩的观点："欲令诗语妙，无厌空且静，静故了群动，空故纳万境。"在东坡看来，空静是艺事成功的基础。山谷却不同于东坡，他既采纳了韩愈的观点，却又曲折地导向了韩所反对的立场，与东坡殊途而同归了。这是颇耐人寻味的。它说明山谷一方面在一定程度上认同韩愈的"不平则鸣"说，肯定现实生活激发了创作欲望和激情，但另一方面又主张以宁静的心境来统驭创作过程，使情感的宣泄不致放纵无羁，力图将现实矛盾消融于佛道的超脱虚静之中。这就是他运用曲笔的意图所在。由引述韩愈之论入手，最终却走向了韩愈所否定的人格境界，看似先后矛盾，实则体现了他儒佛道三家合一的文艺观的特色。

庞安常^①《伤寒论》 后序

庞安常自少时善医方^②，为人治病，处^③其生死多验，名倾江淮诸医。然为气任侠^④，斗鸡走狗，蹴鞠击球^⑤，少年豪纵事无所不为；博弈音技^⑥，一工所难，而兼能之^⑦。家富，多后房^⑧，不出户而所欲得。人之以医聘之也，皆多陈其所好，以顺适其意。其来也，病家如市，其疾已也，君脱然不受，谢而去之。中年乃屏绝戏弄，闭门读书，自神农、黄帝经方、扁鹊《八十一难》、《灵枢》、《甲乙》、葛洪所综缉百家之言^⑨，无不贯穿。其简策纷错，黄素^⑩朽蠹，先师或失其读^⑪；学术浅陋，私智^⑫穿凿，曲士^⑬或窜其文。安常悉能辨论发辉^⑭，每用以视病，如是而生，如是而不治，几乎十全^⑮矣。然人以病造^⑯，不择贵贱贫富，便斋曲房^⑰，调护以寒暑之宜，珍膳美馔^⑱，时节其饥饱之度，爱其老而慈其幼，如痛在已也。未尝轻用人之疾尝试其所不知之方，盖其轻财如粪土而乐义，耐事如慈母而有常，似秦汉间游侠而不害人，似战国四公子[19]而不争利，所以能动而得意，起人之疾，不可缕数，它日过之，未尝有德色[20]也。

其所论著《伤寒论》[21]，多得古人不言之意，其所师用[22]而得意于病家之阴阳虚实，今世所谓良医，十不得其五也。余始欲掇其大要，论其精微，使士大夫稍知之，适有心腹之疾，未能卒业。然未尝游其庭[23]者，虽得吾说而不解，诚加意读其书，则过半矣[24]。故特著其行事，以为后序云。其前序海上道人[25]诺为之，故虚右以待。元符三年三月豫章黄庭坚序。

【注释】

①庞安常：北宋名医。张耒《庞安常墓志》："君讳安时，字安常，蕲州蕲水（今湖北浠水）人。"据《墓志》，安常卒于哲宗元符二年（1099）二月初六，年五十八。

②少时善医方：《墓志》："君问医于父，父授以脉诀，君曰：'是不足为也。'独取黄帝、扁鹊之脉书治之，未久已能通其说，时出新意，辨诘不可屈。父大惊，君时未冠也。已而病聋，君曰：'天使我隐于医欤？'"

③处：诊断，处方。

④为气任侠：负气仗义，急难济困，侠客所为。《史记·季布栾布列传》："为气任侠，有名于楚。"

⑤"斗鸡"二句:《战国策·齐策一》:"临淄甚富而实,其民无不吹竽鼓瑟,击筑弹琴,斗鸡走犬,六博蹹踘者。"鞠与球均为皮球,中实以毛,或脚踢或杖击以为戏。

⑥博弈音技:六博,围棋,音乐,技(武)艺。六博,一种掷采(骰子)的游戏。《论语·阳货》:"不有博弈者乎?为之,犹贤乎已。"

⑦"一工"二句:一个人精于一样都难,他却能兼而通之。

⑧后房:姬妾。

⑨"自神农"句:神农,古帝神农氏尝百草为药以治病,此指《神农本草经》。黄帝经方,指《黄帝内外经》。《八十一难》,指托名扁鹊(秦越人)所撰之《难经》,发明《内经》之旨,释疑解难,故云。又,《黄帝内经》包括《素问》《灵枢》二书。《甲乙》,古医书,全称《针灸甲乙经》,晋皇甫谧撰。葛洪,晋人,号抱朴子,著有《金匮药方》《肘后备急方》等。此谓庞安常广览医书,学贯百家。

⑩黄素:黄色丝绢,用以书写。

⑪失其读(dòu):谓不明句读,读不通句子。

⑫私智:个人的小聪明。《史记·项羽本纪》:"奋其私智而不师古。"

⑬曲士：乡曲之士，常指孤陋寡闻者。《庄子·秋水》："曲士不可语于道者，束于教也。"

⑭发辉：即发挥。

⑮十全：完全。此谓诊断几乎完全应验。

⑯造：来访。

⑰便斋曲房：日常休息之所与深邃的密室。

⑱饘（zhān）：厚粥。《墓志》："有舆疾自千里踵门求治者，君为辟第舍居之，亲视饘粥药物，既愈而后遗之，如是常数十百人不绝也。"

⑲战国四公子：齐国孟尝君田文，赵国平原君赵胜，魏国信陵君无忌，楚国春申君黄歇。四人在当时皆以礼贤下士、博施重义而著名。

⑳德色：做好事而显出有恩于人的脸色。

㉑"其所"句：张耒《跋庞安常伤寒论》："惟仲景（汉张仲景）《伤寒论》论病处方纤悉必具……庞安常又窃忧其有病证而无方者，续著为论数卷。"又《墓志》："古今异宜，方术脱遗，备伤寒之变，补仲景《伤寒论》。"

㉒师用：师法前人并用之于医疗实践。

㉓游其庭：亲至其门学习。

㉔则过半矣：化用《易·系辞下》："知者观其彖辞，则思过半矣。"

㉕海上道人：指苏轼。四库本《伤寒论》将山谷此

序置于篇首，"海上道人"作"海上人"，又载东坡与庞氏帖，云："惠示《伤寒论》真得古圣贤救人之意……谨当为作题首一篇寄去，方若多事，故未能便会去人。"故《四库提要》云："时轼方谪儋州，至五月始移廉州，七月始渡海至廉。故是年三月犹称'海上人'也……前序竟不及作，考试即移后序为弁首也。"

【赏读】

庞安常是北宋名医。本文是山谷为其《伤寒论》所作的后序。古人作序往往将它置于全书的末尾，以交代作意，总结全书，如《史记·太史公自序》《汉书·叙传》之类。后来序多置于正文之前，为区别起见，则将文末之序称为后序。山谷这篇后序实为一人物特写，生动展现了庞安常亦医亦侠的人物形象，寥寥数笔，其人品个性即已跃然纸上。

自古以来我国名医辈出，颇多传奇色彩，而像庞氏这样的兼有侠气的名医倒也是卓尔不凡的。行侠仗义当然古已有之，但作为一种文化现象受到褒扬，应该说始自司马迁《史记》中的《游侠列传》。司马迁深为"自秦以前匹夫之侠湮灭不见"而感到遗憾，故特撰此传予以表彰，他点出侠的精神的核心在于"其言必信，其行必果，已诺必诚，不爱其躯，赴士之厄困"。像延陵季子及战国四公子这样的贵族，固然也有侠义之举，但他们占有权势财富，"比如顺风而呼，声非加疾，其势激也。至如闾巷之侠，修行砥名，声施于天下，莫不称贤，是为难耳"。庞安常即属后者之列。文中突显了他作为医者的仁心义举，他辞谢患者的厚赠，一视同仁地对待贫富贵贱的不同患者，悉心调理，慈老爱幼，轻财好施。更为难得的是，他不以病人为试验品，且无授恩于人的德色。山谷将他与秦汉间的游侠与战国四公子相比，以为有过之而无不及。这是对庞氏最大的褒奖。读者从中感受到这位医者的古道热肠、侠骨仁心，其道德教益的意义颇为深切著明。

此文继承了古典散文中人物传记的优良传统，写人物简笔勾勒，却栩栩如生。先秦文中已固有人物描写的章节，但还未独立成篇，迨至《史记》方始出现独立的人物传记。此后纪传体成为正史的标准范式，其影响还逸出历史的范围而及于一般的散文创作，人物传记、特写遂成为散文中的一个重要门类。除以"传"为题的篇目外，有些文章虽以碑、志、序、状的形式出现，其实也是生动的传记。唐代散文中此类文章已蔚为大观，如韩愈的《圬者王承福传》《试大理评事王君墓志铭》《张中丞传后叙》，柳宗元的《段太尉逸事状》《童区寄传》《宋清传》《种树郭橐驼传》等皆是其荦荦大者。至宋代也是佳作迭出，如王禹偁的《唐河店妪传》、苏轼的《方山子传》、苏辙的《孟德传》等即是。山谷此序置于其间当无愧色。

跋欧阳文忠公《庐山高》诗①

　　刘公中刚而外和，忍穷如铁石②，其所不顾，万夫不能回其首也③。家居四十年，不谈时事，宾客造门，必置洒终日。其言亹亹④，似教似谏，依于庄周、净名之间⑤。年八十而耳目聪明，行不扶持，盖不得于彼而得于此也。若庐山之美，既备于欧阳文忠公之诗中，朝士大夫读之，慨然欲税尘驾⑥、少揖其清旷而无由，而公独安乐四十年，起居饮食于庐山之下，没而名配此山，以不磨灭，录录⑦而得志愿者，视公何如哉？

【注释】

　　①《庐山高》诗：此诗欧阳修作于仁宗皇祐三年（1051），题曰"庐山高赠同年刘中允归南康"。刘中允（1000~1080），名涣，字凝之，筠州（治高安，今属江西）人，与欧阳修为天圣八年（1030）同年进士，因刚直不阿，不容于世，长期沉沦下僚，官终太子中允颍上令，故称刘中允。弃官时年五十，归隐南康（今属江西

省庐山市），欧阳修作诗赠行。

　　②铁石：形容意志坚定。唐皮日休《桃花赋序》：
"贞姿劲质，刚态毅状，疑其铁肠石心。"

　　③"万夫"句：杜甫《古柏行》："万牛回首丘山重。"
此用其句律。

　　④亹（wěi）亹：动听，犹言"娓娓"。

　　⑤庄周、净名之间：言论围绕于道家及佛理。净名，
清净的名号，指佛教。玄奘《大唐西域记》卷七："唐言
无垢，旧曰净名，然净则无垢，名则是称。"

　　⑥税（tuō）尘驾：卸下尘世的车马，指摆脱世俗的
羁绊。税，通"脱"，解下。

　　⑦录录：通"碌碌"，平庸，无所作为。

【赏读】

　　此文未署作年。考元丰三年山谷改官知吉州太和县，
中途于十二月到南康军，拜谒刘涣在庐山的隐居之所。
刘涣卒于此年，山谷作《祭刘凝之文》，又有《过致政屯
田刘公隐庐》诸诗及《拜刘凝之画像》等文，表达了对
刘涣的钦敬、追思之意，故可推定本文亦当作于此时。

　　刘凝之是著名史家刘恕（道原）之父，为人守正不
阿，归隐庐山后即高蹈遗世，《过致政屯田刘公隐庐》写
道："先生古人风，铁胆石肺肝。眼前不可意，壮日拴其

冠。解衣庐君峰，洗耳瀑布源。雾豹藏文章，惊世时一斑。"铁胆"云云也就是本文所称的"中刚"，除化用皮日休赋序所述宋璟事外，还兼用当朝钱顗事，苏轼曾遗以诗，有"乌府先生铁作肝"之句，世因目钱为"铁肝御史"（见《宋史》本传）。"外和"则谓其优游林泉，广结善缘，不涉时事，以道佛之理应世。

纵观山谷的诗文，可以发现，"中刚外和"是他极力标举的一种理想的人格类型，是其核心价值观。"刚"意指恪守道德规范、超越物欲利诱的刚毅坚定的心理状态。这是一种退守自保、洁身自好的处世哲学，其作风表现为韬晦守柔。山谷将它释为内心是非善恶划然分明，而外表顺应世俗，与世委蛇，其实质是内儒外佛道的结合，如："俗里光尘合，胸中泾渭分"（《次韵答王慎中》），"胸次九流清似镜，人间万事醉如泯"（《戏效禅月作远公咏》）。他每以此来赞颂其心目中的典范人物。这种观念可追溯至《周易》，如"内阳而外阴，内健而外顺，内君子而外小人"（《泰·彖》），"刚中而柔外"（《兑·彖》）等。"和"也不是道家所独有的品格。儒学原本有弘毅进取和守柔自保的两面，而后者越来越成为超越前者的主流，"狂"者的风范逐渐让位于有所不为的"狷"，它与道家的"逸"进一步融合起来，又摄入了佛家的超尘随缘，从而成为一种普遍流行的价值观。山谷的这一观念在宋代并非个案，它带有某种时代的共同倾向，如欧阳修称张子野"外虽愉怡，中自刻苦；遇人浑浑，不见圭角，而志守端直，临事敢决"（《张子野墓志铭》）。这种价值观的形成与宋代特有的历史文化背景相关，它在黄庭坚的人生哲学中获得了典型的体现。

跋与徐德修^①草书后

钱穆父^②、苏子瞻皆病予草书多俗笔，盖予少时学周膳部^③书初不自寤，以故久不作草，数年来犹觉澌被^④尘埃气未尽，故不欲为人书。德修来乞草书，至十数请而无倦色愠语，今日试为之，亦自未满意也。德修持此纸来乞书，又为予作墨汁，予以烛下眼痛，未能下笔，又送高丽墨三丸，皆六年随贡使精品也。德修耽玩笔墨甚于嗜欲，其为求予书乃能顿舍世间深重恩爱，此与楚文之昌歜^⑤、屈到之芰^⑥、点也之羊枣^⑦何异哉？德修舍所爱而逐所爱，犹是放一拈一者也。虽然，予得墨而喜，亦舍其沐猴^⑧者欤？

【注释】

①徐德修：不详。估计为徐禧（德占）兄弟行中人。徐禧妻为山谷堂妹，禧于永乐之役中战死，谥忠愍。

②钱穆父：钱勰，字穆父，神宗时历官提点京西、河北、京东刑狱，奉使高丽，归拜中书舍人，元祐初知

开封府。

　　③周膳部：北宋书法家周越，字子发，淄州邹平（今属山东）人，官至主客郎中。笔法刚劲而有法度，天圣、庆历间以书名世，山谷早年学其书。

　　④涫祓：洗涤祓除。《战国策·楚四》："沉洿鄙俗之日久矣，君独无意涫祓仆也？"

　　⑤昌歜（chù）：菖蒲菹，一种用蒲根制成的腌菜。《左传·僖公三十年》："冬，王使周公阅来聘，飨有昌歜。"传说周文王好吃菖蒲菹。此方"楚文"，不知何据。

　　⑥屈到之芰（jì）：《国语·楚语上》："屈到嗜芰。"屈到，楚卿，屈荡之子子夕。芰，菱。

　　⑦点也之羊枣：曾皙，名点；其子曾参，又称曾子。二人均为孔子弟子。羊枣，果名，乃柿之小者，非枣，初生色黄，成熟变黑，似羊屎。《孟子·尽心下》："曾皙嗜羊枣，而曾子不忍食羊枣。"

　　⑧沐猴：猕猴。

【赏读】

　　此跋作年不详，但据开头"钱穆父、苏子瞻"云云，可推定作于元祐间山谷供职京师时，只有在此时钱、苏方有机会与山谷相交，对其书法加以评论。元祐初，钱知开封府，苏为翰林学士。山谷有《和答钱穆父咏猩猩毛笔》诗，其跋云："此时二公俱直紫微阁（为中书舍人），故予作二诗。"可证。

钱、苏批评山谷草书"多俗笔"，山谷称此盖因少时学周越书所致，故"久不作草"。对此，他并不讳言，如："予学草书三十余年，初以周越为师，故二十年抖擞俗气不脱。"（《书草老杜诗后与黄斌老》）又："少时喜作草书，初不师承古人，但管中窥豹，稍稍推类为之……比来更自知所作韵俗，下笔不浏漓，如禅家粘皮带骨语，因此不复作。"（《钟离跋尾》）后一文末署"元祐三年八月甲申"，可证本文作于元祐间，"不复作"也可与本文参互为证。

"不俗"是山谷对书法风格提出的一个至高要求，它与山谷所标举的"韵"实是一体的两面。他在题跋之类的文字中曾反复论及，要求书家摆脱"俗气"，或曰"尘土气"，苏轼即是"不俗"的典范、书家的楷模。如《题东坡大字》称"虽时有遗笔不工处，要是无秋毫流俗"；《跋东坡蔡州道中和子由雪诗》方"此字和而劲，似晋宋间人书……盖都无俗气耳"。诚如清人刘熙载指出的："山谷论书最重一韵字，盖俗气未尽者皆不是足以言韵也。"（《艺概·书概》）至于达至不俗的关键乃在于提升创作主体的学养人品，人格决定书品，故他一再强调读书修养、道德践行，如此方可脱俗去鄙。此方面的论述可参见《书缯卷后》（本书已收录）等文。

跋元圣庚①《清水岩记》

彼险而我易，则傅说熙然于版筑之间②，无骜世③不顾之讥。彼易而我险，则虞、芮二子释然于岐山之下④，得迁善不争之美。由是观之，险易之实在人心，不在山川⑤。夫奇与常相倚也，险与易相乘⑥也。古之人正心诚意而游于万物之表，故六经我之陈迹也⑦，山林冠冕吾又何择焉？因圣庚论好奇履险，故发予之狂言。

【注释】

①元圣庚：元勋（不伐）之父，余不详。元勋，河南阳翟（今河南禹州）人，从山谷游几二十年，其父曾向山谷求其字，山谷为作《元勋字序》。

②"则傅说（yuè）"句：傅说，殷商时人，曾在傅岩服刑劳作，从事版筑之役。商王武丁为求贤才，托言夜梦天帝赐其辅国之臣，遂以其形貌遍访国中，得说于傅岩（在虞、虢两国交界处，今山西平陆），举以为

相，赐其姓傅，在其治下，殷商得以中兴。事见《尚书·说命》《史记·殷本纪》。傅岩，《史记》作"傅险"。熙然，高兴的样子。版筑，一种筑墙的方式，即以两板相夹，中间填以泥土，夯实成墙。

③骜世：即傲世，傲视世人。

④"则虞、芮"句：虞、芮，春秋二国。《史记·周本纪》："于是虞、芮之人，有狱不能决，乃如周。入界，耕者皆让畔（田界），民俗皆让长。虞、芮之人未见西伯，皆惭，相谓曰：'吾所争，周人所耻，何往为？只取辱耳。'遂还，俱让而去。"虞，今山西平陆。芮，今陕西大荔。

⑤"险易"二句：《庄子·列御寇》："孔子曰：'凡人心险于山川，难于知天。天犹有春秋冬夏旦暮之期，人者厚貌深情。故有貌愿而益，有长若不肖（外表忠厚而实骄傲，为人良善却其貌不扬）……'"

⑥乘：趁，因，凭借。

⑦"故六经"句：《庄子·天运》：老子曰："夫六经，先王之陈迹也，岂其所以迹哉？今子之所言，犹迹也。夫迹，履之所出，而迹岂履哉？"

【赏读】

此跋由山水而生发出一段关于人心的议论。傅说身处罪人的困境，是为"险"，但他内心不以为忤，欣然劳作，是之谓"易"。这说明，人的内心素养足以化险为夷。虞芮之人争而不决，各以对方为敌，其心之险自不待言；但入周界而见民礼让，遂生出羞愧之心，争执归于平息，其心之险化而为易。可见险和易都只在人心的一念之间。由险和易的转化又进而揭示出奇与常等对立范畴相互依存的道理。这种既对立又相倚的辩证法本是老子首发其奥的，至庄子则发展出一套心性修养论，通过它达到与道的融合，亦即超越是非、彼此等对立范畴而因任自然，一切顺应命运而无所拣择，这就是所谓的"游于万物之表"。此说实出《庄子》。"游"之一字贯串《庄子》全书，就是其开宗明义揭示的"逍遥游"。唯得道者（圣人）能"游乎尘垢之外"（《齐物论》），或曰"游心于物之初"（《田子方》）。这个"初"就是万物的源头、根据，终极的原因，再无超越它的存在，也就是"道"。达到这一境界就能一任自然，无往不可了，也就无所谓进退出处之别。从道的高度来观照"六经"，它们只是道运行的痕迹而非道本身，甚而至于只是"古人之糟魄（粕）"（《庄子·天道》），因而人不能拘泥于六经的具体教条，死守道德伦理规范，而应以得道为要务，如此则仕隐进退无所不可，一切顺其自然而已。

　　值得指出的是，山谷在此以儒家的"正心诚意"置

换了道家的超越之道，把道家的因任自然嫁接到了儒家
的道德本体上，而儒家本身也有类似的人生哲学可供摄
取，从而实现儒与道的融合。《孟子·离娄下》讲了两个
"易地则皆然"的例子。其一是禹、稷一心为民，奔波操
劳，而颜回则居于陋巷，安贫乐道，孟子称三人"易地
则皆然"。其二是，曾子居于武城，越寇来而避去；子思
居于卫，齐寇入侵而仍坚守。孟子称"曾子、子思同
道"，因为二人身份地位不同，故结论仍是"曾子、子思
易地则皆然"。在宋代，苏辙又以此观点来评苏轼。东坡
晚年遍和陶诗，子由为其和陶诗集作序说："渊明不肯为
五斗米一束带见乡里小人，而子瞻出仕三十余年，为狱
吏所折困，终不能悛，以陷于大难，乃欲以桑榆之末景
自托于渊明，其谁肯信之？"子由引孟子"曾子、子思同
道"语释之，以为东坡、渊明虽生平出处不同，本质上
是一致的。山谷也持相同看法，其《跋子瞻和陶诗》云：
"彭泽千载人，东坡百世士。出处虽不同，风味乃相似。"
明乎此，方可理解山谷此处"山林冠冕吾又何择焉"的
真义，诚如范温《诗眼》所云："盖古人无心于功名，信
道而进退，举天下万世之是非不能回夺。"（《苕溪渔隐丛
话》前集卷四引）

跋东坡《水陆赞》①

东坡此书，圆劲成就，所谓"怒猊抉石，渴骥奔泉"，恐不在会稽之笔②，而在东坡之手矣。此数十行又兼《董孝子碣》③《禹庙诗》④之妙处。

士大夫多讥东坡用笔不合古法。彼盖不知古法从何出尔！杜周云："三尺安出哉！前王所是以为律，后王所是以为令⑤。"予尝以此论书，而东坡绝倒也。往时柳子厚、刘禹锡讥评韩退之《平淮西碑》⑥，当时道听途说者亦多以为然，今日观之，果何如耶⑦？

或云，东坡作"戈"，多成病笔，又腕著而笔卧，故左秀而右枯。此又见其管中窥豹⑧，不识大体。殊不知西施捧心而矉，虽其病处，乃自成妍⑨。今人未解爱敬此书，远付百年，公论自出，但恨封德彝辈无如许寿及见之耳⑩。

余书自不工，而喜论书。虽不能如经生⑪辈左规右矩，形容王氏⑫，独得其意味，旷百世而与之友⑬，故作决定论耳。

【注释】

①东坡《水陆赞》：山谷所跋为东坡《水陆法像赞》十六首，载《东坡后集》卷十九。水陆，指水陆法会，又称水陆道场，是佛教经忏法事中最隆重的一种，由梁武帝的《六道慈忏》（又称《梁皇忏》）发展而来。元祐八年（1093）东坡为亡妻设水陆道场，作此赞。

②"所谓"二句：参见《书徐浩题经后》注①②。

③《董孝子碣》：陈思《宝刻丛编》卷十三："明州：唐《董黯孝子碣》，唐明州刺史任殷撰，前吏部侍郎、集贤院学士徐浩书。孝子后汉人，名黯，字叔达，句章人也，和帝时杀其乡人以报亲仇，召拜郎中不受。大历中，殷为刺史，葺其祠宇，以大历十二年二月立此碑。"赵明诚《金石录》卷八作"崔殷撰"。

④《禹庙诗》：徐浩撰并书，诗原题"谒禹庙"，书迹为小楷，法度谨严，结体疏朗。参见《宝刻丛编》卷一《京畿》及卷十三《越州》。

⑤"杜周"数句：语出《史记·酷吏列传》，稍有异。杜周，汉武帝时人，举为廷尉，善迎合上意，专以人主意为狱，不循律法，人有质疑者，杜周遂发此言。三尺，指法律。

⑥"往时"句：裴度讨淮西吴元济，韩愈为行军司

马，后奉诏撰《平淮西碑》。李愬妻唐安公主女，诉碑不实，贬抑愬功，帝诏段文昌重撰碑文。董逌《广川书跋》卷九《评淮西碑》："刘禹锡知名于时，尝忌愈出其右。贞元、长庆间，禹锡随后以进，故为说每务诋訾，且谓文昌此碑，自成一家，其自快私意如此。又谓柳宗元言：'愈作此碑，如时习小生，作帽子头，以纠缀其文，且不若仰父俯子，以此为上下之分。'宗元尝推愈过扬雄，不宜有此语，皆禹锡妄也。"

⑦"今日"二句：山谷、东坡皆推许韩碑。东坡曾录驿间小诗，可以见出时人之论。赵令畤《侯鲭录》卷二："绍圣中，有人过临江军驿舍，题二诗，不书姓名。"其一云："晋公功业冠皇唐，吏部文章日月光。千载断碑人脍炙，不知世有段文昌。"文末注云："乃江端友子我作，或云张文潜作。"《苕溪渔隐丛话》前集卷三十九径称东坡录此二诗，"晋公功业"作"淮西功德"。胡仔按语曰："或云，此二诗乃东坡窜海外时作，盖自况也。不知其果然否？"

⑧管中窥豹：《世说新语·方正》：人谓王子敬（献之）："此郎亦管中窥豹，时见一斑。"此喻见解片面。

⑨"殊不知"三句：《庄子·天运》："故西施病心而矉（pín，皱眉）其里，其里之丑人见而美之，归亦捧心而矉其里，里人见之皆逃走。"矉，同"颦"，皱眉。

⑩"但恨"句：封伦，字德彝，由隋入唐，累官中书令、右仆射。《资治通鉴》卷一九三：太宗谓长孙无忌曰："唯魏徵劝朕：'偃武修文，中国既安，四夷自服。'朕用其言。今颉利成擒，其酋长并带刀宿卫，部落皆袭衣冠，徵之力也。但恨不使封德彝见之耳！"此以喻讥评东坡者。

⑪经生：刻板印书盛行前，书籍多赖抄写流传。此处的"经生"指以抄写经书为业者。

⑫形容王氏：模拟王羲之。

⑬"旷百世"句：谓与古人为友。旷，间隔。

【赏读】

山谷对东坡毕生以师礼事之，对其人品节义、文学艺事评价极高，可谓终生不渝。仅就其赞东坡书法的文字而言，不仅不吝笔墨，数量众多，且探其胜处，精辟中肯，足证其执弟子之礼甚恭。本文即是其诸多论东坡书法文字中较具代表性的一篇。

首先，文章揭示出东坡之书多从徐浩书出。在书法上东坡固是转益多师者，山谷曾记"往尝于东坡见手泽二囊，中有似柳公权、褚遂良者数纸，绝胜平时所作徐浩体字。又尝为余临一卷鲁公帖，凡二十许纸，皆得六七，殆非学所能到"（《跋东坡叙英皇事帖》），可见东坡书风的多样化，但徐浩体书毕竟为东坡书之主体。不仅如此，东坡书更有青出于蓝之胜，故山谷指出人们评徐书的那些特色却在东坡书中获得了更好的体现。

东坡书法的杰出成就不仅在于其师承传统，更表现为超越传统、自我作古的创新精神。这一点也是本文所强烈突出的一个题旨，它体现了书法美学中对立统一、相反相成的辩证法，可以说此点贯串于山谷书论的各个方面。当世士大夫每每讥讽东坡书不合古法，殊不知一切的法既有对传统的继承，又有革故鼎新的创辟。山谷举出韩愈《平淮西碑》的例子来说明了这个道理。有人批评东坡书法中每有"病笔"，山谷指出，这正如西施因病心而皱眉，其病态亦自成妍。山谷在另一则题跋中也提到了这一点："子瞻作'何时及州'字，岂所谓'柳家新样元和脚'者乎？然亦是西子捧心，邻女不可学也。"（《书子瞻写诗卷后》）"柳家新样"乃出于刘禹锡诗，说的是柳宗元的新创书风。刘禹锡家子弟二人向柳求教书法，柳作诗应之，刘复诗云："日日临池弄小雏，还思写论付官奴。柳家新样元和脚，且尽姜牙敛手徒。"（《酬柳柳州家鸡之赠》）山谷在此正是用刘、柳的典故肯定了东坡书法的创辟之功。

山谷进而指出，东坡书法的这种价值虽不被某些人所认可，但在将来必能为越来越多的人所认识，其光芒必是炳耀后世，可惜的是世人无此长寿而及见了。山谷表达此意不止此一处，他如《跋东坡墨迹》："本朝善书自当推为第一，数百年后必有知余此论者。"《跋东坡书帖后》："今日市人持之以得善价，百余年后，想见其风流余韵，当万金购藏耳。"

最后山谷表达了自谦之意，这也并非他的客套虚语。他曾说："翰林苏子瞻书法娟秀，虽用墨太丰而韵有余，于今为天下第一。余书不足学，学者即笔懦无劲气，今乃舍子瞻而学余，未知为能择术也。"但自谦中也不乏自负，他自许能独得王羲之意味，旷百世而尚友之，即是其自信的体现。

跋东坡书

　　余尝论右军父子以来笔法超逸绝尘惟颜鲁公[①]、杨少师[②]二人。立论者十余年，闻者瞠若，晚识子瞻，独谓为然。士大夫乃云："苏子瞻于黄鲁直爱而不知其恶，皆此类。"岂其然乎？比来作字，时时仿佛鲁公笔势，然终不似子瞻暗合孙吴[③]耳。

　　东坡书真行相半，便觉去羊欣[④]、薄绍之[⑤]不远。予与东坡俱学颜平原，然予手拙，终不近也。自平原以来惟杨少师、苏翰林可人意尔。不无[⑥]有笔类王家父子者，然予不好也。

　　东坡书如华岳三峰[⑦]，卓立参昂[⑧]，虽造物之炉锤不自知其妙也。中年书圆劲而有韵，大似徐会稽；晚年沉著痛快，乃似李北海[⑨]。此公盖天资解书，比之诗人，是李白之流。往时许昌节度使薛能[⑩]能诗，号雄建，时得前人句法，然遂睥睨前辈，高自贤圣，乃云："我生若在开元日，争遣名为李翰林[⑪]？"此所谓"蚍蜉撼大树，可笑不自量[⑫]"者也。

【注释】

①颜鲁公：唐代书法家颜真卿（708～784），字清臣，京兆万年（今陕西西安）人，祖籍临沂。曾任平原（今属山东）太守，封鲁郡公，故称颜平原、颜鲁公。德宗时李希烈反，受命宣慰叛军，终为所害。其书参法篆体写楷书，笔力弥满，端庄雄伟，行书遒劲郁勃，阔达自在，自创一格，世称"颜体"。

②杨少师：五代书家杨凝式（873～954），字景度，号虚白，华阴（今属陕西）人，居洛阳。官至太子太保，世称杨少师。佯狂自晦，时人称为"杨风子"。其书变化欧阳询、颜真卿笔法，破方为圆，削繁为简，结字善移部位，展蹙生姿，《宣和书谱》称："尤工颠草，笔迹独为雄强，与颜真卿行书相上下，自是当时翰墨中豪杰。"

③暗合孙吴：《世说新语·识鉴》："晋武帝讲武于宣武场，帝欲偃武修文，亲自临幸，悉召群臣。山公（涛）谓不宜尔，因与诸尚书言孙、吴用兵本意，遂究论，举坐无不咨嗟。……时人以谓山涛不学孙、吴而暗与之理会。王夷甫（衍）亦叹云：'公暗与道合。'"孙，谓孙武，吴王阖闾间将；吴，指吴起，魏文侯、武侯时将。皆精兵法。山涛虽不习兵法，但所论却与孙吴之道暗合。

④羊欣（370～442）：南朝宋书法家，字敬元，泰山

南城（今山东费县西南）人。欣年十二，父为乌程令，时王献之为吴兴太守，甚知爱之，尝于其裙上书数幅而去，故得王献之真传，时人谓"买王得羊，不失所望"（张彦远《法书要录》卷八）。

⑤薄绍之：南朝宋书法家，字敬叔，丹阳人。与羊欣同学于王献之，《法书要录》谓"其行草倜傥，时越羊欣"。其书迹在唐代已稀少，宋《淳化阁帖》仅传其一帖六行。

⑥不无：犹言"有些"。

⑦华岳三峰：华山的三座主峰：朝阳峰（东），莲花峰（西），落雁峰（南）。唐冷朝阳《登灵善寺塔》诗云："华岳三峰小，黄河一带长。"（《唐诗纪事》卷三十）

⑧参昴（shēn mǎo）：恒星二十八宿中的两个星座。

⑨李北海：唐代书法家李邕（678～747），字泰和，扬州江都人，官至北海郡（治今山东青州）太守，故称李北海。擅以行楷写碑，取法二王，沉雄倜傥，自成面目。主张学书不可一味模拟，"学我者死，似我者俗"。相传能自刻碑石。

⑩薛能：晚唐诗人，字大拙，汾州（治今山西隰县）人。会昌六年（846）进士，历官刑部郎中、工部尚书，出为徐州（武宁军）节度使，后迁许州（治今河南许昌）（忠武军）节度使。许州军叛，卒遇害。

⑪ "我生"二句：见郑谷《读故许昌薛尚书诗集》"李白欺前辈"下注："公有寄符郎中诗云：'我生若在开元日，争遣名为李翰林？'"

⑫ "蚍蜉"二句：出韩愈《调张籍》诗。

【赏读】

此三则题跋专论东坡书法。山谷追溯东坡的书法渊源可谓独具慧眼，要之，东坡书远祧二王，近承颜杨，终能独标高格，成一代大家。这是山谷的一贯之论，但当时并不为多数人所认可，所以他要反复致意。如《跋颜鲁公东西二林题名》云："余尝评鲁公书独得右军父子超轶绝尘处，书家未必为然，惟翰林苏公见许。"可见此论得东坡首肯。又《跋东坡帖后》云："余尝论右军父子翰墨中逸气……惟颜鲁公、杨少师尚有仿佛，比来苏子瞻独近颜杨气骨……百余年后，此论乃行尔。"山谷于东坡，始终执弟子之礼，论书时也每自居东坡之后。本篇称自己学颜书虽仿佛其笔势，但终不如东坡之得其神髓，类似之论如《杂书》："余极喜颜鲁公书，时时意想为之，笔下似有风气，然不逮子瞻远甚。"均可见出山谷之谦恭。

文中还指出，近世笔法类王氏父子者有之，但终不能有其神韵。这涉及山谷书论的核心观念"韵"。学书不能光模其形似，而当得其精神，东坡之于二王、颜杨即得其神，这种神就是一种摆脱俗格的逸气，它是不能仅凭迎合前人法度而可获得的。山谷论东坡之学书轨迹，独得其秘，如《跋东坡墨迹》云："东坡道人少日学《兰亭》，故其书姿媚似徐季海。至酒酣放浪，意忘工拙，字特瘦劲，乃似柳诚恳。中岁喜学颜鲁公、杨风子书，其合处不减李北海。至于笔圆而韵胜，挟以文章妙天下，忠义贯日月之气，本朝善书自当推为第一。"他勾勒了东坡书法由姿媚而瘦劲，由雄浑而刚健的演化路径，而贯串其中的则是其超逸之韵。据此山谷推东坡书为当朝之冠，其评价可谓至矣！这和本文最后一则的评价是完全一致的。

跋东坡论画

　　陆平原之图形于影，未尽捧心之妍；察火于灰，不睹燎原之实，故问道存乎其人，观物必造其质[①]，此论与东坡照壁语[②]托类不同，而实契也。又曰：情见于物，虽近犹疏；神藏于形，虽远则密。是以仪天步晷，而修短可量；临渊揆水，而浅深可测[③]。此论则如语密而意疏，不如东坡得之濠上[④]也。虽然，笔墨之妙，至于心手不能相为南北，而有数存焉于其间[⑤]，则意之所在者，犹是国师天津桥南看弄胡孙，西川观竞渡处耳[⑥]。予尝见吴生[⑦]《佛入涅槃》画，波旬[⑧]皆作舞，而大波旬酝藉徐行，喜气漏于眉宇之间，此亦得之笔墨之外。或有益于程氏[⑨]，故并书之。

【注释】

　　① "陆平原"六句：晋陆机《演连珠》："臣闻图形于影，未尽纤丽之容；察火于灰，不睹洪赫之烈。是以问道存乎其人，观物必造其质。"陆机字平原。捧心，

《庄子·天运》："西施病心而矉其里，其里之丑人见而美之，归亦捧心而矉其里。"

②东坡照壁语：苏轼《传神记》："传神之难在目。顾虎头（东晋画家顾恺之）云：'传形写影，都在阿堵中。'其次在颧颊。吾尝于灯下顾自见颊影，使人就壁模之，不作眉目。见者皆失笑，知其为吾也。"又《书吴道子画后》："道子画人物，如以灯取影，逆来顺往，旁见侧出，横斜平直，各相乘除，得自然之数，不差毫末。"

③"又曰"数句：陆机《演连珠》："臣闻情见于物，虽远犹疏；神藏于形，虽近则密。是以仪天步晷，而修短可量；临渊揆水，而浅深难察。"疏，清晰。密，掩藏，看不清。仪天，以仪器测天。步晷，依日晷推算日月星辰之运行。山谷所引与陆机原文有异。陆机原意是远者清晰可见，近者反深藏难察。山谷所引谓虽近却疏远，虽远却能详察。"疏""密"二字与陆机原意正相反，但总的意思与陆机原意无异。

④得之濠上：用庄子与惠子论鱼之乐事。见《庄子·秋水》。

⑤"而有"句：《庄子·天道》记轮扁斫轮事，轮扁曰："不徐不疾，得之于手而应于心，口不能言，有数存焉于其间。"数，犹"术"，诀窍，规律。

⑥"则意"三句：《景德传灯录》卷五载唐代宗时

有西天大耳三藏到京，有"他心通"之术，帝命他与慧忠国师试验此术，国师问："汝道老僧即今在什么处？"答曰："和尚是一国之师，何得却去西川看竞渡？"国师再问，又答曰："何得却在天津桥上看弄猢狲？"胡孙，即猢狲。钱锺书《管锥编》（三）论陆机《演连珠》释此："黄若曰：得心应手，固是高境，然神妙处往往非初心所及，出意计之外，有同幸偶；'为数'即《文赋》所谓'非余力'也。"按：《文赋》："虽兹物之在我，非余力之所戮。"即创作非自己的力量所能驾驭。

⑦吴生：唐代大画家吴道子。

⑧波旬：释迦牟尼在世时之魔王名，常随逐佛及诸弟子，企图扰乱之。

⑨程氏：苏轼《传神记》："南都程怀立，众称其能，于传吾神，大得其全。怀立举止如诸生，萧然有意于笔墨之外者也，故以吾所闻助发云。"据此，则山谷所跋即东坡此文。

【赏读】

山谷关于诗文书画等艺事的题跋甚多，每出语精警，能得个中三昧。此文是其论画的一篇题跋，所跋为东坡写给程怀立的《传神记》一文。揆之情理，跋文当作于同时或稍后，故很可能在元祐元年至四年四月苏黄同在京师时。

苏文及黄跋所论都是当时画论中的一个核心问题，即传神。形神问题在中国画论中可谓所从来远矣，而其受到特别的关注则在宋代，它是伴随着文人画思潮的兴起而成为瞩目的焦点的。传神论在人物画领域中显得尤为突出。它强调绘画要传达出对象的神韵风采、性情特征，说到底，它又是与宋人重人格修养的时代思潮密切相关的。至于如何传神，宋人也表现出与前人不同的理论倾向，这就是苏黄在记与跋中所表达的主旨所在。

山谷先引陆机《演连珠》中的一段论述，然后对照苏轼所论，得出了"托类不同而实契"的结论。其"契"在于都要把握对象的本质，但陆机重在对事物本身的观察与表现，否则就不能尽态极妍，获取全貌。而苏黄更关注"神"的传达，强调凸现最能传神的部位特征，甚至可以脱略形似以求突显神韵。山谷进而通过曲笔再引陆机之论，在远近关系中更重远，从而强化了这一观点。这种异同反映了中国绘画美学由早期的以形求神、神从形出到后来的突破形似而求神韵意趣的发展趋向，它标志了文人画观念的确立。在此基础上，山谷进一步揭示了艺术创作活动的神妙莫测，它不是简单地用"得心应手"所能概括的。艺术家在创作中的神游天地，犹如国师之想落天外，思无定所，诚所谓"精骛八极，心游万仞"(《文赋》),其中的"数"非人力所能完全驾驭。对此钱锺书先生所论极是。文章最后转而以吴道子的画说明了传神所达到的具体效果,它是超越于画面形象而予人以丰富的遐想的,即"得之笔墨之外",如同司空图论诗所云"象外之象""味外之旨"。这就是文人画的笔墨意趣。

山谷此跋笔简意赅,小小一篇跋文将绘画创作的前后过程,从观察、构思到运笔、表现,乃至笔墨效果都做了精辟表述。但其笔法却腾挪闪跌,别有韵致。他避开一般文章的正面论述,全文从头至尾都是引述、举例,作者只是在中间稍加点拨,其真意需读者自己去体味、领悟,自可见仁见智。其妙处正如他论画所云:"此亦得之笔墨之外。"

题李汉举①墨竹

　　如虫蚀木，偶尔成文②，吾观古人绘事，妙处类多如此，所以轮扁斫车，不能以教其子③，近世崔白④笔墨几到古人不用心处，世人雷同赏之，但恐白未肯耳。比来作文章无出无咎⑤之右者，便是窥见古人妙斫。试以此示无咎。

【注释】

　　①李汉举：画家，善画墨竹，生平不详。元夏文彦《图绘宝鉴》及明朱谋垔《画史会要》均仅载其名。

　　②"如虫"二句：此喻最早出自佛典《大智度论·如是我闻总释论第三》："诸外道中，设有好语，如虫食木，偶得成字。"此后在佛教经论中广为流行，又为诗论家所沿用。

　　③"所以"二句：轮扁，齐国制作轮子的工匠。《庄子·天道》："（齐）桓公读书于堂上，轮扁斫轮于堂下。"轮扁向桓公谈到他斫轮的经验时说："得之于手而

应于心，口不能言，有数存乎其间。臣不能以喻臣之子，臣之子亦不能受之于臣，是以得年七十而老斫轮。"这种"数"就是不可言传的那种规律、技巧，即使父子之间也无法授受。

④崔白：字子西，濠梁（今安徽凤阳东）人。擅画花鸟，注重写生，勾勒填彩，笔迹劲利，设色淡雅，一变徐熙、黄筌的秾密画风。

⑤无咎：晁补之（1053～1110），字无咎，济州巨野（今属山东）人。与山谷同修《神宗实录》，亦因此而遭贬。与山谷同列名"苏门四学士"。著有《鸡肋集》。

【赏读】

宋代文人画兴起，墨竹是其中一个重要主题，山谷为此写过诗、赋，题跋中也多有涉及。本文主要标举绘画，乃至一切艺事中一种不假思虑、不待雕琢的自由挥洒的创作状态。

"如虫蚀木"的比喻原出自鸠摩罗什所译的《大智度论》，但在此后的佛教经论中它却多用于贬义，所喻皆是"外道""凡夫"之类有违佛法的言行，它们都出于无明无知。钱锺书先生在《谈艺录补订》中称此喻既可用于褒义，又可用作贬词，是为"一喻之两柄"（中华书局1979年版《谈艺录》582页），他在《管锥编》中又重述

"比喻有两柄而复具多边"之义。周裕锴先生更进一解，称此种情况"不仅是共时性的平行状态"，"更是一种历时性演进状态"（《如虫蚀木，偶尔成文——兼谈"一喻之两柄"的历时性演变》，载《古典文学知识》2010年第五期），他指出："这个比喻的贬义在佛典中一直延续到北宋"，但五代禅僧在诗歌领域中运用此喻已发生微妙的变化，经过禅宗的改造，这个比喻的褒义渐渐地盖过了贬义，还渗透到文学艺术创作的领域中。周氏此文见解精辟，引证周详，故特表而出之。

在宋代的语境下，这一比喻成为表达创作的自然境界的一个重要话头，而黄庭坚对这一比喻的运用影响尤大。他在书法领域里也标举这一创作境界，称之为"心不知手，手不知心法"（《论黔州时字》）又《书十棕心扇因自评书》："书老杜巴中十诗，颇觉驰笔成字，都不为笔所使，亦是心不知手，手不知笔。"《书家弟幼安作草书》一文描写的也是这种境界。有时他又称此境为"得于手而应于心，乃轮扁不传之妙赏会于此"（《跋李康年篆》）。早在唐代孙过庭的《书谱》中就有对这一境界的描述："同自然之妙有，非力运之能成。信可谓智巧兼优，民手双畅；翰不虚动，下必有由。"

对这种境界的追求并不限于书画领域，还扩展至诗文创作，自然高妙成为普遍祈向的艺术创作的至高境。

这种美学追求主要来自道家哲学，也与禅悟之境相通。在这一点上东坡与山谷深相契合。苏洵在《仲兄字文甫说》中阐释了"自然成文"之理，他引风水相遇而形成水的各种形态的例子来说明为文之理，称此为"天下之至文"，风与水"无意乎相求，不期而相遭，而文生焉"。东坡在《南行集叙》中继承乃父之意，进而演绎为："夫昔之为文者，非能为之为工，乃不能不为之为工也……自闻家君之论文，以为古之圣人有所不能自己而作者。"苏、黄都推崇陶诗，山谷每以"不烦绳削而自合"来概括，甚至认为杜甫的诗也达到了这种无意为文之境，故朱弁《风月堂诗话》论杜甫云："此老句法妙处，浑然天成，如虫蚀木，不待刻雕，自成文理……近古以来，无出其右，真诗人之冠冕也。"由此可以看出这一比喻在宋代艺术哲学中的主要指向。

题摹《燕郭尚父图》

凡书画当观韵。往时李伯时为余作李广夺胡儿马，挟儿南驰，取胡儿弓引满以拟追骑，观箭锋所直，发之，人马皆应弦也①。伯时笑曰："使俗子为之，当作中箭追骑矣。"余因此深悟画格。此与文章同一关纽，但难得人入神会耳。

【注释】

①"往时"六句：李伯时，北宋画家李公麟（1049~1106），字伯时，号龙眠居士，舒城（今属安徽）人。熙宁进士，居京师十年，沉潜画艺，尤擅人物、佛道之像，以白描见长。与苏轼、黄庭坚、米芾等交往，作品流传甚广。李广，西汉名将，文帝至武帝时抗击匈奴有功，号"飞将军"。《史记·李将军列传》载匈奴骑兵尝生获李广，"广时伤病，置广两马间，络而盛卧广。行十余里，广详（佯）死，睨其旁有一胡儿骑善马，广暂腾而上胡儿马，因推堕儿，取其弓，鞭马南驰数十里，复得

其余军，因引而入塞。匈奴捕者骑数百追之，广行取胡儿弓，射杀追骑，以故得脱"。李伯时所绘即此情景。

【赏读】

本文并非对所题图画的品鉴，而是借李公麟所绘一幅图的画面来说明"凡书画当观韵"的道理。"韵"是山谷对书画艺术的最高要求。他在《题北齐校书图后》中写道："驸马都尉王晋卿时时送书画来作题品，辄贬剥令一钱不直，晋卿以为过。某曰：'书画以韵为主，足下囊中物无不以千金购取，所病者韵耳。'"韵可说是统摄其书画论的一个总纲。

山谷在此所展现的一幅画面是李广张弓欲射，而追骑即将被射中的那个瞬间的情景，这是一个充满戏剧张力的场面，不同人物的情态、心理在这一刻集中地得以展示，射者"引而不发，跃如也"，骑者则惊恐不定、张皇失措。山谷虽未点明，读者却可想见这惊悚一刻的画面。选择这一刹那加以构图是最能传其神韵的。《题明皇真妃图》云："人物虽有佳处，而行布无韵，此画之沉疴也。""行布"即画面的构思布局。为此，李伯时以"俗子"之构思来做对比，凡庸的画师在处理这一题材时往往会画追骑中箭之状，它所表现的是射箭的结果，而非跃跃欲试时的紧张情状，画面就失去了弥满的张力，也就是"六法"中所说的"气韵生动"。

跋秦氏所置法帖

　　巴蜀①自古多奇士，学问文章、德慧权略落落②可称道者，两汉以来盖多，而独不闻解书。至于诸葛孔明拔用全蜀之士略无遗材，亦不闻以善书名世者，此时方右③武人，不得雍容笔研，亦无足怪。唐承晋宋之俗，君臣相与论书以为能事，比前世为甚盛，亦不闻蜀人有善书者，何哉？东坡居真士出于眉山④，震辉中州⑤，蔚为翰墨之冠，于是两川稍稍能书，然其风流不被于巴东，黔安⑥又斗绝⑦入蛮夷中，颇有以武功显者，天下一统盖百余年，而文士终不竞。

　　黔人秦子明，魁梧喜攻伐，其自许不肯出赵国珍⑧下，不可谓黔中无奇士也，子明常以里中儿不能书为病，其将兵于长沙也，买石摹刻长沙僧宝月古法帖十卷，谋舟载入黔中，壁之黔江⑨之绍圣院，将以惊动里中子弟耳目，它日有以书显者，盖自我发之。予观子明欲变里中之俗，其意甚美，书字盖其小小者耳。它日当买国子监书⑩，使子弟之学务实求是；置大经论，使桑门⑪道人皆知经禅，则风俗以道术为根源，其波澜枝叶乃有所依而建立。古之能书者多矣，磨灭不可胜纪，其传者必有大过于人者耳。

子明名世章，今为左藏库副使⑫，东南第八将。绍圣院者，子明以军功得请于朝、为阵亡战士追福所作佛祠也。刻石者，潭人汤正臣父子，皆善摹刻，得于手而应于心，近古人用笔意云。

【注释】

①巴蜀：巴，原为商周时国名，周武王封为子国，称巴子国，据有今川东地区。蜀，亦为商周时国名。《华阳国志·蜀志》称："其地东接于巴，南接于越，北与秦分。"盖今川西及陕西西南部地区。战国时杜宇称帝，徙治成都。后多以巴蜀连称。

②落落：高超不凡貌。

③右：崇尚，重用。

④眉山：宋时成都府路眉州治所。

⑤中州：中原之地，泛指黄河中下游地区。

⑥黔安：即黔州，隋大业三年（607）改为黔安郡，故称。

⑦斗绝：即陡绝，原指陡峭险峻，引申为孤悬之意。

⑧赵国珍：唐代牂牁（zāng kē）苗裔，天宝中以军

功累迁黔府都督，时南蛮叛，杨国忠遂奏请用之，在五溪凡十余年，维持黔中平安无虞，代宗时拜工部尚书。

⑨黔江：黔州属县，在彭水东北。

⑩国子监书：国子监为唐宋最高学府与教育管理机构。宋庆历四年设太学，国子监遂成掌管教育的总机构，并刻印书籍发行，称"监本"，版本精美。

⑪桑门：即沙门，梵语，意为僧人。

⑫左藏库副使：掌管国库的副长官，但此处仅为寄禄官，即表示级别俸禄的职官。左藏库为国库之一，中唐以后设左藏使，掌出纳。

【赏读】

据文中所述，此跋当作于谪居黔州时，具体年月已不可考。山谷本人是名满天下的书家，对书法美学也多有发明，其对书法事业的薪火传承抱有一份特殊的关切，自是题中应有之义。本文即是他对黔中一项书法事业的盛举所做的表彰。

为了突出秦子明为推进黔中书法所作努力的杰出意义，文章开头用了一大段文字作层层铺垫，如波澜叠进，最后推出秦氏的壮举。先述巴蜀自古以来奇士辈出，但书家独付阙如。其后蜀汉右武，文事自然无暇顾及，即使书艺兴盛的唐代也独缺巴蜀喜书之士。迫至东坡出而炳耀天下，巴东黔安之地仍是书艺的空白。如此层层叠加的遗憾方能衬托出秦氏举措的不同凡响。

　　第二段转入对秦氏义举的正面记述。秦氏身为武将，自许不在唐代名将赵国珍之下，但他并不以精于武事为满足，而是关心桑梓的文化事业，尤其是书法的传承与弘扬，故而买石摹刻法帖，从遥远的长沙舟载运入黔中，置于绍圣院中供人观摩学习。在古代的物质和运输条件下，秦氏能完成如此一件壮举，确实是难能可贵的。山谷的表彰还不止于此。他寄希望于秦氏的是，以推广书法为契机，推及更广泛的文化事业，由读经求学而至于移风易俗。山谷一贯强调治心养性为事业之根本，文章功业是其波澜枝叶，所谓"大过于人者"即指此，而仅以书法是不能垂之不朽的。

书郭伋[①]杜诗[②]传后

　　彭水令田师敏下车[③]未能一月，余观其规摹必将惠及鳏寡，因其乞书，书此二良吏传赠之。今人常恨古人不可见[④]，古人所行皆不远于人情，今人可及也，顾当少加意耳。苟能师用贤智，为民兴利除害，恭俭艳忠信，则细侯、君公在吾眼中矣。此书不数年已传三主，而为杨君照所有。杨君云其伯氏欲取入石。恨此书未工耳。某题。

【注释】

　　①郭伋：《后汉书》卷三十一《郭伋传》：郭伋字细侯，扶风茂陵人。汉光武帝刘秀即位后，拜雍州牧，后出为中山太守，又转为渔阳太守，平盗贼，御匈奴，民得以安居乐业。征拜颍川太守，调并州牧，所至多有政绩，"所到县邑，老幼相携，逢迎道路，所过问民疾苦，聘求耆德雄俊，设几杖之礼，朝夕与参政事"。

　　②杜诗：《后汉书》卷三十一《杜诗传》：杜诗字君

公，河内汲人。建武元年为侍御史，时将军萧广纵士兵暴虐，诗杀广以闻，又于河东诛降逆贼杨异等。"迁南阳太守，性节俭而政治清平，以诛暴立威。善于计略，省爱民役……又修治陂池，广拓土田，郡内比室殷足"；"诗身虽在外，尽心朝廷，谠言善策，随事献纳，视事七年，政化大行"。

③下车：《礼记·乐记》："武王克殷反商，未及下车而封黄帝之后于蓟。"后称初即位或刚到任。《后汉书·儒林列传序》："及光武中兴，爱好经'术'，未及下车而先访儒雅。"

④"今人"句：《南史·张融传》：融常叹云："不恨我不见古人，所恨古人不见我。"

【赏读】

据首句"彭水令"云云，本文当作于居黔州时，彭水为黔州州治，具体作年则不详。山谷挥毫作书，时写古人作品，包括史书中的人物传记，以寄托其怀抱，表达其情志。本文是其书《后汉书》中郭伋、杜诗二传后所作的题记。这两个人物都是东汉开国之初的杰出人士，为光武帝刘秀定天下做出了重大贡献。郭伋历任地方官，守土御侮，抚循百姓，政绩甚著。杜诗行御史之职，能摘奸除暴，为任地方时，善谋略以省民役，修水利，拓田土，民得富足。山谷书此二传，实寄望于彭水令，以先贤为榜样，师其贤智，为民兴利除害，造福乡邦，用意可谓深矣。

在此不由让人联想到山谷在宜州时书写的另一篇传记：《后汉书》中的《范滂传》。据岳珂《桯史》卷十三《范碑诗跋》条载，宜州官吏中有一人名余若著，对山谷敬重有加，亲自料理其住宿，并遣二子侍奉从学。一日他向山谷求字，山谷问欲书何字，余答曰："先生今日举动，无愧东都党锢诸贤，愿写范孟博一传。"山谷遂"默诵大书，尽卷仅有二三字疑误。二子相顾愕服，山谷顾曰：'《汉书》固非能尽记也，如此等传，岂可不熟？'闻者敬叹"。此事不仅反映出他的记诵渊博，更是他崇高人格的写照。范滂是东汉名士，在党锢之祸中遭受迫害。无独有偶，东坡也是范滂的崇仰者。东坡儿时，其母即授以《后汉书》中的《范滂传》，东坡问："轼若为滂，夫人亦许之否乎？"其母曰："汝能为滂，吾顾不能为滂母耶！"东坡于是"奋厉有当世志"（苏辙《亡兄子瞻端明墓志铭》）。山谷可谓无愧于乃师东坡。他身处逆境而奋笔书此传，是自励，也是明志，是其步武先贤、重范后世的铮铮风骨的生动展现。山谷书《范滂传》成就了书法史上的一段佳话，《桯史》卷十称其书"字径数寸，笔势飘动，超出翰墨迳庭，意盖以悼党锢之为汉祸也"。

岳珂还记载了此书的流传及后人对它的宝爱、称颂，如楼钥为之赋诗云："岩岩汝南范孟博，清裁千载无比伦。坡翁侍母曾启问，百谪九死气自神。别驾去官公亦已，身虽既衰笔有神。"所幸此书今尚有拓本存世，我们从其雄放飘逸、大气磅礴的笔势中仍能感受到山谷老人的人格风范。

书韩愈送孟郊序^①赠张大同^②

　　元符三年正月丁酉晦，甥雅州^③张大同治任将归，来乞书，适余有心腹之疾，是日小困，试笔书此文。大同有意于古文，故以此遗之。时涪翁^④自黔南迁于僰道三年矣，寓舍在城南屠儿村侧，蓬藋柱宇，鼪鼯同径^⑤，然颇为诸少年以文章翰墨见强，尚有中州时举子习气未除耳。至于风日晴暖，策杖扶蹇蹶^⑥，雍容林丘之下，清江白石之间，老子于诸公亦有一日之长^⑦。时涪翁之年五十六，病足不能拜，心腹中芥蒂如怀瓦石，未知后日复能作如此字否？

【注释】

　　①韩愈送孟郊序：韩愈所作《送孟东野序》，据考作于贞元十九年（803）。孟郊（751～814），字东野，唐代诗人，湖州武康（今浙江德清）人。

　　②张大同：名协，山谷外甥。元符三年七月，山谷自戎州赴青神县探望姑母张氏，其二子皆为官于青神，

次子祉（介卿）为青神尉。山谷《游中岩行记》："元符庚辰季秋之丁丑，尉张祉介卿及其兄禵、子谦、侄协大同……携茗来煮玉泉。"

③雅州：属成都府路，治雅安（今属四川）。

④涪翁：山谷谪涪州别驾、黔州安置，遂自号涪翁。《苕溪渔隐丛话》后集卷三十一引《复斋漫录》："山谷谪涪州别驾，因自号涪翁。按《益部耆归传》：'广陵有老翁，钓于涪水，自号注翁。'然则涪翁之称，古有之矣。"

⑤"蓬藋"二句：《庄子·徐无鬼》："夫逃虚空者，藜藋柱乎鼪鼬之径，踉位其空，闻人足音，跫然而喜矣。"藜藋（lí diào），皆为野草，"蓬藋"意同。柱，充塞。鼪鼬（shēng yòu），皆为鼠类。鼯（wú），飞鼠，形似蝙蝠，能滑翔。这两句形容杂草丛生、野兽出没的景象。

⑥蹇（jiǎn）踬：蹇，跛足而行动迟缓。踬，颠仆。二字连用，指衰惫之体，乃山谷自谓。

⑦"老子"句：《世说新语·品藻》："顾劭尝与庞士元宿语，问曰：'闻子名知人，吾与足下孰愈?'曰：'陶冶世俗，与时浮沉，吾不如子；论王霸之余策，览倚仗（"仗"当作"伏"）之要害，吾似有一日之长。'"此言稍强于他人。

【赏读】

此文乃山谷应外甥张大同请求所书，时在元符三年正月三十日。这一年是山谷自黔迁戎的第三个年头，岁末就将离戎出川，进入其生命的最后一段行程。

为张大同书韩愈此文，盖因"大同有意于古文，故以此遗之"。韩愈此文的主题是"不平则鸣"，"大凡物不得其平则鸣"，"其于人也亦然……尤择其善鸣者而假之鸣"，山谷书此文，实为勉励其甥成为善鸣者。接着山谷自述其处境心情，他那达观的胸怀仍能使千载之下的读者为之动容。他初到戎州时寓居南寺，后又迁居城南僦舍，名其居曰"任运堂"，自言"身如槁木，心如死灰"，不敢多与社会有所交往。但地方官对他仍相当礼遇，多有照拂，文人学士，特别是一些青年学子仰慕其才学，纷纷前来请教；他也乐于施教，而且还关心当地人才的发掘培养，积极举荐，诚如其《答王周彦书》所云："凡儒衣冠，怀刺袖文，济济而及吾门者，无不接。"这与本文所云"中州时举子习气未除"正可互相印证。他在文中还写到自己出游兴致之高，"于诸公亦有一日之长"，令人想见其开怀自得之状。这种情境在其他的诗文中更有生动的描述，如《张仲吉绿阴堂记》写张仲吉虽以卖酒为生，但家有园林之胜，"其子张宽夫又从予学，故予数将诸生过其家……或时把酒至夜漏下二十刻，云阴雷风，与诸生冲雨踏泥而归，诸生从予未尝有厌倦焉"。其《念奴娇》词序云："八月十八日同诸生步自永安城楼，过张宽夫园待月。偶有名酒，因以金荷酌众客。客有孙彦立善吹笛。援笔作乐府长短句，文不加点。此词豪气干云，或以为可继东坡赤壁词。"山谷虽身处逆境却仍豁达开朗的人格境界受到了后人的高度评价，如南宋魏了翁即谓："然自今诵其遗文，则虑淡气夷，无一毫憔悴陨获之态，以草木文章发帝杼机，以花竹和气验人安乐，虽百岁之相后，犹使人跃跃兴起也。"（《黄太史文集序》）

　　此件书法作品又称《张大同乞书帖》，凡45行，172字，今藏普林斯顿大学艺术博物馆。元王恽评"其笔势纵横，意韵潇散，绝类《瘞鹤铭》书"（《跋山谷为甥张大同书卷》），为山谷书法的传世佳作之一。

书王周彦①东坡帖

东坡云："大字难于结密而无间，小字难于宽绰而有余。"此确论也。余尝申之曰：结密而无间，《瘗鹤铭》近之；宽绰而有余，《兰亭》近之。若以篆文说之，大字如李斯《绎山碑》②，小字如先秦古器科斗文字③。东坡先生道义文章，名满天下，所谓"青天白日，奴隶亦知其清明④"者也。心悦而诚服者，岂但中分鲁国⑤哉！士之不游苏氏之门与尝升其堂而畔⑥之者，非愚则傲也。当先生之弃海濒⑦，其平生交游多讳之矣，而周彦万里致医药，以文字乞品目，此岂流俗人炙手求热、救溺取名者耶？盖见其内而忘其外、得其精而忘其粗者也。周彦敦厚好学，行其所闻，求其所愿，得意于寂寞之乡⑧，邀乐于无臭味之处，他日吾将友之而不可得者。建中靖国元年正月乙酉书。

【注释】

①王周彦：王庠，字周彦，荣州人，苏轼侄婿，文

行卓然，东坡与山谷均推重之。

②李斯《绎山碑》：李斯（前284～前208），字通古，上蔡（今属河南）人。从荀卿学，西入秦，官至丞相，参与统一文字，作《仓颉篇》七章，删繁大篆，创为小篆。秦始皇登临诸山刻石，相传皆为斯所书。绎山，通行作"峄山"，在山东邹县（今山东邹城市）东南，秦始皇二十八年（前219），巡行此山，立石纪功，是为《峄山碑》，传为李斯篆书。原石亡毁，今所传为北宋郑文宝石刻本，淳化四年（993）郑以其师徐铉的摹本重刻于长安，文共十一行，行二十一字。原石今藏西安碑林。

③科斗文字：科斗，即"蝌蚪"。科斗文，或称科斗书，一种古代书体，以头粗尾细、形如蝌蚪而得名，其名起于汉郑玄，以刀刻或漆书于竹木简牍上，下笔时漆多，收笔则少，形成头大尾小。

④"青天白日"二句：韩愈《与崔群书》："凤凰芝草，贤愚皆以为美瑞；青天白日，奴隶亦知其清明。"

⑤中分鲁国：《庄子·德充符》："鲁有兀者（被处以断足之刑者）王骀，从之游者与仲尼相若。常季问于仲尼曰：'王骀兀者也，从之游者与夫子中分鲁……'"中分，对半分，意谓鲁国人中一半追随孔子，一半师从王骀。

⑥畔：通"叛"。

⑦"当先生"句：苏轼于绍圣元年（1094）贬惠州，

四年安置昌化军（儋州），直至元符三年（1100）北归，
六年间逗留于南疆濒海之地，故云。

　　⑧"得意"句：《庄子·逍遥游》："今子有大树，
患其无用，何不树之于无何有之乡，广莫（漠）之野，
彷徨乎无为其侧，逍遥乎寝卧其下？"

【赏读】

　　建中靖国元年正月，山谷在出川东归途中，泊舟江
安，王周彦从兄祖元大师来江安送别。此文末署"正月
乙酉"，盖二十四日，至于山谷在何地、何种情况下为周
彦书此，已不得其详。

　　此文有两层内容。先述东坡的一个书法美学观点，
即大字的难处在于"结密而无间"，小字之难在于"宽绰
而有余"，其意谓大字因为间架开阔，就需在疏阔中见出
结构的紧密；小字虽空间窄小，但却要给人以宽绰有余
之感。这种见解适与常识歧异，体现了一种对立统一的
艺术辩证法。山谷亦持同样的观点，在其书论中多有发
挥。一般人总以为楷书当循规蹈矩，草书则可放笔挥洒，
但山谷却认为："大概书字，楷法欲如快写斫阵，草法欲左
规右矩，此古人妙处也。"（《与党伯舟帖》）在风格论方
面，山谷也贯彻了这一书论，如《论作字》云："肥字须
要有骨，瘦字须要有肉。"《题蔡君谟书》云："君谟书如

蔡琰《胡笳十八拍》，虽清壮顿挫，时有闺房态度。"

　　在一系列对立的艺术范畴中，他不是偏执于某一方面，而是看到了对立面的互补、映衬的作用，从而予以关注、兼容。他所揭示的这一艺术辩证法体现出他超越常人的深刻之处。欧阳修也曾揭示过诗歌创作领域中的类似特色，他在《六一诗话》中称韩愈"其得韵宽，则波澜横溢，泛入傍韵，乍还乍离，也入回合……得韵窄，则不复傍出，而因难见巧，愈险愈奇"。这种反乎常格的手法与苏、黄的书论颇有相通之处。

　　第二层内容则是赞颂东坡的道义文章，以及周彦不顾世俗之议关怀支持东坡的高情义举。在新党复炽，大肆排斥、迫害元祐人士之时，一般人避之唯恐不及，而周彦却长路跋涉，给东坡致送医药，以文章求教，诚有古仁人之风。周彦为东坡侄婿，东坡有《答黄鲁直书》称周彦"文行皆超然，笔力有余，出语不凡，可收为吾党也"。东坡视之为同志，他也未辜负东坡的期望。在新一轮的元祐党禁中，周彦向朝廷自陈："苏轼、苏辙、范纯仁为知己，吕陶、王吉尝荐举，黄庭坚、张舜民、王巩、任伯雨为交游，不可入举求仕，愿屏居田里。"（《宋史》本传）正如山谷此文所云，在举世追名逐利之时，他能公然表明自己的元祐立场，断然绝意仕进，确实表现出他砥柱独立的铮铮风骨。宜乎山谷要视他为同道了。

题摹《锁谏图》

陈元达[①]，千载人也，惜乎创业作画者胸中无千载韵耳！吾友马中玉[②]云："《锁谏图》规模病俗，人物亦不足也。"以余考之，中玉英鉴也。使元达作此觜[③]鼻，岂能死谏不悔哉！然画笔亦入能品[④]，不易得也。

【注释】

①陈元达：字长宏，前赵时官至御史大夫，忠直敢谏。《晋书·载记第二》载，前赵主刘聪将为皇后起殿于后庭，元达极谏，聪怒，将斩之，时在逍遥园李中堂，元达抱堂下树而叫："臣所言者，社稷之计也，而陛下杀臣。若死者有知，臣要当上诉陛下于天，下诉陛下于先帝。""元达先锁腰而入，及至，即以锁绕树，左右曳之不能动。"《锁谏图》当即描绘这一场景。

②马中玉：马瑊，字中玉，茌平（今属山东）人。元祐四年提点淮东刑狱，改两浙提刑，历知湖、颍、陕、荆四州。建中靖国元年知江陵府（荆南），次年即罢。后

羁置海州，没于贬所。

③觜（zuǐ）：原指鸟嘴，亦指人嘴。

④能品：品评书画艺术的第三个等级。唐张怀瓘《书断》评历代书法家，立神、妙、能三品。（唐张彦元《法书要录》）唐朱景玄《唐朝名画录》评画分神、妙、能、逸四品。元夏文彦《图绘宝鉴》卷一："故气韵生动，出于天成，人莫窥其巧者，谓之神品；笔墨超绝，傅染得宜，意趣有余者，谓之妙品；得其形似而不失规矩者，谓之能品。"

【赏读】

此图是描绘前赵陈元达直言极谏情景的一幅画，据史传所载，这是一个极富戏剧冲突的场面，陈元达采用自锁的极端方式进谏，而皇帝则怒而拒谏，欲斩谏臣。这本是一个很好的绘画题材，但画家却未能充分表达出人物冒死直谏的情态，要之，整幅画乏韵，故只可入于能品。

山谷对书画中的韵曾反复致意。画中的韵实际就是指画面形象传达出来的生动气息，首先要栩栩如生地展现对象的形貌特征，进而要传达出它的精神气质，即使是无生命的物象也要表现出它的风采。山谷在不少诗文题跋中都揭示出了他的这一美学理想。如《题石恪画尝醋翁》云："石媪忍酸喙三尺，石皤尝味面百摺。谁知耸膊寒至骨，图画不减吴生笔。"由此我们可以想象出画面上老两口尝醋时的生动神态。唐代张彦远的《历代名画记》卷一《论画六法》中说："古之画或能移其形似而尚其骨气。以形似之外求其画，此难可与俗人道也。今之画，纵得形似，而气韵不生，以气韵求其画，则形似在其间矣。"所谓气韵生动就是由形似上升为传神，让观者从中感受到对象的神采风韵，生动的气息若扑面而来，这才是画境的极致，《锁谏图》欠缺的正是此。

题魏郑公《砥柱铭》后①

　　余平生喜观《贞观政要》②见魏郑公之事太宗，有爱君之仁，有责难③之义，其智足以经世，其德足以服物④，平生欣慕焉。故观《砥柱铭》，时为好学者书之，忘其文之工拙，所谓"我但见其妩媚⑤"者也。

　　吾友杨明叔⑥知经术，能诗，善属文，为吏干公家如己事，持身洁清，不以夏畦之面事上官⑦，不以得上官之面陵其下，可告以魏郑公之事业者也，故书此铭遗之。置砥柱于座旁，亦自有味。刘禹锡云："世道剧颓波，我心如砥柱⑧。"夫随波上下，若水中之凫，既不可以为人师表，又不可以为人臣作则，砥柱之文在旁，并得两师焉。虽然，持砥柱之节以事人，上官之所不悦，下官之所不附，明叔亦安能病此而改其节哉！

　　建中靖国元年正月庚寅，系船王市⑨，山谷老人烛下书，泸州史子山⑩请镵诸石。

【注释】

①魏郑公：唐魏徵，字玄成，唐太宗擢为谏议大夫，直言敢谏，深受倚重，封郑国公。《砥柱铭》：魏徵撰《砥柱山铭》。砥柱山，黄河三门峡急流中石岛，屹立如柱，今已炸去。《广川书跋》卷七："《唐砥柱铭》，贞观十二年特进魏徵撰，秘书正字薛纯书。其字因山镌凿……尚多隶体，气象奇伟。"字方可尺余，已残缺不全。

②《贞观政要》：唐吴兢撰，采太宗与群臣问答之语，多记当时政事法制。

③责难：以难事勉人。《孟子·离娄上》："责难于君谓之恭。"

④服物：使人悦服。物，指众人。

⑤"我但"句：《旧唐书·魏徵传》："帝（太宗）大笑曰：人言魏徵举动疏慢，我但觉妩媚。"

⑥杨明叔：名皓，眉州丹棱人，官于黔州，与山谷相过从。

⑦"不以"句：《孟子·滕文公下》：曾子曰："胁肩谄笑，病于夏畦。"谓做出谄媚之态比在夏天浇菜园还要辛苦。此句是说对上官无谄谀之色。

⑧"世道"二句：出刘禹锡《咏史二首》之一。

⑨"建中"二句：考庚寅为正月二十九日。据山谷

《游泸州合江县安乐山行记》，正月晦与合江令泛安乐溪，则此文作于合江，王市当为合江地名。

⑩史子山：眉州人史铸，时客泸州。

【赏读】

这篇题记写于建中靖国元年正月，时山谷由戎州放还，沿江东下，正逗留于泸州合江县。由于崇仰唐代魏徵的风节，他手书魏徵的《砥柱铭》赠给杨明叔，勉励他以先贤为榜样树立起高尚的人格。山谷不止一次为人书写此铭，足见他对此铭的推崇。

山谷终其一生都关注着道德人格问题，他从儒学及佛、道的思想库中汲取资源，构建起他那"内刚外和"的思想体系，而以儒家的道德伦理为核心的持节之"刚"则始终是第一位的。这也是本文所要传达的主旨所在。处世为人，首先重在坚守节操，要如砥柱之立于中流。他先称许杨明叔在为官公干时能不谄上陵下，这就为进一步砥砺名节提供了基础，"故书此铭遗之"。接着引刘禹锡诗说明在尘世颓波中当如砥柱屹立不动，并以凫的随波上下来反衬此种坚定的人格境界。这是山谷经历了人生的磨炼之后所获得的一种感悟。他一生迭经变法、更化、绍圣等政局的变迁，目睹了种种党同伐异、投机钻营等失节之举，故尤重操守的养成。山谷的这一思想也是对儒家传统之独立精神的再发扬，但实行起来并不容易。在儒家伦理中，独立精神与君臣父子等伦理原则先天地构成一种悖论，使独立精神不能贯彻到底。即以魏徵而言，首先是其"爱君之仁"，其次才是"责难之义"。因此，山谷不得不发出无奈的感叹。他试图以"和光同尘"的应世之策来解决这一难题，结果并不理想。但最后的反问还是表明不能因"病此而改其节"，既是对明叔的策励，也是自勉。本文可目为山谷的一则人格宣言，它所体现出的强烈的道德人文关怀，至今仍有其积极的价值意义，并未因岁月的流逝而暗淡。

　　文章于尺幅之中写得波澜迭起，曲折生姿。先由魏徵而及于杨明叔，次第展现出其人格内涵，在正面阐扬持节之后，又从反面衬之，实际上拓展了持节的内涵，以下又转为感叹持节之难，但笔锋一转马上以"安能"的反问回归主题。一篇小小的题记却有峰回路转之势。

跋画山水图

　　江山寥落，居然有万里势[1]。老夫发白矣！对此使人慨然。古之得道者以为逃空虚无人之境，见似之者而喜矣[2]。"既自以心为形役，奚惆怅而独悲[3]！"会当摩挲双井[4]岩间苔石，告以此意。

【注释】

　　[1]"江山"二句：《南史·竟陵文宣王子良传附萧昭胄》："（昭胄子贲）幼好学，有文才，能书善画，于扇上图山水，咫尺之内，便觉万里为遥。"

　　[2]"古之得道者"二句：《庄子·徐无鬼》："夫逃虚空者，藜藋柱乎鼪鼬之径，踉位其空，闻人足音，跫然而喜矣。"意谓：有人逃到空旷的荒野，那里野草丛生，堵住了老鼠出没的路径，一听到人的脚步声，不禁怦然心喜。

　　[3]"既自"二句：语出陶渊明《归去来兮辞》。

　　[4]双井：山谷家乡洪州分宁县双井村。"双井在宁州

之修江中，江深不可见，至秋冬水落始出……宋黄太史山谷家焉。"（明贝琼《双井堂记》）当地人汲以造茶，为草茶第一。

【赏读】

山谷论画最注重"韵"。除了展现人物形象的生动气质之外，在描绘自然物的画作中，同样要求作品能体现出高雅脱俗的气韵。说到底，它是创作者的精神境界借助物象的外化，而观赏者则能从中感受其意态情趣，获得审美愉悦，乃至情感的共鸣。山谷题跋，尤其是对山水自然画作的题跋中，常写出这种主客互动之感。本文写其面对一幅寥落旷远的山水图，犹如直面江山万里的浩瀚景色，其感受已越出画幅的范围而展现出一种开阔的胸襟。此处他借庄子语传达出喜获知音、同声相应的共鸣感，又借陶渊明语表达了归隐之志。此文虽未点出"韵"字，但所传即是画之韵。山谷题山水画的诗作也多表现这一志趣，如《次韵子瞻题逆子熙画山》："郭熙官画但荒远，短纸曲折开秋晚。江村烟外雨脚明，归雁行边余叠巘。坐思黄柑洞庭霜，恨身不如雁随阳。"又《题宗室大年画》："水色烟光上下寒，忘机鸥鸟恣飞还。年来频作江湖梦，对此身疑在故山。"

题自书卷后

　　崇宁三年十一月，余谪处宜州半岁矣。官司谓余不当居关城①中，乃以是月甲戌抱被入宿子城②南予所僦③舍喧寂斋。虽上雨傍风，无有盖障，市声喧愦④，人以为不堪其忧，余以为家本农耕，使不从进士，则田中庐舍如是，又可不堪其忧邪？既设卧榻，焚香而坐，与西邻屠牛之机⑤相直。为资深⑥书此卷，实用三钱买鸡毛笔⑦书。

【注释】

　　①关城：即城关附近的地区。

　　②子城：附属于大城的小城。此指附郭之外城。

　　③僦（jiù）：租赁。

　　④"虽上雨"三句：韩愈《南海神庙碑》："故明宫斋庐，上雨旁风，无所盖障。"此言风雨来袭，无所遮挡。喧愦（kuì），喧闹而令人烦乱。

　　⑤屠牛之机：《易·涣》："涣奔其机。"王弼注：

"机，承物者也。"此指切肉的案板。《三国志·魏志·王
粲传》注引《吴质别传》："质案剑曰：'曹子丹，汝非
屠机上肉，吴质吞尔不摇喉，咀尔不摇牙，何敢恃势
骄邪？'"

⑥资深：人名，姓李。

⑦鸡毛笔：王羲之《笔经》："岭外少兔，以鸡毛作
笔，亦妙。"

【赏读】

　　山谷人生的最后一站是宜州，其治所龙水即今广西
河池市宜州区，这是群山环抱中的一座山城，龙水在城
北迤逦而过。他至迟在崇宁三年五月十八日到达宜州，
周必大《跋曾无疑所藏黄鲁直晚年帖》中称其"凭黎秀
才宅子"，这应是他初到宜州时租赁的一处住所。

　　据本文，此年十一月，他即在官府的责令下，搬到
了城南另一所租赁处，他命名为"喧寂斋"，此名实化自
陶渊明诗的意境，其《饮酒》诗云："结庐在人境，而无
车马喧。问君何能尔？心远地自偏。"山谷的心境与陶公
好有一比：虽身处闹市，市声嘈杂，但只觉其寂寥清幽，
盖因超脱世事而自觉神远意旷。须知当时的政治环境非
常险恶，徽宗即位后虽标榜消弭党争，改元"建中靖
国"，但后来又奉行"绍述"，即继承变法新政，元祐党

人复遭全面整肃，且被立碑示众。崇宁三年，诏毁三苏及苏门四学士文集，重定党人名录，第三次立元祐党籍碑，颁行全国。在这样的背景下，山谷能如此淡定地应对人生的逆境，使人不能不肃然起敬。在上不遮风避雨、下无安然居处的环境中，他不仅不怨天尤人，反而道出若非进士出身则本为一介农夫、无须抱怨的感慨来。其胸襟之豁达大度，千载之下仍感人至深。他焚香而坐，直面屠牛之机，用简陋的鸡毛笔写下了这幅书卷，栩栩如生的形象跃然纸上，读来不能不为之动容。书法实际成了他展现自我人格的一种方式。在此我们还可提及发生在宜州的一件山谷书法的佳话。他应宜州官吏余若著之请，全凭记诵写下了《后汉书》中《范滂传》的全文。范滂作为东汉名士遭遇了党锢之祸的迫害，其命运堪比元祐党禁中的党人。山谷借书此传既曲折地表达了对邪恶政治的高度蔑视，又彰显了自己傲然挺立的人品气节。山谷一生也像范滂那样迭遭党祸，而其风骨节操确无愧于范滂这样的志士。此事的详情可参《书郭伋杜诗传后》一文的"赏读"。

书徐浩①题经后

　　书家论徐会稽笔法"怒猊抉石，渴骥奔泉②"，以余观之，诚不虚语。如季海笔，少令韵胜，则与稚恭③，并驱争先可也。季海长处正是用笔劲正而心圆。若论工不论韵，则王著④优于季海，季海不下子敬⑤。若论韵胜，则右军、大令之门谁不服膺？往时观"怒猊抉石，渴骥奔泉"之论，茫然不知是何等语。老年乃于季海书中见之，如观人眉目也。

　　三折肱知为良医⑥，诚然哉！季海莫年乃更摆落王氏规摹，自成一家，所谓"卢蒲嫳其发甚短而心甚长⑦"。惜乎当时君子莫能以短兵伐此老贼也。前朝翰林侍书王著笔法圆劲，今所藏《乐毅论》⑧、周兴嗣《千字文》⑨，皆著书墨迹，此其长处不减季海，所乏者韵尔。

【注释】

　　①徐浩（703～782）：唐代书法家，字季海，越州

（今浙江绍兴）人，张九龄甥，封会稽郡公，世称徐会稽。善真、草、隶书，四方诏令，多出其手。历官右拾遗、监察御史、中书舍人、岭南节度观察使兼御史大夫、彭王傅。著《书谱》一卷，《古迹记》一卷。

②"怒猊"二句：世人对徐浩书风的形象化评价，极言其遒劲奔逸之态。猊，即狻（suān）猊，狮子。《新唐书·徐浩传》："尝书四十二幅屏，八体皆备，草隶尤工，世状其法曰：'怒猊抉石，渴骥奔泉。'"

③稚恭：东晋书法家庾翼（305～345），字稚恭，颍川鄢陵（今属河南）人。庾亮之弟，亮卒，授安西将军、荆州刺史，持节代亮镇武昌，后官至征西将军，故称庾征西。善草、隶，初与王羲之齐名，心犹不平，后见羲之书，乃大服。

④王著：北宋书法家，字知微，世家京兆渭南，后为成都人。累迁翰林侍书，加殿中侍御史。善正书，笔迹甚媚，颇有家法，太宗尝从学书。奉太宗勒编订内府所藏历代法书为《淳化秘阁法帖》十卷。

⑤子敬：东晋书法家王献之（344～386）字，小名官奴，羲之第七子，工草隶，善丹青。为谢安长史，征拜中书令，及去，王珉为代，世因称献之为大令，珉为小令。其书盛行于士大夫间，与乃父并称为"二王"。

⑥"三折肱"句：语出《左传》定公十三年。

⑦"卢蒲嫳（piè）"句：卢蒲嫳，齐景公时大夫，时庆封专齐国政，卢为庆封之党。《左传》昭公三年："齐侯（景公）田（打猎）于莒，卢蒲嫳见，泣且请曰：'余发如此种种（头发短少），余奚能为？'公曰：'诺，吾告二子。'归而告之。子尾欲复之（恢复卢的官职），子雅不可，曰：'彼其发短而心甚长，其或寝处我矣。'九月，子雅放卢蒲嫳于北燕。"

⑧《乐毅论》：小楷法帖，传为王羲之书付其子献之的得意之作。原迹久佚。一说为唐太平公主从内府窃出，因怕追查而焚之。一说本无墨迹，乃羲之书于石上，其石唐时入于昭陵，后为温韬所发，重出人间，北宋时藏于学士高绅处，仅存残本，其石已亡。又有全文本，传为王著所临，笔致圆熟，宋人刻入集帖中。其文为三国魏夏侯玄所撰，论燕昭王大将乐毅攻齐被疑、去燕仕赵事。

⑨周兴嗣《千字文》：梁武帝萧衍令给事郎周兴嗣用一千个不同的字编为一文，四字一句，对偶押韵，便于记诵，用为学童启蒙读本。唐人以王羲之字集为《千字文》，书家多有临本。

【赏读】

此文专论徐浩书法。徐浩书在唐代堪称典型，真行草隶，各体皆工，但也有评其"窘于绳律，稍乏韵致"者，亦即山谷此处所云其书之不足处。所谓韵，指一种洒脱的风神，每与法度、工整对举，形成一种互为消长的关系，过分拘于法度则导致乏韵。山谷称若论工，则王著更甚于徐浩，最后更点出王著的特色是"笔法圆劲"，但"所乏者韵尔"。又如《跋常山公书》谓"王著书《乐毅论》及周兴嗣《千字文》，笔法圆劲，几似徐会稽，然病在无韵"，所论与此文同，足见其重视。书之韵植根于作者的内在修养，"若使胸中有书数千卷，不随世碌碌，则书不病韵……盖美而病韵者王著，劲而病韵者周越，皆渠侬胸次之罪，非学者不尽功也"（《跋周子发帖》）。关于法度与韵的关系，还可参见山谷《论书》一文（本书已收录）。

书缯卷①后

　　少年以此缯来乞书，渠但闻人言老夫解书，故来乞尔，然未必能别功楛②也。学书要须胸中有道义，又广之以圣哲之学，书乃可贵。若其灵府③元程政④，使笔墨不减元常⑤、逸少⑥，只是俗人耳。余尝为少年言："士大夫处世可以百为，唯不可俗，俗便不可医也。"或问不俗之状，老夫曰："难言也。视其平居⑦无以异于俗人，临大节而不可夺⑧，此不俗人也。平居终日如含瓦石⑨，临事一筹不画⑩，此俗人也。"虽使郭林宗⑪、山巨源⑫复生，不易吾言也。

【注释】

　　①缯卷：犹言绸卷。缯，丝织品的总称。

　　②功楛：犹言优劣。一作"功苦"，指器物、饮食的精美与粗劣。《荀子·王制》："辨功苦。"杨倞注："功，谓器之精好者；苦，谓滥恶者。"

　　③灵府：精神的居所，指心灵。《庄子·德充符》：

"故不足以滑和，不可入于灵府。"

④程政：准则，法度。

⑤元常：三国魏书法家钟繇（151～230），字元常，颍川长社（今河南长葛东北）人。以功任为宰相，封定远侯。善隶、楷、行书，以隶为最佳，但后世尤推其楷书，现传作品无一确实者。

⑥逸少：王羲之。

⑦平居：平常时分。

⑧"临大节"句：在安危存亡的紧要关头能坚持节操，毫不动摇。《论语·泰伯》："曾子曰：'可以记六尺之孤，可以寄百里之命，临大节而不可夺也。君子人与？君子人也。'"

⑨如含瓦石：形容操劳事务。《晋书》卷七十《卞壶传》："壶干实当官，以褒贬为己任，勤于吏事……阮孚每谓之曰：'卿恒无闲泰，常如含瓦石，不亦劳乎？'"山谷在此用于贬义，指徒劳无功。

⑩一筹不画：一筹莫展，拿不出一点办法。

⑪郭林宗：东汉高士郭泰（128～169），太原界休（今山西介休）人，字林宗。博通经典，居家教授，弟子千人。与河南人李膺相友好，品题海内人物，时誉甚高之。

⑫山巨源：山涛（205～283），晋河内怀县（今河南武陟西南）人，字巨源，与嵇康、阮籍等交游，为"竹

林七贤"之一。入晋官居吏部尚书，甄拔人物，各为品题，时称"山公启事"。曾荐嵇康代其所任吏部郎，嵇康为此作《与山巨源绝交书》。

【赏读】

此文论艺事风格之"不俗"。山谷标举的这一至高的审美境界不止限于书法，扩而大之，诗文绘画等均当以"不俗"求之。山谷另有一文《书嵇叔夜诗与侄榎》，内容大同小异，但它是从诗谈起的："叔夜此诗豪壮清丽，无一点尘俗气。凡学作诗者，不可不成诵在心，想见其人，虽沉于世故者暂，而揽其余芳，便可扑去面上三斗俗尘矣。"以不俗来赞艺事的例子在山谷作品中所在多有，如评东坡词"语意高妙，似非吃烟火食人语，非胸中有万卷书，笔下无一点尘俗气，孰能至此"（《跋东坡乐府》），评画如称燕肃画竹"超然免于流俗"（《道臻师画墨竹序》），李夫人墨竹"人间俗气一点无"（《姨母李夫人墨竹》）等。

在此基础上，山谷进一步指出艺事之不俗乃是人品不俗的反映，因而作者当努力提高自己的学识修养、道德人格。在此山谷揭示了所谓"不俗"人格的两个方面，他又将之概括为"内刚外和"（参见《跋欧阳文忠公〈庐山高〉诗》一文及赏读）。"临大节而不可夺"更多的是儒家的道德境界，内心秉持道德节操，在关键时刻自然能坚定不移，勇于担当，所谓"士不可以不弘毅，任重而道远"（《论语·泰伯》），"富贵不能淫，贫贱不能移，威武不能屈，此之谓大丈夫"（《孟子·滕文公下》）是也。如果说"刚"主要继承了儒家的道德理想的话，那么"和"或"无异俗人"则发挥了其柔顺应世的一面，又更多包容了道家抱雄守雌、佛家随缘任运的人生态度，表现为和光同尘、与世推移的处世哲学。《庄子·德充符》云："有人之形，无人之情。有人之开，故群于人；无人之情，故是非不得于身。"人修炼至于"无情"方可超越俗世，但又不必离世，相反当混迹于世俗之中，这就是所谓的"与人为徒"，或本文所云"无以异于俗人"。只不过山谷以道德境界取代了"无情"，它与"和"的结合就是"不俗"。

跋颜鲁公壁间题

　　余观颜尚书死李希烈时[①]壁间所题字，泫然流涕。鲁公文昭武烈，与日月争光可也[②]。正色奉身，出入四十年，蹈九死而不悔[③]。禄山纵火猎九州，文武成禽，鲁公以平原当天下之半[④]，朝廷势重，赖以复立，书生真能立事，忠孝满四海，不轻用人，国史载之行事如此，足以间执谗慝之口[⑤]矣。汝蔡之间[⑥]所谓"建诸天地而不悖，质诸鬼神而无疑[⑦]，使万世臣子有所劝勉"，观其言，岂全躯保妻子者哉！廉颇、蔺相如死向千载，凛凛常有生气；曹蜍、李志虽无恙，奄奄如九泉下人[⑧]。我想鲁公莫气，如对生面，岂直要与曹、李争长邪！

【注释】

　　①颜尚书死李希烈时：颜真卿历官工部、吏部尚书，故称颜尚书。李希烈于德宗时为淮西节度使，建中三年与朱滔、田悦等联合反叛，自称建兴王，四年底据汴州，

自称楚帝。时奸相卢杞故意遣真卿宣慰叛军，至许州被扣，终被缢杀。

②"与日月"句：《史记·屈原贾生列传》称屈原："其志洁，其行廉。……推此志也，虽与日月争光可也。"据班固《离骚序》，司马迁此处乃采用淮南王刘安《离骚传叙》中语。

③"蹈九死"句：《离骚》："亦余心之所善兮，虽九死其犹未悔。"

④"鲁公"句：天宝十四载，安禄山反，时颜真卿为平原郡（治今山东德州市陵城区）太守，与从兄常山郡（治今河北正定）太守颜杲卿联兵抗叛。河北十七郡响应，合兵二十万，重创敌军。

⑤间执谗慝之口：堵住诽谤者的口。

⑥汝蔡之间：汝州、蔡州一带。汝州，治梁县（今河南汝州市）；蔡州，治上蔡县（今河南汝南）。

⑦"建诸"二句：《礼记·中庸》："故君子之道，本诸身，征诸庶民，考诸三王而不缪，建诸天地而不悖，质诸鬼神而无疑，百世以俟圣人而不惑。"此采其中二句，意谓：立于天地之间而不违背，在鬼神中加以验证也无疑义。

⑧"廉颇"四句：《世说新语·品藻》："庾道季（龢）云：'廉颇、蔺相如虽千载上死人，懔懔恒如有生

气；曹蜍（chú）、李志虽见在，厌厌如九泉下人。'"
曹蜍，曹茂之小字蜍，晋彭城人，官至尚书郎。李志，
官至员外常侍、南康相。

【赏读】

　　颜真卿是山谷推崇备至的一位先贤，他不仅是唐代
的大书法家，而且是献身国家社稷的忠臣烈士。此文由
颜鲁公的壁间题字切入，但全文并非评论其书艺，而是
表彰其兴兵讨逆的功业和舍生取义的气节。天宝十四载
安史乱起，河北望风瓦解，文臣武将屈膝事敌者有之，
而鲁公却能固城坚守平原一郡，又联合其兄杲卿起兵抗
敌，河北十七郡响应，共推鲁公为帅，朝廷得以稳定，
为平叛立下了汗马功劳。更值得大书特书的是，在李希
烈等反叛朝廷时，诸逆促鲁公为相，他怒斥道："吾今年
向八十，官至太师，守吾兄之节，死而后已，岂受汝辈
诱胁耶！"遂为国尽节以终。山谷此文措辞端严雅正，雄
健浑厚，足以配鲁公炳耀千秋之志业，犹如其堂堂正正
之书法，豪气满溢，读之使人凛然振起，不能自已。

　　在书法方面，山谷认为能得右军神髓者首推鲁公，
其次是杨凝式，而东坡则继承了他们的气骨。颜真卿被
后人誉为集大成的书法家，他以篆隶笔意融入各体书法，
以雄健博大的风格一改妍媚秀雅的传统。颜书的这种风

格正体现了儒家所张扬的道德情操与浩然正气，其书品正是以其人品为基质的。山谷此文正是其崇高人品气节的生动概括与写照。山谷一生对颜书反复揣摩，心慕手追，不遗余力，称："余极喜颜鲁公书，时时意想为之，笔下似有风气，然不逮子瞻远甚。"（《杂书》）山谷推崇、摹习颜书不是仅从体格上模拟，而是力图融化其忠义刚正的精神气质，故能成就一代书法大家，本文即是明证。

书王元之^①《竹楼记》^②后

　　或传王荆公^③称《竹楼记》胜欧阳公《醉翁亭记》^④。或曰："此非荆公之言也。"某以谓荆公出此言未失也。荆公评文章常先体制而后文之工拙，盖尝观苏子瞻《醉白堂记》^⑤，戏曰："文词虽极工，然不是醉白堂记，乃是韩白优劣论耳。"以此考之，优《竹楼记》而劣《醉翁亭记》，是荆公之言不疑也。

【注释】

　　①王元之：王禹偁（954~1001），字元之，济州巨野（今属山东）人。知制诰，因为徐铉雪诬而贬商州团练副使；再知制诰，兼翰林学士，复罢知滁州，改扬州；真宗即位，复知制诰，预修《太祖实录》，以直书史事降知黄州。故作《三黜赋》以志。直言敢谏，刚正不阿，为宋代诗文革新之先驱，著有《小畜集》。

　　②《竹楼记》：王禹偁所撰《黄州新建小竹楼记》，又题作《黄风竹楼记》，作于咸平二年（999）八月。文

章写就地取材，以竹建楼，公余之暇，登楼观览，寄情山水，襟怀洒落之慨。作者由竹楼之易朽而兴迁谪之意，又寄望后人续而葺之，表现出对竹楼的珍惜之情。

③王荆公：王安石于元丰二年（1079）封荆国公，故称。

④《醉翁亭记》：欧阳修贬官滁州时作，时为仁宗庆历六年（1046）。

⑤《醉白堂记》：苏轼为韩琦醉白堂所作记。韩琦（1008～1075），字稚圭，相州安阳（今属河南）人，曾任陕西安抚使，与范仲淹等抵御西夏，支持庆历新政，封魏国公，谥忠献。堂建于韩琦私第之池上，取白居易《池上》诗意，表达追慕乐天之志。此记其堂之状貌景物，故安石有此论。苏文称：以文韬武略之事功言，韩琦胜过乐天；以闲居诗酒之适志论，则乐天优于韩琦。

【赏读】

王禹偁的《黄风竹楼记》与欧阳修的《醉翁亭记》都是千古传诵的名文，王安石有此评论，大概因为前者紧扣竹楼为文，后者则借亭抒慨，不够着题。山谷举安石评东坡《醉白堂记》之语以证此论必出自安石。

本文提出了文学批评上的一个问题：评价作品当着眼于其体制还是工拙。在中国文论史上，辨体一向是作家、批评家所重视的首要问题，即辨别不同体裁的格式特色，遵循其体制规范进行创作，合于体制要求者即被称为本色当行。曹丕《典论·论文》明标八体，陆机《文赋》广为十体，刘勰《文心雕龙》分论诸文体，《附会》篇主"才童学文，宜正体制"，《定势》篇谓"因情立体，即体成势"，足见古人之重体制。唐宋至于明清，此类论说绵延不绝。唐代日僧空海《文镜秘府论·论体》谓："词人之作也，先看文之大体。"陈师道《后山诗话》对此更是三致意焉："退之作记，记其事尔；今之记乃论也。少游谓《醉翁亭记》亦用赋体"；"范文正公为《岳阳楼记》，用对语说时景，世以为奇。尹师鲁读之曰：'传奇体尔。'"又曰："退之以文为诗，子瞻以诗为词，如教坊雷大使之舞，虽极天下之工，要非本色。"明许学夷《诗源辨体》卷三十六云："古律绝句，诗之体也；诸体所指，诗之趣也；别其体，斯得其趣矣。"诸家所论皆指出，作文为诗当首先注重辨别不同体裁的风格特色并在创作中遵循之。

但这仅是问题的一个方面。在强调本色当行的同时，还要追求创新变法，前人谓之"破体"，如此方有文学艺术的辩证发展，才能使艺术之树常青。中国文论中不乏阐释辨体与破体辩证关系的论述。如萧子显《南齐书·文学传论》云"若无新变，不能代雄"，可为代表。《文心雕龙·通变》曰："夫设文之体有常，变文之数无方。"
皎然《诗式》云："作者须知复变之道：反（返）古曰
复，不滞曰变。若惟复而不变，则陷于相似之格。"俞文
豹《吹剑录·正录》谓："诗不可无体，亦不可拘于
体。"山谷有《书枯木道士赋后》一文，曰："子由作
《御风词·以王事过列子祠下作》，犹未见本，问子瞻文
作何体，子瞻云：'非诗非骚，直是属韵庄周一篇尔。'"
东坡所云正是子由的破体之举。金代王若虚《文辨》云：
"或问文章有体乎？曰无。又问无体乎？曰有。然则果何
如？曰定体则无，大体则有。"明胡应麟《诗薮》称此诗
"正而能变，变而能化，化而不失其本调而兼得众调，故
绝不可及"。直至当代钱锺书先生也指出："文章之体可
辨别，而不堪执着"；"名家名篇，往往破体，而文体亦
因以恢弘焉"（《管锥编》第三册，八九〇页）。仅此列
举的数例已可见出历代文人对此问题的关注。

宋代文学，尤其是诗歌，正是循此辩证的途径而新
变代雄的。山谷的诗文书法也是实践此法而取得了划时
代的成就的。

跋亡弟嗣功^①《列子》^②册

　　《列子》书时有合于释氏，至于深禅妙句，使人读之三叹，盖普通中事不自葱岭传来，信矣^③。亡弟嗣功读此书，至于溃败^④，犹缉而读之，其苦学好古，后生中殆未之见也。绍圣中，余自缮治^⑤而藏之，少年辈窃取玩之，又毁裂几不可挟，唐坦之^⑥复为辑之。智兴上人喜异闻，故以遗之^⑦。

【注释】

　　①嗣功：山谷从弟，为叔父黄廉（夷仲）之第三子。廉有四子：叔豹，叔向，叔夏，叔敖，分别以嗣文、嗣直、嗣功、嗣深为字。

　　②《列子》：记为战国时人列御寇作，实为晋人作品。晋人张湛为之作注，故有人怀疑张湛作伪。此书杂糅庄老佛道，或大段抄撮庄子，或暗中偷运佛说。故后人以为"佛所言者，列御寇、庄周言之详矣"（李翱《去佛斋论》），僧人则据以断定佛法在周初即已传至中土。

③"盖普通"二句：普通，梁武帝年号（520～527）。普通中事，指达摩来华传播禅法。据《景德传灯录》卷三，南天竺菩提达摩于梁普通八年渡海抵广州，梁武帝迎至金陵，与帝问答，机缘不契，遂渡江北上至洛阳，寓嵩山，面壁默坐，人称"壁观婆罗门"。他弘扬禅学，法嗣绵延，被禅宗尊为"东土初祖"。葱岭，旧时对帕米尔高原与喀喇昆仑山脉的统称，古代中西交通的要道。《景德传灯录》卷三又载达摩死后三年，"魏宋云奉使西域回，遇师（达摩）于葱岭，见手携只履，翩翩独逝。云问师何往，师曰西天去……（云）别师东返……具奏其事。帝令启圹，唯空棺，一只革履存焉"。同书卷十九："越州诸暨县越山师鼐，号鉴真禅师。初参雪峰而染指，后因闽王请于清风楼斋，坐久，举目忽睹日光，豁然顿晓，而有偈曰：'清风楼上赴官斋，此日平生眼豁开。方知普通年远事，不从葱岭路将来。'"

④溃败：指书册破损。

⑤缮治：修补整治。

⑥唐坦之：名履，山谷有《与唐坦之书》，盖山谷在戎州时交游。

⑦"智兴上人"二句：智兴上人，吉州太和县僧人。上人，上德之人，对僧人的尊称。山谷将此册《列子》赠予智兴，并书此跋。

【赏读】

此文反映了山谷沟通佛、道的思想特色。文中指出，《列子》书中时有合于佛教教义的论述，故禅学之传入并不始于达摩东渡之普通年间，而是更早。

关于佛教传入中土这一公案，长期以来成为僧俗两众聚讼不止的问题。从佛教信徒的立场出发，他们往往将佛教产生及东传的时间往前推移，以证其历史悠久，如说佛祖的年代早于老子、孔子，佛教在西周已传入中国，孔子即已知晓佛说云云。而以中国文化为本位者则常强调佛为中土的圣贤所化，最典型的莫如《老子化胡经》的说法。此经为西晋道士王浮所造，称老子在周幽王时西涉流沙，入天竺为佛，化导胡人，释迦牟尼乃其弟子。按佛、道两家本有可以相通之处，佛家讲"空"，道家倡"无"，由此本体论出发，二者都追求一种超越俗世的人生境界。故佛教初传时，往往依附于黄老崇拜，信徒既诵黄老之言，又奉浮屠之祠，将佛陀、罗汉等视作神仙。至魏晋时，佛教徒往往借用道家的概念术语解经说理，称为"格义"。从道家一面言，东汉末在道家思想的基础上，吸收神仙家及各种迷信方术，遂创立了道教。在其创发过程中，道教对佛教的教义、仪规也多有吸收。道教之外的玄学家们在发挥玄理时也每借助般若中观之类的佛说。要之，这是一个双向互动的进程，其间，《列子》往往成为各方关注的一个要点。梁僧祐曾据《列子》中《周穆王》篇所述，西极化人的种种变幻神迹，以证明"开士之化，大法萌兆，已见周初"（《弘明集后序》）唐释道宣亦持相同之论，他引《列子·仲尼》中孔子所言"西方有圣者焉"，断言"孔子深知佛为大圣也"（《归正篇》）。

　　山谷所持的立场与之稍异。盖因山谷虽服膺禅理，但他始终坚持以本土文化为宗，故认为禅的妙谛早已蕴含于《列子》之中。山谷持有此论，一方面由于佛道之间玄理本相融通，另一方面也因为《列子》书本属伪托，其吸纳佛说也是题中应有之义。《列子》书中不乏暗合佛理处，正如钱锺书先生所论："然以此节合之《仲尼》篇'西方圣人'节、《天瑞》篇'死是生彼'节、《汤问》篇'偃师'节等，积铢累羽，便非偶然。作《列子》者意中有佛在，而言下不称佛，以自示身属先秦，乃不知有汉，无论魏、晋也。"（《管锥编》第二册，四八八页，论《列子·周穆王》）

题李白诗草后

余评李白诗如黄帝张乐于洞庭之野，无首无尾，不主故常①，非墨工椠人所可拟议②。吾友黄介读李杜优劣论③，曰："论文政④不当如此。"余以为知言。及观其藁⑤，书大类其诗，弥使人连想慨然。白在开元、至德⑥间，不以能书传，今其行草殊不减古人，盖所谓不烦绳削而自合者欤⑦。

【注释】

①"余评"三句：《庄子·天运》："北门成问于黄帝曰：'帝张《咸池》之乐于洞庭之野……'黄帝曰：'……吾奏之以人，征之于天，行之以礼义，建之以大清……其卒无尾，其始无首……其声能短能长，能柔能刚，变化齐一，不主故常。'"张，设。张乐，即摆开乐队演奏音乐。主，守。故常，原有的规范。

②"非墨工"句：墨工，木匠，因其用墨线打样。椠人，雕刻印刷木版的工人。拟议，比拟，揣度，议论。

③"吾友"句：黄介，字几复，见山谷《黄几复墓志铭》。李杜优劣论，指元稹为杜甫所作《墓系铭》，其叙称："诗人以来，未有如子美者。是时山东人李白，亦以奇文取称，时人谓之李杜。余观其壮浪纵恣、摆去拘束、模写物象，及乐府歌诗，诚亦差肩于子美矣。至若铺陈终始、排比声韵，大或千言，次犹数百，辞气豪迈而风调清深，属对律切而脱弃凡近，则李尚不能历其藩翰，况堂奥乎！"因其轩轾李杜，故宋人常有此称，如魏泰《临汉隐居诗话》："元稹作李杜优劣论，先杜而后李，韩退之不以为然。"

④政：通"正"。

⑤藁：即稿。

⑥开元、至德：唐玄宗与肃宗的年号。

⑦"盖所谓"句：参见《与王观复书》注⑫。

【赏读】

在艺术创作中，山谷推崇的最高境界是自由挥洒的化境。李白的诗歌正是这种境界的体现，其诗自然流走，变化莫测，不可端倪，非循规蹈矩者所能把握。本文的前半部分即论李白诗的这一特色，还涉及对李、杜的评价问题。中唐以后杜甫地位日隆，大有超越李白之势，正是在这样的背景下出现了元稹为杜甫所作的《墓系铭》

中对李杜的抑扬。宋承此风，扬杜之论持续升温，杜甫甚至有了"集大成"的美誉。如苏轼称"子美之诗，退之之文，鲁公之书，皆集大成者也"（《后山诗话》）；秦观在《韩愈论》中更谓杜甫能"集诸家之长"而成就其诗，"杜氏、韩氏亦集诗文之大成者欤！"崇杜成了北宋诗文革新中的主流思潮，山谷也不例外。他在此认同黄几复的观点，并非扬李抑杜，而是通过称许李白来表达其企求自由灵动的创作境界的观点，也就是文末所云"不烦绳削而自合者"。关于此点他曾反复致意，可以参见《与王观复书》。

文的后半论李白的书法。山谷指出李白的书法与其诗的风格相类，当谓其自然的风致。李白诚"不以能书传"，盖其诗名遮蔽了他的书法成就，但其书仍为后人所宝爱，宋代尚存其墨迹。《宣和书谱》称李白"尝作行书，有'乘兴踏月，西入酒家，不觉人物两忘，身在世外'一帖，字画尤飘逸，乃知白不特以诗名也"。据邵博《邵氏闻见后录》卷二十七，北宋时竟有葛叔忱伪造李白书迹事。今李白真迹仅有《上阳台帖》存世。天宝三载李白与高适、杜甫前往王屋山阳台观游，欲访司马承祯，到后方知司马已死，唯睹其画，遂作《上阳台》一首："山高水长，物象千万，非有老笔，清壮可穷。"今所存帖末署"十八日上阳台书太白"，共二十五字。此帖曾入北宋宣和内府，后归贾似道，辗转至清代又入内府，民国初逊帝溥仪携出宫外，一九三七年为张伯驹以六万银圆购得，今为故宫博物院所藏。

书家弟幼安作草后

　　幼安弟喜作草，携笔东西家，动辄龙蛇满壁[1]，草圣[2]之声，欲满江西。来求法于老夫，老夫之书，本无法也。但观世间万缘，如蚊蚋聚散[3]，未尝一事横于胸中，故不择笔墨，遇纸则书，纸尽则已，亦不计较工拙与人之品藻讥弹，譬如木人，舞中节拍，人叹其工，舞罢则又萧然矣[4]。幼安然吾言乎？

【注释】

　　①龙蛇满壁：指满壁涂鸦。龙蛇，状草书笔墨飞动夭娇之势。《法书要录》卷一《王右军题卫夫人笔阵图后》："若欲学草书，又有别法，须缓前急后，字体形势，状等龙蛇。"又卷八《书断》中论王献之书："盖欲夺龙蛇之飞动。"李白《草书歌》："时时只见龙蛇走。"温庭筠《题秘书省贺知章草书》："落笔龙蛇满坏墙。"

　　②草圣：草书之圣手，大师。汉代张芝人称草圣。杜甫《饮中八仙歌》："张旭三杯草圣传。"

③"但观"二句：喻世事人生短暂虚妄。《楞严经》卷五："十方微尘颠倒，众生同一虚妄。如是乃至三千大千一世界内，所有众生，如一器中贮百蚊蚋，啾啾乱鸣。"韩愈《醉赠张秘书》："虽得一饷乐，有如聚飞蚊。"

④"譬如"四句：木偶之喻，佛家常用。敦煌写经《维摩诘经变文》："机关傀儡，皆因绳索抽牵，或舞或歌，或行或走，曲罢事毕，抛向一边。"寒山诗："但看木傀儡，弄了一场困。"王梵志诗："魂魄似绳子，形骸若柳木。掣取细腰肢，抽牵动眉目。"《景德传灯录》卷五：司空山本净禅师偈曰："遍观修道者，拨火觅浮沤。但看异傀儡，断线一时休。"吴曾《能改斋漫录》卷八："唐梁锽《咏木老人》诗：'刻木牵丝作老翁，鸡皮鹤发与真同。须臾弄罢寂无事，还似人生一世中。'《开天传信记》称明皇还蜀，尝以为诵，而非明皇所作也。观山谷诗：'世间尽被鬼神误，看取人间傀儡棚。烦恼自无安脚处，从他鼓笛弄浮生。'盖用锽意也。"山谷所化并非始于梁锽。此用以喻艺事，谓虽精巧而终归虚幻，故无须计其优劣。

【赏读】

本文所述乃艺事所达到的自由无碍的境界。所谓

"无法"并不是毫无章法地一任其性，而是在熟练地掌握了规律之后对法则的自由运用，在挥洒自如中泯灭了用法的痕迹，达于"无法"之境。这种美学思想导源于《庄子》。庄子哲学的最高境界是逍遥游，即摆脱了人生羁绊的自由境界，但这种自由并不是无所依傍的天马行空，而是因循自然之理的任情适性。《养生主》中的庖丁解牛就是因循牛体的构造肌理而达到的解牛化境。涉及艺事的领域，情况也是如此。在创作过程中，创作者当超脱世间的是非好恶、成败得失，无一事横亘于胸中，也不要去计较艺事的工巧拙劣、旁人的品评褒贬，这才是艺事的最高境界。《达生》中所述梓庆的故事就形象地诠释了这种境界。梓庆（名庆的木工）为鲁侯制作镰（挂乐器的架子），其技犹如鬼斧神工，鲁侯问其故，他说制作之前必斋戒静心，三日而排除了功名庆赏之心，七日而摒弃了对外人品评自己技艺巧拙的关切，甚至忘却了自己的肢体形骸，然后入于山林，观万物之形相，成此惊世之作，是所谓"以天合天，器之所以疑（拟）神者，其是与"。

卷二 尺牍

木之能茂其枝叶者，以其根定也；水之能鉴万物者，以其尘定也。

上苏子瞻书

　　某再拜：“某齿少且贱，又不肖，无一可以事君子，故尝望见眉宇①于众人之中，而终不得备使令于前后。伏惟阁下学问文章，度越前辈；大雅②岂弟③，博约④后来⑤；立朝以直言见排摈⑥，补郡辄上最课⑦，可谓声实于中⑧，内外⑨称职。凡此数者，在人为难兼，而阁下所蕴，海涵地负⑩，此特所见于一州一国者耳。惟阁下之渊源如此，而晚学之士不愿亲炙光烈⑪，以增益其所不能⑫，则非人之情也。借使有之，彼非用心于富贵荣辱，顾⑬日暮计功⑭，道不同不相为谋⑮；则愚陋是已，无好学之志，诋诋予既已知之⑯”者耳。

　　某天幸⑰，早岁闻于父兄师友，已立乎二累⑱之外；独未尝得望履幕下⑲，以齿少且贱，又不肖耳。知学以来，又为禄仕所縻，闻阁下之风，乐承教而未得者也。今日窃食于魏⑳，会阁下开幕府在彭门㉑，传音相闻，阁下又不以未尝及门㉒过誉斗筲㉓，使有黄钟大吕之重㉔。盖心亲则千里晤对，情异则连屋不相往来，是理之必然者也，故敢坐㉕通书于下执事㉖。夫以少事长，士交于大夫，不肖承贤，礼故有数，似不当如此。恭维古之贤者，有以国士㉗期人，略去势位㉘，许通书者，故窃取焉。非阁下之岂弟，单素处显㉙，何特不可？直不敢也，仰冀知察，故又作《古风》诗二章，赋诸从者。《诗》云："我思古人，实获我心㉚。"心之所期，可为知者道，难为俗人言㉛，不得于今人，故求之古人中耳。与我并世，而能获我心，思见之心，宜如何哉！《诗》云："既见君子，我心写矣㉜。"今则未见而写我心矣！春候暄冷失宜㉝，不审何如？伏祈为道自重。

【注释】

①眉宇：眉额之间，代指容貌。此指东坡。

②大雅：才德高雅。

③岂弟：即恺悌，安乐和易貌。

④博约：《论语·子罕》："博我以文，约我以礼。"即以文献典籍丰富其知识，以礼仪制度约束其行为。

⑤后来：后进，晚辈。

⑥见排报（hén）：受到排斥。

⑦"补郡"句：出任州郡地方官，考绩往往名列优等。课，考课，考绩，对官员德才政绩的定期考核。宋

制，任官一年为一考，三年任满，上报朝廷，核定等第。对地方官的考核有"四善三最"的条目，优秀者称最。

⑧声实于中：声名与实质相当。

⑨内外：指朝廷与地方。

⑩海涵地负：称其才德像海一样兼容并蓄，像大地一样负载万物。

⑪亲炙光烈：亲承教化，如受熏炙。光烈，光华与浓烈的香气。

⑫"以增益"句：增加他所欠缺的能力。语出《孟子·告子下》。

⑬顾：只是，不过。

⑭计功：计算功利收获。

⑮"道不同"句：出《论语·卫灵公》。

⑯"訑（yí）訑"句：訑訑，傲慢自足貌。《孟子·告子下》："夫苟不好善，则人将曰：'訑訑，予既已知之矣。'訑訑之声音颜色距人于千里之外。"此拟愚陋者之口吻。

⑰天幸：天赐幸运。

⑱二累：两种欠缺，指上述两种人的态度。

⑲履幕下：犹言"足下"，对东坡的敬称。

⑳窃食于魏：山谷于熙宁五年（1072）除北京（大名府）国子监教授。其地约当汉之魏郡、北周之魏州，

故云。

㉑开幕府在彭门：时苏轼知徐州。开幕府，又称开府、开幕，指文武官将在外开建府署，辟置僚属。此为对东坡知徐州的美称。彭门，即彭城，指徐州。相传尧封彭祖于此，为大彭氏国，秦置彭城县，故称。

㉒及门：亲至老师门下受教。

㉓斗筲：原为容量很小的量器，喻才识浅陋者，此为山谷自谦之词。

㉔"使有"句：言东坡之赞誉分量厚重，兼有增益自己声名之意。黄钟、大吕，十二乐律中开头两音，声调洪亮。

㉕坐：遽然，顿然。

㉖下执事：对受书者的敬称，以示不敢直指其人，以在下当差者代之。下文之"从者"意同。

㉗国士：一国中的才能杰出人士。

㉘略去势位：不去考虑权势地位的差异。

㉙单素处显：处于孤单寒素的境地。处显，处于明显的地位。《庄子·天地》："不以王天下为己处显。"此谓其特立独行。

㉚"我思"二句：出自《诗·邶风·绿衣》。

㉛"可为"二句：语出司马迁《报任少卿书》。

㉜"既见"二句：出自《诗·小雅·蓼萧》。写，

惬意，愉快。矣，原诗作"兮"。

㉝"春候"句：春天气候冷暖无常。

【赏读】

这是庭坚与苏轼订交的第一封书信，作于元丰元年（1078），时山谷任北京（大名府）国子监教授，东坡时知徐州。早在熙宁五年东坡任杭州通判时就已读到了山谷的诗作，对其才华非常欣赏，十二月东坡因事到湖州，会见了时任知州的孙觉（莘老），莘老曾是山谷的岳丈，东坡在莘老处读到了山谷的诗。后来东坡在给山谷的信中说道："轼始见足下诗文于孙莘老之坐上，耸然异之，以为非今世之人也。莘老言：'此人，人知之者尚少，子可为称扬其名。'轼笑曰：'此人如精金美玉，不即人而人即之，将逃名而不可得，何以我称扬为！然观其文以求其为人，必轻外物而自重者，今之君子，莫能用也。'"（《答黄鲁直书》）东坡以其敏锐的识见，一方面高度评价了山谷的人品才华，一方面也指出了他兀傲离俗、难为世用的秉性，真可谓一语中的。山谷在获知了苏轼对他的称誉后，就在元丰元年致书苏轼，随书还寄去了《古风》二首，苏轼即有报章及和诗，称庭坚"超逸绝尘，独立万物之表，骑风驭气，以与造物者游"，又赞其《古风》"托物引类，真得古人之风"，自谦"轼非其人也"（《答黄鲁直书》），其虚怀若谷、坦诚真率，颇见惺惺相惜之意。从此这两位文坛巨子建立了终生不渝的友谊。庭坚之甥洪炎为他编辑文集时，诗歌只收元祐以后作品，独以这两首《古风》冠首，"以见鲁直受知于苏公，有所自也"（洪炎《豫章黄先生退听堂录序》），可见此信及诗在庭坚及后人心目中的地位。

以书信而言，此信表达的是崇仰之情、知遇之感以及求交之愿，运笔宛曲有致，一波三折，摇曳生姿。第一层波折是，先称颂东坡的学问才华，但却不为晚学之士所重，彼辈不是热心名利，就是愚陋无知。通过这一对比突现出东坡的崇高价值以及自己不同流俗的识见。于是第二层波折就述说自己求交之殷切，故主动通书，但笔锋一转，又称自己的行为有失唐突；再一转，又以古贤者的求贤之心揣摩东坡，这样既为自己的主动之举找到了依据，又称许了东坡的好贤。最后一波归结为思交心切。先表达尚友古人之意，今有并世之贤在此，思交之心就更不待言了。是为一转。再一转为，古诗云见君子而喜，而今我却未见而已喜矣。情意之殷，灼然可见。经此层层曲折的铺垫，求交的主题终于水到渠成。文章的波峭之致值得借鉴取法。

寄苏子由书

庭坚顿首再拜：诵执事①之文章而愿见，二十余年矣！宦学②匏系③一州，辄数岁，迄无参对④之幸，每得于师友昆弟间，知执事治气⑤养心⑥之美，大德不逾，小物不废⑦，沈潜而乐易⑧，致曲⑨以遂直⑩，欲亲之不可媟⑪，欲疏之不能忘，虽形迹阔疏⑫而平生咏叹，如千载寂寥，闻伯夷、柳下惠之风而动心者⑬，然惟小人不裕于学，彷徉尘垢之外⑭，朴拙无所可用，既已成就，虽造物之炉锤不能使之工也⑮。得邑极南⑯，幸执事在旁郡⑰，且当承教，为发万金良药，使痼疾少愈。而到官以来，能薄不胜事剧，陆沈簿领⑱中，救过不暇，笔墨不足以写心之精微，故每欲作记而中休，时因过宾有高安行李⑲，必问动静，以其所言参⑳其所不能言。承典司管库之钥㉑，率职不怠㉒，怀璧混贫㉓，舍者争席㉔，良以自慰。比得报伯氏㉕书诗，过辱不遗㉖，绪言见及㉗，故不自量菲薄，辄承请左右。敢问不肖既全于拙㉘矣，于事无亲疏㉙，不了人之爱憎㉚，人谓我疏愚[31]，非所恤[32]，独不知于道得少分否[33]？恭惟闻道先我，为世和扁[34]，有病于此，固闻而知之，因来尚赐药石之诲，抱疾呻吟，仁者哀悯。向冷，不审体力何如！伏惟万福，愿强饭自重。不宣。某再拜。

【注释】

①执事：管事之人。书信中对人敬称之词，表示不敢直指对方而称其左右供役使之人。

②宦学：学习为官与学习六艺。《礼记·曲礼上》："官学事师。"孔颖达《疏》："宦，谓学仕宦之事；学，谓学习六艺。"

③匏（páo）系：像匏瓜一般悬挂着。《论语·阳货》载孔子曰："吾岂匏瓜也哉，焉能系而不食？"喻为官碌碌无为，无所成就。匏，葫芦之属。

④参对：拜见晤谈。

⑤治气：培养精神气概。《孟子·公孙丑上》："我善养吾浩然之气。"

⑥养心：修养心性。《孟子·尽心下》："养心莫善于寡欲。"

⑦"大德"二句：《论语·子张》："子夏曰：'大德不踰闲（界限），小德出入可也。'"此言"小物不废"，即小的事情上也严格要求，这比子夏所云又进了一步。

⑧乐易：快乐和蔼。

⑨致曲：推及幽曲细微之事物。《礼记·中庸》："其次致曲。曲能有诚，诚则形。"郑玄注："致，至也。曲，犹小小之事也。"

⑩遂直：顺利通达。

⑪媟（xiè）：犹"亵"，过于亲近而不恭。

⑫阔疏：犹言疏阔，洒脱不拘。

⑬"闻伯夷"句：柳下惠，鲁国贤者，本名展获，字禽，又叫展季。"柳下"为其食邑，其妻私谥之为"惠"，故名。《孟子·告子下》："孟子曰：'居下位，不以贤事不肖者，伯夷也。……不恶污君，不辞小官者，柳下惠也。'"孟子每每将二人相提并论，伯夷峻直，柳下惠随和，虽行事有异，趋向却一致。"三子者（加上伊尹）不同道，其趋一也。一者何也？曰仁也。"（同上）又，《孟子·万章下》："故闻伯夷之风者，顽夫廉，懦夫有立志。……故闻柳下惠之风者，鄙夫宽，薄夫敦。……孟子曰：'伯夷，圣之清者也；伊尹，圣之任者也；柳下惠，圣之和者也。'"

⑭"彷徉"句：犹言彷徨、徜徉，来回游走，此言逍遥自得。《庄子·大宗师》："芒然彷徨乎尘垢之外，逍遥乎无为之业。"指超脱于尘世。

⑮"虽造物"句：以铁匠之炉锤喻大自然之化生。

《庄子·大宗师》："夫大块载我以形，劳我以生，佚我以老，息我以死。……今一以天地为大炉，以造化为大冶，恶乎往而不可哉？"此言大自然造就了他这样一个朴拙之人，不能使他更加工巧。

⑯得邑极南：元丰三年（1080），山谷改官知吉州太和县（今江西泰和），四年春到任。

⑰"幸执事"句：是时苏辙谪监筠州（治今江西高安）盐酒税。

⑱陆沈簿领：陆沈（即"沉"），本指无水而沉，此谓沉溺，忙于。簿领，文书簿册，此谓埋头于公务。三国魏·刘桢《杂诗》："沈迷簿领书。"

⑲"时因"句：过宾，路过的宾客。行李，使者。指来往于筠州的使者。

⑳参：参验。此谓揣想。

㉑"承典司"句：承，承蒙（告知），书信中表敬之词。典司，负责管理。管库，原意为管理仓库之官，《礼记·檀弓下》："所举于晋国管库之士七十有余家。"后亦指仓库。此谓仓库。

㉒率职不怠：克尽职守，不懈怠。率，遵循，服从。

㉓怀璧混贫：怀璧，犹言怀宝，指赋有才能，《论语·阳货》："怀其宝而迷其邦，可谓仁乎？"混贫，混迹于贫苦的处境。

㉔舍者争席：出《庄子·寓言》，参见《濂溪诗并序》注㊸。

㉕伯氏：长兄。此指苏轼。

㉖过辱不遗：犹言承蒙不弃。

㉗绪言见及：绪言，发端之言，开头的话。见及，言及于我。揣摩文意，山谷在此乃称苏辙在给苏轼的信中提及山谷，故山谷主动致书苏辙，但其中的情节已不可考。

㉘全于拙：达到完全愚拙的境界。

㉙"于事"句：对待世事无分亲疏。

㉚"不了"句：不了解别人对自己的爱憎态度。

㉛疏愚：粗疏、笨拙。

㉜非所恤：不为人所体恤、关注。

㉝于道得少分否：对于道是否有些许把握？

㉞和扁：古代名医医和与扁鹊。和为秦之良医，秦伯遣其为晋平公视疾，和知平公不可治，赵孟称之为良医，厚礼而返之。事见《左传·昭公元年》。扁鹊名秦越人，周游列国行医，被比作黄帝时神医扁鹊。

【赏读】

苏辙因受其兄苏轼乌台诗案的牵连，于元丰三年贬监筠州酒税，次年山谷出任太和县令，二人同在江西，山谷就写了这封信，婉转、恳切地表达了向慕、求交之意。信中首先赞扬了子由淡泊深沉、持节守正的人格境界，尤为突出其注重治心养性的道德追求。这种概括颇符合子由为人修学的特点。他不仅沉潜于儒家经典，而且旁涉佛道，融合三家思想，时出新意，欲以清静无为之境来丰富修身养性的道德践履。子由著有《论语拾遗》《孟子解》《易论》等，在筠州由于位卑职闲，他更埋头著述，《老子解》等即作于此时，他交结僧道，学道与修禅并进。在这一方面，山谷与子由是志趣相投的，故在信中特为拈出此点予以表彰。

山谷在信中反复表达对子由的仰慕之心与渴望订交的迫切之意，写得回环曲折，情真意切。其中写到子由被贬后的处境，用《庄子》的典故写他身处贫困而无骄人之态，赞扬中兼含理解，颇为得体。山谷前后重复使用药石疗疾之说以表自谦，将子由推许为良医，实希望他以道治己之愚顽，推崇可谓备至。

子由后来也以同样的热忱回应了山谷的请求，在回信中称："读君之文，诵其诗，愿一见者久矣。性拙且懒，终不能奉咫尺之书致殷勤于左右，乃使鲁直以书先之，其为愧恨，可量也。……观鲁直之书，所以见爱者，与辙之爱鲁直无异也。"子由还将山谷比为颜回，推许不可谓不高。此后山谷与子由时有唱和，倾心相交，执礼甚恭。但事情是会起变化的。元祐六年，山谷参与撰修的《神宗实录》书成，山谷循例当升官一级，但其诏命被韩川驳回。苏辙在其间也起了阻拦的作用。据邵博《邵氏闻见后录》卷二十一载："黄庭坚除起居舍人，苏子由不悦……已而后省封还词头，命格不行。子由之不悦，不平吕丞相之专乎？抑不乐庭坚也？……或云（庭坚）后自欲名家，类相失云。"相较于山谷的态度，子由对山谷则不无微词，其中的内情是难以索解的了。

与王立之承奉直方[1]

　　某顿首：伏承手海，审霜寒侍奉万福为慰。惠示诗文，皆有为之，甚善。更权[2]以古人之言，求合于六艺[3]，当有日新[4]之功。书室可名曰"求定斋"，古人有言："我徂惟求定[5]。"彼盖以治国家，我将推此以为养心之术。木之能茂其枝叶者，以其根定也；水之能鉴万物者，以其尘定也[6]。故曰："能定然后能应[7]。"不审以为如何？适为亲老，今且苦痰眩，故久稽[8]来使，又未能写所示纸轴，想痛察也。

【注释】

　　①王立之承奉直方：王直方（1069～1109），字立之，号归叟，开封人，尝监怀州酒税，有《归叟集》。仕宦不显，未久即辞官归隐，啸傲园林。有园在京师城隅，苏轼、黄庭坚诸文士多会其家，故得闻其议论，载于所著《王直方诗话》（一名《归叟诗话》）。此书已佚，今有郭绍虞《宋诗话辑佚》本。其生平见于晁以道所撰

《王立之墓志铭》。

②权：衡量。

③六艺：六种经典，又称六经。《史记·滑稽列传》："孔子曰：'六艺于治，一也。《礼》以节人，《乐》以发和，《书》以道事，《诗》以达意，《易》以神化，《春秋》以义。'"

④日新：日日更新。《礼记·大学》："汤之盘铭曰：'苟日新，日日新，又日新。'"《易·系辞上》："富有之谓大业，日新之谓盛德。"

⑤"我徂"句：《诗·周颂·赉》："文王既勤止，我应受之，敷时绎思，我徂惟求定。"意谓文王辛勤创业，我当继承其志，推广其政教，以求安定天下。徂，前往。

⑥"水之"二句：《庄子·天道》："水静则明烛须眉，平中准，大匠取法焉。水静犹明，而况精神！"

⑦"能定"句：《礼记·大学》："大学之道，在明明德，在亲民，在止于至善。知止而后有定，定而后能静，静而后能安，安而后能虑，虑而后能得。"

⑧稽：滞留，延迟。

【赏读】

山谷于元丰八年（1085）以校书郎召，九月到京，直至元祐六年（1091）护母丧回乡离京，其间与诸文士交往频繁，王直方就是他相交密切的人士之一。直方之父棫，字才元。山谷与其父子均有唱和，且与直方多有书信往还，不乏教诲之词，本书即是其中之一。

此书的中心议题是"定"。为此，山谷特名其书室曰"求定斋"，并申说其由。他首先揭出"定"渊源于儒家经典，尤为思孟学派所重。它是用道德伦理克己正心的结果，表现为坚定不移的心理状态，即孟子所云"不动心"（《孟子·公孙丑上》）；唐代李翱演绎为"寂然不动者，是至诚也"，"诚者定也"（《复性书》）。定又和静相联系，《荀子·解蔽》："心何以知？曰：虚壹而静。……谓之大清明。"但这一思想在儒学中原不属主流，倒是道家对之多有发挥，如老子要"致虚极，守静笃"，根除了私欲也就达到了内心的宁静，故曰"不欲以静"。《庄子·天道》曰："万物无足以挠心者，故静也。……圣人之心静乎，天地之鉴也，万物之镜也。夫虚静恬淡、寂寞无为者，天地之平而道德之至。"静又通向了定，故曰："一心定而万物服。"后来定又和佛学相融合，"戒定慧"是佛学的核心之一，它和禅法相合又成为禅定："外离相曰禅，内不乱曰定。……本性自净自定。只缘境触，触即乱，离相不乱即定。"（敦煌本《坛经》）

至宋代儒家为发展自己的心性论，除挖掘本身固有的思想遗产外，又兼容了佛道的思想资料，力图通过克己正心而达到定，但在精神人格的层面却与佛道殊途同归。在宋代，最早尝试这种改造融通者是周敦颐，周氏的《太极图说》《通书》主要发挥此说："圣人定之以中正仁义而主静，立人极焉。"（《太极图说》）黄庭坚与周敦颐的思想深相契合，故也提倡静以内省而求定。这种思潮至理学家而蔚为大观，但首开风气者当数周、黄。周在后来被推为理学的开山之祖，而黄的创辟之功却为人所忽，这是应当表而出之的。

与太虚公书

　　某顿首：屏弃不毛之乡以御魑魅[①]，耳目昏塞，旧学废忘，直是黔中一老农耳，足下何所取重而赐之书？陈义甚高[②]，犹河汉而无极[③]，皆非不肖之所敢承。古之人不得躬行于高明之世[④]，则心亨于寂寞之宅[⑤]；功名之途不能使万夫举首，则言行之实必能与日月争光。卧云轩中主人盖以此傲睨一世耶？先达有言"老去自怜心尚在"者[⑥]，若庭坚则枯木寒灰[⑦]，心亦不在矣。足下富于春秋，才有余地，使有力者能挽而致之通津，恐不当但托之空言[⑧]而已。无缘承教，以开固陋，因来有所述作，幸能寄惠，灌园之余，尚须呻吟以慰衰疾。谨勒手状。

【注释】

　　①以御魑魅：抵御妖怪。《左传·文公十八年》："舜臣尧，宾于四门，流四凶族……投诸四裔，以御魑魅。"

　　②陈义甚高：陈述的道理甚高深。语出《庄子·让

王》："屠羊说居处卑贱，而陈义甚高。"

③"犹河汉"句：犹如银河般无边无际。语出《庄子·逍遥游》："吾闻言于接舆，大而无当，往而不返，吾惊怖其言，犹河汉而无极也。"原喻言论之荒诞不着边际，山谷此处从正面用之，赞其言滔滔不绝。

④躬行于高明之世：生活于太平盛世。躬行，亲身践行。

⑤心亨于寂寞之宅：保持宁静淡泊的心境。亨，通达。宅，居所，此指精神境界。

⑥"先达"句：语出欧阳修《赠王介甫》诗："翰林风月三千首，吏部文章二百年。老去自怜心尚在，后来谁与子争先？"

⑦枯木寒灰：《庄子·齐物论》："形固可使如槁木，而心固可使如死灰。若是者，祸亦不至，福亦不来。"

⑧托之空言：《史记·太史公自序》："子曰：'我欲载之空言，不如见之于行事之深切著明也。'"

【赏读】

此书作于谪居黔州时，一般均将此处的"太虚公"理解为"秦观"，如郑永晓《黄庭坚年谱新编》"绍圣四年"条；又徐培均《淮海集笺注》附录一《秦观年谱》称"黄庭坚在黔南，作书答少游"，附录四径直标此书为

《黄庭坚与秦太虚书》，实误。秦观固字太虚，但揣摩文意，信中的措辞并非对同辈友人说话的口吻，而是对晚辈求教者发言的语气，且信中明言"足下富于春秋"，"使有力者能挽而致之通津"，对方显然不是远贬在郴州的秦观。最确切的证据是，《刀笔》卷八录此信标题作《答王太虚》，然则此"太虚"姓王，非秦观明矣。据郑《谱》，此书又见于《高邮州志》，可见以讹传讹之广。明乎此信的对象，方可正确理解其内容。

山谷首先自述其艰辛的处境，参以其他书信，可知其此时的境况确实与往时不可同日而语，已沦落到要自谋生计的地步了。如《与宜春朱和叔书》云："某待罪于此，谢病杜门，粗营数口衣食，使不至寒饥，买地畦菜，已为黔中老农耳。"又《与唐彦道书》云："得破寺垠地，自经营筑室以居，岁余拮据，乃蔽风雨。"但他并未因此而消沉，在优游林泉之余仍不忘教导后生、寄望于来者。因而本书在表达惶恐之意后，还是给对方提出了忠告与劝勉，集中到一点就是，不能得志于当代，而当垂范于后世。儒家历来标榜有道则仕、无道则隐的观念，早在《论语》中就有各种表述，如"天下有道则见，无道则隐。邦有道，贫且贱焉，耻也；邦无道，富且贵焉，耻也"（《泰伯》），"用之则行，舍之则藏"（《述而》）。山谷在此虽未明言"邦无道"，反而称"高明之世",但其人生观与儒家传统是一脉相承的。所谓"心亨于寂寞之乡",也就是"隐居以求其志,行义以达其道"(《季氏》)。但是光隐居还不够,山谷进一步指出,人生在世虽不能成就功名,但还应立德立言,与日月同辉,以为不朽,诚如《左传·襄公二十四年》所言:"太上有立德,其次有立功,其次有立言。"孔子就是这样的榜样,他周游列国,志在行道,却四处碰壁,于是著书以见意,终成万世师表。《史记·孔子世家》云:"子曰:'弗乎弗乎,君子病没世而名不称焉。吾道不行矣,吾何以自见于后世哉?'乃因史记作《春秋》。"

　　本文在写作修辞上值得指出的是其用笔的曲折婉转,引而不发。信的主旨是勉励对方,但作者并未摆出一副训诫的架势,他的特殊身份也不允许他夸夸其谈,于是全文以自谦之词与勉励之语交织而成,写得跌宕委婉,耐人寻味。文章先由自贬导入,称许对方"陈义甚高",而勉励之义是通过陈述"古之人"的行事方式道出来的,如此就避免了直白的训诲。接下来又自道枯寂的心境,反衬出对方的年富才高,然后促其努力上进,不止于徒托空言。这里虽然用了虚拟的假设语气,但委婉中不乏鼓励其向上之意,最后复以自谦作结。这样的写法值得揣摩玩味。

与洪甥驹父^①（二则）

一

　　所寄《释权》一篇，词笔从横，极见日新^②之效，更须治经，探其渊源，乃可到古人耳。《青琐祭文》，语意甚工，但用字时有未安处。自作语最难，老杜作诗，退之作文，无一字无来处，盖后人读书少，故谓韩杜自作此语耳。古之能为文章者，真能陶冶万物^③，虽取古人之陈言入于翰墨，如灵丹一粒，点铁成金也^④。文章最为儒者末事^⑤，然既学之，又不可和知其曲折，幸熟思之。至于推之使高如泰山之崇崛，如垂天之云^⑥；作之使雄壮如沧江八月之涛，海运吞舟之鱼^⑦，又不可守绳墨令俭陋也^⑧。

二

　　驹父外甥教授^⑨：别来三岁，未尝不思念。闲居绝不与人事相接，故不能作书，虽晋城⑩亦未尝作书也。专人来，得手书，审在官不废讲学，眠食安胜，诸稚子长茂，慰喜无量。

寄诗语意老重，数过读，不能去手，继以叹息，少加意读书，古人不难到也。诸文亦皆好，但少古人绳墨耳。可更读司马子长、韩退之文章。凡作一文，皆须有宗有趣⑪，终始关键，有开有阖，如四渎⑫虽纳百川，或汇而为广泽，汪洋千里，要自发源注海耳。

老夫绍圣以前，不知作文章斧斤，取归所作读之，皆可笑。绍圣以后始知作文章，但以老病惰懒，不能下笔也。外甥勉之，为我雪耻。《骂犬文》虽雄奇，然不作可也。东坡文章妙天下，其短处在好骂，慎勿袭其轨也。

甚恨不得相见，极论诗与文章之善病。临书不能万一，千万强学自爱，少饮酒为佳。见师川⑬所寄诗卷有新句，甚慰人意。比来颇得治经观史书否？治经欲钩其深，观史欲驰会其事理，二者皆须精熟，涉猎而已，无他功也。士朝而肄业⑭，昼而服习，夕而计过，无憾而后即安：此古人读书法也。潘君必数相见，比得其书，甚想见其人。

【注释】

①洪甥驹父：洪刍，字驹父，与兄朋，弟炎、羽号称"四洪"，著有《老圃集》《诗话》《香谱》等。

②日新：语出《礼记·大学》。

③陶冶万物：本指大自然创造、化育万物。《庄子·大宗师》："今一以天地为大炉，以造化为大冶。"《礼记·郊特牲》："器用陶匏，以象天地之性也。"《淮南子·俶真训》："包裹天地，陶冶万物。"此指为文镕铸素材，锻炼成文，即陆机《文赋》所谓"笼天地于形内，挫万物于笔端"。

④"如灵丹"二句：用禅家语。《五灯会元》卷七《龙华灵照禅师》："还丹一粒，点铁成金。至理一言，转凡成圣。"又卷十七《黄龙慧南禅师》："云门如九转丹砂，点铁成金。"

⑤"文章"句：《论语·学而》："行有余力，则以学文。"又《宪问》："有德者必有言，有言者不必有德。"《述而》："志于道，据于德，依于仁，游于艺。"《左传·襄公二十四年》："太上有立德，其次有立功，其次有立言。"

⑥垂天之云：《庄子·逍遥游》写大鹏"其翼若垂天之云"。

⑦"海运"句：海运，海的运动，出《庄子·逍遥游》。吞舟之鱼，大鱼，出《庄子·庚桑楚》。

⑧"又不可"句：绳墨，法度，规则。俭陋，贫乏粗劣。

⑨"驹父"句：教授，学官，州学设教授。据山谷《晋州州学斋堂铭》："甥洪驹父主晋州学。"晋州，治临汾。

⑩晋城：泽州治所，州与晋州相邻。山谷《答世因弟》："嗣深除晋城计上官。"此处"晋城"当指嗣深（叔父黄廉之子叔敖）。

⑪"凡作"二句：宗，宗旨。趣，通"趋"，意趣。宗趣，即文章之立意、主题。山谷《论作诗文》："每作一篇，辄须立一大意，长篇须曲折三致焉，乃为成章尔。"

⑫四渎：四条独流入海的大川。《尔雅·释水》："江、河、淮、济为四渎。四渎者，发源注海者也。"

⑬师川：山谷外甥徐俯，字师川。

⑭朝而肄业：早晨即修习学业。

【赏读】

所选二书，一般选本都混为一篇，且前后倒置，即第一篇紧接于第二篇之末，其误盖出于《豫章文集》的版本，而据《刀笔》，实为二书。第一书编于《刀笔》的"初仕至馆职"期内，具体作年不详。第二书编于"丁忧"期内，则不确，因信中明言"绍圣以后"，初步可考知第二书作于绍圣四年（1097）后居黔戎时。

这两篇书信是山谷论文的重要文献，其中最为人所引用的观点即是其"无一字无来处"及"点铁成金"说，前者讲究词语出处，后者则说运用成语典故要善于点化，推陈出新。"无一字无来处"是对刘禹锡"为诗用僻字须有来处"（韦绚《刘宾客嘉话录》）的发展，所论已不限于僻字，但这个观点是有较大缺陷的，常受后人的诟病，被讥为"剽窃之黠者"。但也应看到，山谷并不仅停留于语有出处这个层次，他更强调化腐朽为神奇的点化之功，其手法之多样在此不能详论。与之相联系的就是他的"夺胎换骨"论，其说出于惠洪在《冷斋夜话》中的转述。应该承认，山谷在这方面的努力是大大拓展了古典文学的修辞表现手段的；更应指出的是，这种手法是与中国古典文学的特殊形态联系在一起的，也与中国文化的崇古传统密不可分，以文言为载体的古典文学就是这一文化的产物，故用典成为它的一个重要手段，历史非常悠久。由于这一手法的运用，读者在阅读中获得了类似破译谜底或密码的快感，在与作者的互动中共同参与形成了中国古典文学的这一重要特征。离开了这一语境就很难理解山谷此论。

再者，出处、点化之论也并不仅是关乎词语表达的问题，它更涉及作品的立意，在更高的层次上它是强调以新警的立意作为灵丹，对典故成语加以重新镕铸而使作品别出新意。这也就是山谷在第二封信中重点讨论的一个问题。所谓的作文"须有宗有趣"说的就是作品的立意，即主题思想，作品之意确立后，方可安排其结构，即"终始关键，有开有阖"。其《论作诗文》说得更明确（参见本文注⑪）。在此我们还可举出苏轼之论以为参考。苏轼指出作文如同购物，"必有一物以摄之"，购物以"钱"，作文则以"意"，"天下之事散在经子史中，不可徒使，必得一物以摄之，然后为己用。所谓一物者，意是也"（葛立方《韵语阳秋》）。可见意所统摄的材料主要是指故实，立意是与用古相联系的。明乎此可以拓宽我们对山谷点化论的理解。第一封信的末尾指出，要使文意气局宏大、风格雄健，又不可仅仅拘束于法度，这就点明了有比点化之法更高层次的境界，他在其他作品中所反复强调的读经观史、养心治性就是关乎这一境界的。

与王子予^①书

　　比来不审读书何似？想以道义敌纷华之兵，战胜久矣^②。古人有言："并敌一向，千里杀将^③。"要须心地收汗马之功，读书乃有味。弃书册而游息，书味犹在胸中，久之乃见古人用心处。如此则尽心于一两书，其余如破竹节，皆迎刃而解也^④。古人尝喻植杨，盖天下易生之木也，倒植之而生，横植之而生，一人植之，一人拔之，虽千日之功皆弃：此最善喻。顾衰老终无益于高明，子予以为谓如何？

【注释】

　　①王子予：名雳，泸州知州王献可（补之）之幼子。山谷居黔中时，王补之尝遣其季子至黔探望，山谷为书阴真君诗，见《书阴真君诗后》（《别集》卷十）。

　　②"想以"二句：《韩非子·喻老》："子夏见曾子，曾子曰：'何肥也？'对曰：'战胜，故肥也。'子夏曰：'吾入见先王之义，则荣之；出见富贵之乐，又荣之。两

者战于胸中，未知胜负，故臞。今先王之义胜，故肥。是以志之难也，不在胜人，在自胜也。'故曰自胜之谓强。"《韩诗外传》卷二载闵子骞之事与此相类：心慕荣利，则脸有菜色；"被夫子之教寖深"，则"内明于去就之义，出见羽盖龙旗，旃裘相随，视之如坛土矣，是以有刍豢之色"。

③"并敌"二句：语出《孙子》卷十一。曹操注："并兵向敌，虽千里能擒其将也。"杜牧注："若已见其隙，有可攻之势，则须并兵专力以向敌人，虽千里之远，亦可以杀其将也。"

④"其余"二句：《晋书·杜预传》："今兵威已振，譬如破竹，数节之后，皆迎刃而解，无复著手处也。"

【赏读】

　　道德修养是山谷诗文，尤其是其书信中经常议及的一个主题，他每每以此教人，且诲之不倦。此信由读书的议题切入。他反复教人读书当以读经为首，而读经又要落实到治心养性上："治经之法，不独玩其文章、谈说义理而已，一言一句，皆以养心治性。"（《书赠韩琼秀才》）通过这样的内省修养功夫，主体方可确立道德伦理的主宰地位，足以抵挡种种的烦恼诱惑。他从古代典籍中发掘出有关道德修养的典故、案例，予以阐释演绎，使之重新焕发出生命力，此处的"道义战胜"就是一例。
山谷从《韩非子》中拈出这则典故，颇具启示意义。按
子夏之见，关键在于"自胜"，自胜则强，就无往而不
胜。信中虽未点明此义，但读者自可联想而及。山谷更
多的是从其积极效果来凸现出"道义战胜"的精神力量。
他在诗文中不止一次地运用过这个典故，如《和答莘老
见赠》诗云："履拂知道肥，净室见天游。"他将道义战
胜而肥连及心灵虚静而神游天外的境界，儒道之境获得
了沟通。

与王子飞①书

某顿首：久欲作书，病与懒相兼，笔墨辄废。迩日竟辱惠教先之，不以罪废无堪而奉之以礼意，自视喝然②，无所可用，名在不赦之籍，岂当得此？恭惟足下好贤乐善之无已，存心吉庆出于家风故尔。即日霜寒，不审何如？伏想侍奉万福。某块然蓬荜③之下，已忘死生，于荣辱实无所择，至于乐闻士大夫之好学，有忠信根本、可以日就月将④者，则惕然动其心，此则余习未除耳。何时得款语，尽道德之教？临书向往，千万强学力行，为亲自重。谨勒手状。

某再拜：比急足⑤回，奉状必已彻⑥几下数日，秋暑尤逼人，不审何如？伏惟侍奉不愆⑦，调护治行之策何如？漕台⑧有来音未？尊公去泸⑨，虽田野小民亦耿耿，在公家以理自遣，固已无纤芥矣，唯行李⑩须令出于万全耳。瞿唐、滟滪⑪非可玩之水也，文字遂托密上座⑫将行，不审可意否？士大夫聪明文学，世颇易得，至于秉不涸之节、奉以终始，万人乃一耳。乐公父子好善不倦，故书此独行一篇往，所谓"轻尘足岳，坠露增流^⑬"者，孔子曰："重耳之伯心生于曹，小白之伯心生于莒，安知我不得之桑落之下^⑭？"小小逆境皆进德之门户也，愿加意焉。续更奉状。

【注释】

①王子飞：王云，字子飞，王献可（补之）之子。献可为泸州知州时，山谷谪黔州，遇之甚厚，且尝遣其少子王霁（子予）赴黔看望山谷。其子云（子飞）、霁（子予）亦与山谷交，子飞待山谷尤笃。子飞尝出使高丽，撰《鸡林志》。康王赵构赴金营求和，子飞为之副，行至磁州，被州人指为奸人而遭杀害。

②呺（xiāo）然：大而中空。《庄子·逍遥游》："掊之（葫芦）以为瓢，则瓠落无所容。非不呺然大也，吾为其无用而掊之。"

③蓬荜：均为草名，此指贫者居所，蓬门荜户。

④日就月将：日有所获，月有所得。就，成就。将，行进。形容不断进步。《诗·周颂·敬之》："日就月将，学有缉熙于光明。"

⑤急足：急促来去的送信使者。

⑥彻：抵达。

⑦愆（qiān）：失误，过失。

⑧漕台：即漕司，一路之转运使。

⑨尊公去泸：指王子飞父王补之罢泸州知州。元符二年（1099）五月，王补之坐元祐中上书议论朝政罢知泸州任，后列名元祐党人。

⑩行李：出行时携带的物品。

⑪滟滪：滟滪堆，瞿塘峡中的险滩。

⑫密上座：山谷在戎州时所交往的禅僧。

⑬"轻尘"二句：语出唐高宗李治《述三藏圣教序记》："治辄以轻尘足岳、坠露添流，略举大纲，以为斯记。"此语盖为谦辞，意谓所言仅如微尘加于山岳，坠露添于流水而已。按：唐太宗应玄奘之请，作《大唐三藏圣教序》，述玄奘取经及译经事，时太子李治又作《记》，故有此语。序与记均有碑刻传世。

⑭"孔子曰"等句：伯，通"霸"。《荀子·宥坐》："孔子曰：'则（子路），居（坐）！吾语女（汝）。昔晋公子重耳霸心生于曹，越王勾践霸心生于会稽，齐桓公小白霸心生于莒。故居不隐者思不远，身不佚者志不广。女庸安知吾不得之桑落之下？'"按：晋公子重耳流亡途中经曹国，曹共公听说重耳"骈胁"（肋骨连成一片），就趁他洗浴时去偷窥，重耳为此而怒。事见《左传》僖公二十三年。齐桓公姓姜名小白。莒，小国名，在今山东莒县一带。公元前686年，齐国内乱，襄公被杀，管

仲奉公子纠出奔鲁，鲍叔牙奉小白奔莒，纠与小白均为襄公之弟。次年小白先入齐为君，是为桓公。曹与莒均指人生陷入的艰难处境。庸安，怎么，二字同义连用。桑落之下，桑叶坠落之时，亦指困境。

【赏读】

二书均作于谪居黔戎时。山谷虽以负罪之身居蜀，但蜀中的地方官待之甚厚，泸州知州王献可尤尊崇并照拂有加，其子亦与山谷交往并从学。

第一封信当作于到黔后不久，信中对王云率先来书致意表示感激，进而述说了自己来到贬所后的心境。一方面自己身处草野，已将生死置之度外，也不复虑及祸福荣辱；但另一方面又积习依然，关心士大夫的为学与道德修养。山谷的这种态度是一贯的，无论其在黔在戎，乃至晚年远贬宜州，他都不断地教人治心养性，正心诚意，也无论在书信中还是在其他诗文中，他都念兹在兹，不吝教诲，而各地的士子也都乐从之游，这也是他的学问修养、人格魅力所致。正如《豫章传》所云："与后生讲学，孜孜不息。两川人士争从之游，经公指授，下笔皆有可观。"

第二封信作于元符二年。是年五月王献可罢职，山谷对其去职颇感惋惜，在此信中他表达了深深的关切，对其未来行程的安全一再叮咛，并赞其秉持节操的高尚人品。我们从山谷致王献可本人的信中更可感受到这种慰勉之情："忽被旨罢泸州，所处僻左，未知其详审。计即东去，此在庸庸之情，戚嗟若不可终日。顷窃观气质仁厚，神宇深静，事君之大节可与冰雪争明"；"闻命之初，贤愚无不动心，以为老兄何以处之。独不肖以为不然"。(《与王泸州书》) 可见山谷诚为献可的知音。此信最后用了两个典故。其一出《圣教序记》，用在这里盖为谦辞，意为所言仅如微尘加于山岳、坠露添于流水而已，称美之意蕴含其间，婉而不露。其二引孔子语，说明艰难玉成之意，勉励之意自在其中。运典之妙，于此可见。

答樊道①尉②三帖

一

　　某再拜：雨余便热，喜承③起居轻安。伏奉手诲，委扫除之币④于不肖之庭，自视缺然，何敢当先生之礼？至所以为币，又不敢当也。闻古者相见之礼以束脩、乘壶、一犬⑤，言其足以将至，意易致而不费也。朝觐之礼，天子受其挚而反其玉⑥，虽千乘⑦之富亦不以其货也。唯足下之诚已达于不肖，其币则反诸从者，衰俗之中稍以古道自振，亦吾侪之职也。伏幸照察。

二

　　某顿首：重辱手教，不听辞所将之币，似未见察也。所谕行束脩者，前书尽之矣，幸足下三复之。昔者孔子食于季氏，不祭而食⑧，食于少施氏而饱，曰："少施氏食我以礼⑨。"非以季氏之食不美于少施也。

足下谅之而已。某再拜。

三

某顿首：适者⑩报道古人之义而足下终不察，岂不肖之贪鄙污陋素闻于世耶？物有可以取，则管仲与鲍叔贾分财多自与⑪；有可以无取，则王阳不贪西邻过墙之枣⑫。物有可以与，则孔子与原宪粟九百⑬；有可以无与，则靳于子华之母请粟⑭。故曰："可以无取，取伤廉；可以无与，与伤惠⑮。"二者俱失。足下一举而使彼己俱失之，窃以为过矣。《易》曰："初筮告，再三渎⑯。"足下深思此义，断之可也。某再拜。

【注释】

①僰（bó）道：本西南夷僰人所居地，西汉于此置县，北宋政和四年（1114）改名宜宾，即今四川宜宾，为戎州治所。

②尉：掌武事和刑狱的职官。此指县尉。宋时县尉掌教阅弓手、惩奸禁暴诸事。

③承：敬语，承蒙告知之意。

④扫除之币：币，原意为缯帛，尤指用于馈赠或祭祀的礼物，故币帛连称。后泛指财物。扫除之币指用于

洒扫等琐事的财物。

⑤"闻古者"句：束脩，原意为十条干肉，脩即脯，古代相互间赠送的一种礼物。《论语·述而》："自行束脩以上，吾未尝无诲焉。"乘（shèng）壶，四壶酒。《礼记·少仪》："以其乘壶酒、束脩、一犬赐人若（或者）献人。"

⑥"朝觐之礼"二句：朝觐，诸侯、臣子进见君主。《礼记·聘义》："君亲迎宾，宾私面（使者及随从以个人名义拜见主国卿大夫），私觌（使者及随从以个人名义拜见主君）；致饔饩（煮熟的牲肉与未杀的活牲），还圭璋。"挚，通"贽"，见面礼。主君留下肉牲等礼品而返回圭璋之类的玉器，意谓："以圭璋聘（遣使访问），重礼也。已聘而还圭璋，此轻财而重礼之义也。"

⑦千乘：一千辆马车。一车四马为一乘。

⑧"昔者"二句：季氏，鲁国执政季孙氏。《礼记·玉藻》："孔子食于季氏，不辞，不食肉而飧。"飧（sūn），水泡饭。孔子在季氏家吃饭，不行推辞礼，还未吃肉就吃水泡饭。孔子未按礼进食，意在批评季氏失礼。山谷此处言"不祭而食"，乃与《礼记》所述有异，盖属误记。《玉藻》另有记云："侍食于先生、异爵者，后祭，先饭。客祭，主人辞曰：'不足祭也。'"意谓：陪侍老师或地位高者吃饭，先吃饭，后行祭礼。客人若要行食

前祭礼，主人则推辞说："不值得烦您行祭礼。"山谷可能将此事移于孔子身上了，意谓孔子对季氏不敬。

⑨"食于"等句：《礼记·杂记下》："孔子曰：'吾食于少施氏而饱。少施氏食我以礼。'"少施氏，鲁惠公（公元前768至前723年在位）之子施父的后人。

⑩适者：适才。

⑪"则管仲"句：管仲，名夷吾，春秋时齐国人，齐桓公任为相，振兴齐国，成就霸业。鲍叔，鲍叔牙，管仲之友，齐国大夫。《列子·力命》："管仲尝叹曰：'吾少穷困时尝与鲍叔贾（做生意），分财多自与，鲍叔不以我为贪，知我贫也。'"

⑫"则王阳"句：王阳，西汉人王吉。《汉书》卷七十二《王吉传》："王吉字子阳，琅邪皋虞人也。……始吉少时学问，居长安，东家有大枣树垂吉庭中，吉妇取枣以啖吉，吉后知之，乃去妇。东家闻而欲伐其树，邻里共止之，因固请吉令还妇。里中为之语曰：'东家有树，王阳妇去；东家枣完，去妇复还。'""东家"山谷作"西邻"，当属误记。

⑬"则孔子"句：原宪，字子思，宋国商丘人，孔子弟子，小孔子三十六岁，安贫乐道。孔子为鲁司寇时，曾做过孔子的家宰（家臣群吏之长），孔子给他九百斛俸禄，他予以推辞。《论语·雍也》："原思为之宰，与之粟

九百，辞。子曰：'毋！以与尔邻里乡党乎！'"原思，即原宪。

⑭"则靳于"句：靳，吝惜。子华，公西赤，字子华，孔子弟子，小孔子四十二岁。《论语·雍也》："子华使于齐，冉子为其母请粟。子曰：'与之釜。'请益。曰：'与之庾。'冉子与之粟五秉。"釜、庾、秉均为容量名。冉子即孔子弟子冉有。冉有以为孔子过于吝惜，故为公西华母请益。孔子称："赤之适齐也，乘肥马，衣轻裘。吾闻之也，君子周急不继富。"

⑮"可以无取"四句：化用《孟子·离娄下》语："孟子曰：'可以取，可以无取，取伤廉；可以与，可以无与，与伤惠；可以死，可以无死，死伤勇。'"与伤惠，若给予则有损于恩惠之道。

⑯"《易》曰"等句：《易·蒙》："童蒙求我。初筮告，再三渎，渎则不告。"意谓：童子起初前来求筮，我告之以占筮的吉凶，他不信，再三求筮则亵渎神灵，就不再告诉他了。

【赏读】

此三帖当作于居戎州时。山谷虽以罪臣的身份来到戎州，生活也相当艰困，但与黔州时的情况相类，地方官待他不薄，甚至相当礼遇。他很快从抑郁的心情中解脱出来，从游问学者也甚多，如元符元年八月作《念奴娇》词，序云："同诸生步自永安城楼，过张宽夫国待月。"词情豪迈，无迁贬衰飒之态。

这三封信表达了山谷婉拒馈赠之意。第一封信引古礼以为据，将所赠礼品返回给来使，以期振衰俗复于古道。第二封信，因未获辞还礼物之命，于是再申述之。山谷举出孔子的例子，以孔子食于季氏与少施氏的不同态度，说明关键不在于食之美否，而在于是否合乎礼。第三封信列举各种例子来说明取予之道。儒家向来重视取予之间的原则界别，如孔子所云："富而可求也，虽执鞭之士，吾亦为之；如不可求，从吾所好。"（《论语·述而》）此处以管仲与王阳的例子作对比，管仲贫困，故多取，鲍叔牙不以为过；王阳严分彼我之财，故不许妻取邻家之枣。接着又以孔子对待原宪与公西赤的不同方式，表明了取予间应循的原则，即孔子所谓的"君子周急不继富"，它与老子所称"损有余以奉不足"也是相通的。最后以孟子概括的取予之道作结，意到理足。

这三封信环环相扣，逐层深入地阐明了人与人相交往所应遵循的取予之道。山谷凭借其丰富的学识，引经据典以明理，而理即包含于所引典故中，结论则点到为止，要言不烦。

与王周彦①长书

七月戊辰某敬报周彦贤良足下：成都吕元钧，某之故人也，解梓州而遇诸途，能道荣州②土地风气之常。尝问之曰："亦有人焉？"元钧曰："里人王周彦者，读书好学而有高行，以其母属当得荫补入仕③，始以推其弟，今以推其甥及侄，斯其人也。"时仆方再往京师，见其摩肩而入，接踵而出，冠盖④后先，车马争驰，求秋毫之利，较蜗角之名⑤，大之相嫌嫉，小之忘廉耻，甚于群蚁之竞腥⑥。兹穷荒绝塞，其地与蛮夷唇齿⑦，其俗以奔薄⑧相尚，尊爵禄而贵衣冠，乃有周彦者，其古人之流乎？岂不卓然独立于一世哉！既窃叹其人，又喜欲与之游也。

及某以罪戾抵戎僰，久之，观荣之士乐善而喜闻道，中州弗及也。无乃周彦居西河而格其心，而变其俗，以致然耶⑨？凡儒衣冠怀刺袖文⑩、济济而及吾门者无不接，每探刺受文则意在目前，其周彦者亦我过也⑪？经旬浃⑫而寂然。一日惠然而来，乃以先生长者遇我。退而自谓："何以得此于周彦者[13]？岂以葭莩之好[14]，齿发长而行尊者耶[15]？"既辱其来，乃枉以书执进之，敬出其文词，且有索于我矣。周彦迫之不已，仆安得不启不发[16]而有以报也？

夫周彦之行犹古人也，及其文则慕今之人也，何哉？见其一而未见其二也，惟推其所慕而致于文而已。颜子曰："舜何人也，予何人也[17]？"孟子曰："伯夷、伊尹皆古圣人也。吾未能有所行焉，乃所愿，则学孔子也[18]。"孔子曰："吾不复梦见周公[19]。"孔子之学周公，孟子之学孔子，自尧舜而来至于三代贤杰之人，材聚云翔，岂特周公而已？至于孔孟之学不及于周孔者，盖登太山而小天下，观于海者难为水也[20]。企而慕者高而远，虽其不逮，犹足以超世拔俗矣。况其集大成而为醇乎醇者耶[21]？周彦之为文，欲温柔敦厚，孰先于《诗》乎？疏通知远，孰先于《书》乎？广博易良，孰先于《乐》乎？洁静精微，孰先于《易》乎？恭俭庄敬，孰先于《礼》乎？属辞比事，孰先于《春秋》乎[22]？读其书而诵其文，味其辞，涵泳容与乎渊源精华[23]，则将沛然决江河而注之海，畴能御之[24]？周彦之病其在学古之行而事今之文也。若欧阳文忠公之炳乎前，苏子瞻之焕乎后，亦岂易及哉！然二子者，始未尝不师古而后至于是也。夫举千钧者轻乎百钧之势，周彦之行扛千钧矣，而志于文则力不及于百钧，是自画㉕也，未之思尔。周彦其稽孔孟之学而学其文，则文质彬彬㉖，诚乎自得于天者矣，异日将以我为知言也。纸穷不能尽所欲言，惟高明裁幸。

蒙遗疋物芎、术、珠子黄㉗，皆此无有，拜嘉惭怍。汤饼㉘之具尤奇，羁旅良济益佩㉙，忧爱灾患，尤所不忘耳。元师㉚能令携琴一来为望。庄叔之子亦可敦以《诗》《书》否㉛？惠讯至寄声不宣，某再拜。

【注释】

①王周彦：即王庠，荣州人，禅僧祖元大师从弟，苏轼侄婿。七岁能文，十三岁丧父，发愤读书，文行卓然，崇宁时应能书，为首选。

②荣州：属梓州路，治荣德（今四川荣县）。

③"以其"句：山谷《与王观复书》称周彦"其外家连戚里向氏，屡当得官，固辞以与其弟，或及族人"。按：向氏即神宗皇后，哲宗即位，尊为皇太后。

④冠盖：官员，达官贵人。冠，礼帽。盖，车盖。

⑤蜗角之名：极小的虚名。由《庄子·则阳》中"蜗角之战"引申而来。苏轼《满庭芳》："蜗角虚名，蝇头微利。"

⑥"甚于"句：《庄子·徐无鬼》："羊肉不慕蚁，

蚁慕羊肉，羊肉膻也。"

⑦唇齿：喻地相毗邻。按：荣州在戎州北。

⑧奔薄：奔竞趋利。薄，迫。

⑨"无乃"三句：无乃，莫非，岂不是。《史记·仲尼弟子列传》："孔子既没，子夏居西河教授，为魏文侯师。"西河，战国魏地，今河南安阳一带。子夏以比周彦，谓其高风亮节能化人心，易风俗。格，纠正。《尚书·冏命》："绳愆纠谬，格其非心。"

⑩怀刺袖文：带着名片和文章。刺，名帖。

⑪"每探刺"二句：每当探看名片、接受文章时，就想眼前的来访者中或许有王周彦。形容期望晤面之殷切。过，来访，探望。

⑫旬浃：整整十天。

⑬"何以"句：凭什么得到周彦如此的厚爱与敬意。

⑭葭莩（jiā fú）之好：微薄的交情。葭莩，芦苇茎中的薄膜，喻关系疏远淡薄。

⑮"齿发"句：年岁长而辈分高。行（háng），旧读去声，排行，辈分。

⑯不启不发：《论语·述而》："不愤不启，不悱不发。"此"启"与"发"均指对周彦有所教诲。

⑰"舜何人"二句：出《孟子·滕文公上》，意谓舜与我同为人，经过努力，我也可以达到舜的水平。

⑱"吾未能"三句：出《孟子·公孙丑上》。意谓要学就学孔子，因为孔子"可以仕则仕，可以止则止，可以久则久，可以速则速"。

⑲"吾不复"句：出《论语·述而》。

⑳"盖登"二句：《孟子·尽心上》："孟子曰：'孔子登东山而小鲁，登泰山而小天下，故观于海者难为水，游于圣人之门者难为言。'"太山，即泰山。难为水，难于为水所吸引。

㉑"况其"句：《孟子·万章下》："孔子之谓集大成。集大成也者，金声而玉振之也。"韩愈《读荀》："孟氏醇乎醇者也。荀（子）与扬（雄）大醇而小疵。"醇，纯净。

㉒"周彦"数句：《礼记·经解》："孔子曰：'入其国，其教可知也。其为人也温柔敦厚，《诗》教也；疏通知远，《书》教也；广博易良，《乐》教也；洁静精微，《易》教也；恭俭庄敬，《礼》教也；属辞比事，《春秋》教也。'"原来说的是一国之教化，山谷将之转化为作文之道了。

㉓"读其书"三句：《孟子·万章下》："颂（诵）其诗，读其书。"此化用之。涵泳，潜游，喻深入体会。容与，从容自得貌，此状陶醉。

㉔"则将"二句：《孟子·尽心上》："若决江河沛

然莫之能御也。"又《梁惠王上》:"民归之,由(犹)水之就下,沛然谁能御之?"沛然,水势盛大。畴,谁。

㉕自画:画地自限,停止。《论语·雍也》:"冉求曰:'非不说(悦)子之道,力不足也。'子曰:'力不足者,中道而废。今女(汝)画。'"此言周彦之不学古非力不足,而是不为。

㉖"周彦"二句:其,表祈使、期待语气。稽,通"楷",法则,此用如动词"取法"。文质彬彬,语出《论语·雍也》,指文采与实质协调相映。

㉗"蒙遗(wèi)"句:蒙遗,承蒙馈赠。疋,"雅"之古字,雅物,清雅之物。芎(xiōng),芎䓖,草名,根茎可入药,产于川中之川芎最有名。细嫩时曰蘼芜,叶大时曰江蓠。术,亦草药,有白术、苍术等。珠子黄,硫黄类药物。

㉘汤饼:有汤面食的统称。

㉙良济益佩:济,救急解难之物。佩,佩带之物。良、益,好且有用。

㉚元师:周彦从兄祖元大师,善弹琴。

㉛"庄叔"句:周彦之兄,见《与荣州薛使君书》。敦,笃信爱好,此作使动用法,犹言勉励。《左传·僖公二十七年》:"说礼乐而敦诗书。"

【赏读】

　　王庠是山谷在戎州时倾心相交的一位友人，本文就是山谷与之订交的一封长信，文末提到周彦的从兄祖元善琴，希望他能"携琴一来"。山谷曾为之赋《寄题荣州祖元大师此君轩》诗，诗作于元符二年九月；又有《跋赠元师此君轩诗》，云"元符二年冬，元访予于僰道"。据此可推断此信作于元符二年（1099）。

　　信的前半部分从不同的方面勾勒出王周彦的人品风貌，采用的是烘云托月的手法，通过不同侧面的渲染使其形象呼之欲出。先是通过故人吕元钧述其辞让荫补，再将世俗的争名趋利与他进行对比，他的高风亮节由此得以凸现。民风所起的范导作用，犹如子夏居西河而移风易俗。如此写来，其人格风范如春风扑面而至。行文过程中，山谷还通过自己渴望与之相交的心情披露，强化了对其人格魅力的渲染。先是表示"窃叹其人，又喜欲与之游"，再是表露其切盼周彦来访的心情以及既来之后的欣喜激动。如此层层推进，使周彦的人格美得以完满展现。

　　山谷对周彦人品的推崇不止此一处，再如《与荣州薛使君书》云："贵州士人惟周彦衣冠之领袖也，其人深中笃厚，虽中州不易得也。"苏轼也称其"文行皆超然，笔力有余，出语不凡，可收为吾党也。自蜀遣人来惠，云鲁直在黔，当往见，求书为先客，嘉其有奇操，故为作书"（《与鲁直书》）。可见周彦之得识山谷是通过东坡的介绍。从苏、黄视其为"吾党"来看，他与苏、黄堪称志同道合之士。故在元祐党禁甚严之时，他自陈与苏、黄等为知己交游，拒绝入仕，其铮铮风骨可见。

信的后半部分在称颂之余也指出了周彦的不足，即其行犹古人，但其文却慕今之人。在中国文化的语境中，"古"是价值理想的一个标的，故而崇古、学古成为传统的一个核心内容，儒家即以追慕古圣先贤为号召。山谷以孔子之学周公、孟子之学孔子为范例，敦劝友人取法乎上，虽不能至，也足以拔出流俗。进而教导周彦以典范，提升自己为文的品位。为了坚定其努力的信心，山谷举出当代的欧阳修与东坡学古成功的例子；又指出周彦才力有余，其文不及古乃不为也，非不能也，以资鼓励。至此，一篇既有称许又有劝勉的交友文字终告完满。如此方显出一位诤友的待人之道。

与王观复^①书

　　庭坚顿首启：蒲元礼^②来，辱书勤恳千万，知在官虽劳勩^③无日不勤翰墨，何慰如之！即日初夏，便有暑气，不审起居何如？所送新诗皆兴寄^④高远，但语生硬不谐律吕^⑤，或词气不逮初造意时^⑥，此病亦只是读书未精博耳。"长袖善舞，多钱善贾^⑦"，不虚语也。南阳刘䜣尝论文章之难云："意翻空而易奇，文徵实而难工^⑧。"此语亦是沈谢^⑨辈为儒林宗主时，好作奇语，故后生立论如此。好作奇语，自是文章病，但当以理为主，理得而辞顺，文章自然出群拔萃。观杜子美到夔州后诗^⑩，韩退之自潮州还朝后文章^⑪，皆不烦绳削而自合矣^⑫。往年尝请问东坡先生作文章之法，东坡云："但熟读《礼记·檀弓》，当得之^⑬。"既而取《檀弓》二篇读数百过，然后知后世作文章不及古人之病，如观日月也^⑭。文章盖自建安以来好作奇语，故其气象衰苶，其病至今犹在^⑮，唯陈伯玉^⑯、韩退之、李习之^⑰，近世欧阳永叔、王介甫、苏子瞻、秦少游，乃无此病耳。公所论杜子美诗，亦未极其趣，试更深思之。若入蜀下峡年月，则诗中自可见，其曰："九钻巴巽火，三蛰楚祠雷[18]。"则往来两川九年、在夔府三年可知也，恐更须改定乃可入石。适多病少安之余，宾客妄谓不肖有东归之期，日日到门，疲于应接。蒲元礼来告行，草草具此。世俗寒温礼数，非公所望于不肖者，故皆略之。三月二十四日。

【注释】

①王观复：名蕃，原字子宣，山谷字之以观复（《外集》卷九《王蕃字观复》）。文正公王曾之后，其先益都人，徙家湖州。时官阆州节度推官，多以书尺从山谷问学，山谷对他甚为推重，称其"居今而好古，抢质而学文，可望以立不易方、人不知而不愠者也"（《跋砥柱铭后》）。

②蒲元礼：山谷有《蒲大防字元礼》（《外集》卷九）："安德蒲君大防，学问之士也，涪翁字之曰元礼。"按：熙宁四年山谷尝有数诗与一名蒲元礼者唱和，其中《再和元礼春怀十首》序云："元礼蒲君，成都之佳少年。"仔细推敲，前后当是二人。熙宁四年，山谷二十七岁，那么这个蒲元礼应当年辈相仿或略少。而山谷写此信是在元符三年，时已五十六岁，为蒲氏所作的字说也

是写在这一年，而这一位蒲氏应是向山谷问学的晚辈，且籍贯各异，此为安德（属德州），彼为成都，二地了不相涉，故可断为二人。

③劳勚（yì）：劳苦。

④兴寄：比兴寄托，指诗歌意象中所蕴含的思想情感。陈子昂《与东方左史虬修竹篇序》："齐梁间诗，彩丽竞繁而兴寄都绝。"

⑤不谐律吕：不合诗歌的声律。

⑥"或词气"句：谓词不达意。陆机《文赋》："恒患意不称物，文不逮意。盖非知之难，能之难也。"逮，及，此犹言表达。

⑦"长袖"二句：《韩非子·五蠹》所引谚语。

⑧"南阳"等句："意翻"二句，出《文心雕龙·神思》，"文"作"言"，"工"作"巧"。按：刘勰祖籍东莞莒县（今属山东），后迁居京口（时称南东莞，今镇江）。"南阳"，误。

⑨沈谢：沈约与谢朓。沈约，字休文，历仕宋、齐、梁三朝，创"永明体"诗。谢朓，字玄晖，工五言诗，与沈约等从竟陵王萧子良游。

⑩"观杜"句：杜甫于大历元年（766）迁居夔州（今重庆奉节），三年春出峡，流寓湖湘以终。

⑪"韩退之"句：元和十四年，韩愈时任刑部侍郎，

上疏谏迎佛骨，触怒宪宗，贬为潮州刺史，转袁州刺史，十五年，征为国子祭酒，转兵部侍郎。

⑫"皆不烦"句：出自韩愈《南阳樊绍述墓志铭》，意为不劳雕琢加工即已符合规矩法度。

⑬"东坡"等句：费衮《梁溪漫志》卷四："东坡教人读《檀弓》，山谷谨守其言，传之后学。《檀弓》诚文章之模范。凡为文记事，常患意晦而辞不达，语虽曼衍而终不能发明，惟《檀弓》或数句书一事，或三句书一事，至有两句而书一事者，语极简而味长，事不相涉而意脉贯穿，经纬错综，成自然之文，此所以为可法也。"可备一说。

⑭"如观"句：《论语·子张》："子贡曰：'君子之过也，如日月之食焉，过也，人皆见之，更也，人皆仰之。'"

⑮"文章"三句：谓建安文学渐开六朝绮丽文风。李白《古风》云："自从建安来，绮丽不足珍。"衰苶(nié)，衰颓。苶，疲倦貌。

⑯陈伯玉：唐代文人陈子昂，字伯玉。

⑰李习之：唐代文人李翱，字习之，师从韩愈。

⑱"九钻"二句：见杜甫《秋日荆南述怀三十韵》，"巽"原作"噀(xùn)"，意为喷。相传汉方士栾巴于元旦喷酒灭成都火灾，见葛洪《神仙传》。"巴火"遂成

火之代称。古人钻木取火，四季改用不同的木材，称改火，后又以改火指一年。故"九钻"指在蜀中九年。"三蛰"指在夔州三年。雷二月而奋，八月而蛰，战国时夔属楚，故云。考杜甫乾元二年（759）岁末至成都，大历元年（766）迁夔州，三年春离夔，故蜀中九年当包括夔州三年，非九年之外又有三年。

【赏读】

此信作于元符三年（1100），山谷离戎东归之前，从信中有"宾客妄谓不肖有东归之期"可知。本文讨论的问题是宋代诗文论中带有普遍倾向性的一个议题，即作诗为文的平与奇。

宋代的文学风尚与唐代相比已大异其趣，以诗而论，自欧阳修、梅尧臣以还所形成的宋调不同于唐韵是显而易见的，其主导倾向是学杜、韩而走奇崛拗硬一路，用笔多涉铺陈议论而少含蓄蕴藉。但宋人所标举、追求的最高境界却是平淡自然。宋诗的开山祖师梅尧臣为诗不乏拗硬，但却标榜为平淡，苏轼也持类似观点，到黄庭坚更是言之深切了，本文就是一例。山谷将好奇的风尚追溯至齐梁时代。齐梁文学追求雕琢华丽，务为出奇。针对这一倾向，山谷提出了"以理为主，理得而辞顺"的对治之策。理即是义理，也就是思想内容，或称为

"意"，乃是相对于辞章形式而言的。此说其实由来已久。范晔《狱中与诸甥侄书》谓文章乃"情志所托，故当以意为主，以文传意，则其词不流，然后抽其芬芳，振其金石耳"。杜收《答庄充书》云："凡为文以意为主，以气为辅，以辞采章句为之兵卫。"山谷同时代的张未《答李推官书》曰："所谓能文者，岂谓其能奇哉？能久者固不能以奇为主也。……（文）为寓理之具也，是故理胜者，文不期工而工。"山谷之论与张未可谓若合符契。但这里要指出的是，"理得"不一定"辞顺"，"理胜"未必能"文工"。唐代李翱的见解显然胜出一筹，他在《答朱载言书》中指出："义不深不至于理，而辞句怪丽者有之"；"其理往往有是者，而词章不能工者有之矣"；"故义虽深，理虽当，词不工者不成文，宜不能传也"（参见《容斋随笔》卷七《李习之论文》条）。如此立论就更持平。

达于此种境界的创作往往是在文人生涯的晚期。山谷在此举出了杜甫到夔州后的诗作及韩愈到潮州以后的文章为例。山谷在给王观复的另一信中也说："但熟观杜子美到夔州后古律诗，便得句法，简易而大巧出焉，平淡如山高水深，似欲不可企及。文章成就，更无斧凿痕，乃为佳作耳。"此论揭示了经过磨难历练而使创作臻于炉火纯青之境的现象。持此论者在宋代亦不止山谷一人。

《苕溪渔隐丛话》后集卷三十引苕溪渔隐语曰："吕丞相跋杜子美年谱云：'考其笔力，少而锐，壮而肆，老而严，非妙于文章，不足以至此。'余观东坡自南迁以后诗，全类子美夔州以后诗，正所谓'老而严'者也。子由云：'东坡谪居儋耳，独喜为诗，精深华妙，不见老人衰惫之气。'鲁直亦云：'东坡岭外文字，读之使人耳目聪明，如清风自外来也。'观二公之言如此，则余非过论矣。"又同书卷三十二引《豫章先生传赞》："山谷自黔州以后，句法尤高，笔势放纵，实天下之奇作。"亦发挥此意，可见这一观点已成一种共识。

卷三　记

听隐居之松风，襄渊明之菊露，可以无愧矣。

东郭居士南园记

以道观分于崭岩之上，则独居而乐[①]；以身观国于蓬荜之间，则独思而忧[②]。士之处污行[③]以辞禄，而友朋见绝；自聋盲以避世，而妻子不知，况其远者[④]乎！

东郭居士尝学于东西南北，所与游居，半世公卿，而东郭终不偶[⑤]。驾而折轴[⑥]，不能无闷[⑦]；往而道塞[⑧]，不能无愠。退而伏于田里，与野老并锄，灌园乘屋[⑨]，不以有涯之生而逐无堤之欲，久乃蓬然独觉[⑩]，释然自笑。问学之泽，虽不加于民，而孝友移于子弟；文章之报，虽不华于身，而辉光发于草木，于是白首肆志而无弹冠之心[⑪]，所居类市隐[⑫]也。总其地曰"南园"，于竹中作堂曰"青玉"，岁寒木落而视其色，风行雪堕而听其声，其感人也深矣。据群山之会，作亭曰"翠光"，逼而视之，土石磊砢[⑬]，缭以松楠；远而望之，揽空成色[⑭]，下与黼黻[⑮]文章同观。其曰翠微[⑯]者，草木金石之气邪？其曰山光者，日月风露之景邪？不足以给人之欲，而山林之士甘心焉[⑰]，不知其所以然而然也。因高筑阁曰"冠霞"，鲍明远诗所谓"冠霞登彩阁，解玉饮椒庭"者也[18]。蝉蜕于市朝之溷浊[19]，翳心亨之叶[20]，而干没之辈不能窥是臞儒之仙意也[21]。其宴居[22]之斋曰"乐静"，盖取兵家《阴符》[23]之书曰："至乐性余，至静则廉。"《阴符》则吾未之学也，然以予说之，行险者躁而常忧，居易者静而常乐[24]，则东郭之所养可知矣。其经行之亭曰"浩然"[25]。委而去之，其亡者，莎鸡之羽[26]；逐而取之，其折者，大鹏之翼[27]。通而万物皆授职[28]，穷而万物不能撄[29]，岂在彼哉[30]！由是观之，东郭似闻道者也。

　　东郭闻若言[31]也，曰："我安能及道！抑君子所谓'困于心，衡于虑，而后作[32]'者也。我为子家婿，轩冕[33]不及门，子之姑氏怼我不才者数矣[34]。殆[35]其能同乐于丘园，今十年矣！可尽记子之言，我将劚[36]之南园之石。它日御以如皋，虽不获雉，尚其一笑哉[37]！"予笑曰："士之穷乃至于是夫！"于是乎书东郭之乡族名字，曰新昌[38]蔡曾子飞，作记者豫章黄庭坚。

【注释】

　　①"以道"二句：《庄子·天地》："以道观分而君臣之义明。"道，天道，大道。分，名分。崭岩，即巉岩，指隐士所居之山林。此谓从天道的高度来看万物的

名分，则隐居山林自有其乐。

②"以身"二句：身居草野，由自身的角度念及国事，则心有忧思。蓬荜，草名，亦指用草编的门户。此借指简陋的居处。

③污行：卑下的行列、环境。

④远者：指关系比亲朋更疏远者。

⑤不偶：命运不好。

⑥驾而折轴：《汉书·景十三王传》载临江王刘荣离江陵赴京，上车后"轴折车废"，父老以为不祥之兆。此喻遭遇挫折。

⑦不能无闷：《易·乾·文言》："龙德而隐者也，不易乎世，不成乎名，遁世无闷。"此反用之。

⑧道塞：指仕进之途阻塞。

⑨乘屋：盖屋。《诗·豳风·七月》："亟其乘屋。"郑玄笺："乘，治也。"

⑩蘧然：惊觉貌。

⑪肆志：放纵情志。弹冠：指出仕，语出《汉书·王吉传》。

⑫市隐：居于市中而游心寂寞，形同隐居。晋王康琚《反招隐诗》："小隐隐陵薮，大隐隐朝市。"《晋书·邓粲传》："夫隐之为道，朝亦可隐，市亦可隐。"

⑬磊砢：众石累积貌。

⑭揽空成色：挹取秀丽的景色。

⑮黼黻（fǔ fú）：原是礼服上的花纹图案，此指绚烂的景色。

⑯翠微：青翠朦胧的山色。

⑰"不足"二句：谓山水景物不能满足人的欲求，但隐士对此却感到舒心快意。给（jǐ），供给，满足。甘心，称心。

⑱鲍明远：南朝宋诗人鲍照。诗句出自《代升天行》，写解官游仙。

⑲"蝉蜕"句：从污浊的尘世超脱出来。《史记·屈原贾生列传》："蝉蜕于浊秽，以浮游尘埃之外。"溷，即混。

⑳翳（yì）：遮蔽。心亨：内心通达。

㉑干没：投机射利。臞儒之仙：此指东郭居士。臞，清瘦。

㉒宴居：安居。犹今言休闲。

㉓《阴符》：《阴符经》，旧题黄帝撰，内容多道家修炼术，并杂有兵家语。

㉔"行险"二句：《礼记·中庸》："故君子居易以俟命，小人行险以徼幸。"行险，冒险。居易，立身行事平易。

㉕浩然：《孟子·公孙丑下》："予然后浩然有归

志。"切归隐之意。但也兼有刚正博大义,《孟子·公孙丑上》:"我善养吾浩然之气。"

㉖"委而"三句:委弃世俗,所失者微不足道,如莎鸡之羽翼。莎鸡,即络纬,其翅极薄。

㉗"逐而"三句:追逐名利,所受之挫折,如大鹏之翅膀。

㉘"通而"句:假如命运通达,则万物各尽职分,为他效力。授,提供,进献。

㉙"穷而"句:假如处境困顿,则万物也不能扰乱其心。撄,扰乱,纠缠。

㉚岂在彼哉:彼,指外物。此谓主动权不在于物,而在于己,即得道者自有定力,能转物而不为物转。

㉛若言:这样的话。

㉜"困于心"三句:出自《孟子·告子下》,意谓心意困苦,思虑阻塞,才能有所作为。衡,犹"横",阻塞。

㉝轩冕:指官爵禄位。

㉞怼(duì):怨恨。不才:没有才能。数(shuò):多次,经常。

㉟殆:通"迨",及,等到。

㊱剞:镌刻。

㊲"它日"三句:《左传·昭公二十八年》:"昔贾大夫恶(貌丑),娶妻而美,三年不言不笑,御以如皋,

射雉获之，其妻始笑而言。"御，驾车。如皋，到水边之
地。尚，表希望之词。

㊳新昌：属江南西路筠州。

【赏读】

据文称，东郭居士为新昌蔡曾子飞，故可推定此文
作于山谷任吉州太和令时（元丰四年至六年，1081～
1083）。

本文虽题为"园记"，实则是一篇以形象化的笔墨论
道说理的文字，它标举的是一种超越凡俗的人生境界，
简言之为"得道"。道，可以说是贯串全文的一根主线，
故文章一上来就区分"道"与"身"的不同层次，意在
说明人当超越自身一己的忧患得失而臻于道境。随后，
通过东郭居士的例子阐述道境的获得是经历了人生挫折
的结果，人从名利场中抽身出来，方能"蘧然独觉"而
悟道。文章的主体部分是写园中的各个景点，由其名而
发挥义理，具体展现出得道者人格境界的各个侧面。值
得指出的是，山谷所谓的"道"，已非单纯的道家的"自
然"或佛家的"涅槃"，而是以癸为本对佛、道的融摄，
故得道即是基于儒家道德伦理的进退出处的自如之境。
如其堂曰"青玉"，实标示了主人的道德节操；其亭曰
"浩然"，乃是以孟子所倡的精神境界来概括其人品，它

既具进取精神（"浩然之气"），又含退隐之志（"浩然有归志"），涵盖了"穷""通"两个方面。这些都是儒家的人格内涵。故文中所述的退隐，不是那种枯淡寂灭的离尘遁世，而是不离尘世的所谓"市隐"，一方面躬行"孝友"，一方面又以"乐静"之心应对人生。质言之，这是以儒家思想为底蕴又融入庄禅之道的一种人生哲学，是通过对自然的审美而达致的内在超越。儒与道两家的思想经魏晋玄学的整合至宋代走向理学，山谷的这种思想也是时代思想的一种投影。文章末段通过东郭居士的表白，借孟子语重申了由人生的困厄而悟道的观点，照应了开头所述，收束于道的主题。

宋人好论道说理，对他们来说，自然人生，触处皆理。山谷此文就是一篇富于理趣的散文。它层次井然，语言精警整饬，有的句子类似格言，启人深思。

松菊亭记

期于名者入朝，期于利者适市①。期于道者何之哉？反诸身而已②。钟鼓管弦以饰喜，铁铖干戈以饰怒③，山川松菊所以饰燕闲者哉！贵者知轩冕之不可认，而有收其余日以就闲者矣；富者知金玉之不可守，而有收其余力以就闲者矣④。

蜀人韩渐正翁有范蠡、计然之策⑤，有白圭、猗顿⑥之材，无所用于世，而用于其楮⑦，中更三十年而富百倍，乃筑堂于山川之间，自名松菊，以书走京师，乞记于山谷道人。山谷逌然⑧笑曰："韩子真知金玉之不可守，欲收其余力而就闲者。予今将问子，斯堂之作，将以歌舞乎？将以研桑⑨乎？将以歌舞，则独歌舞而乐，不若与人乐之；与少歌舞而乐，不若与众乐之⑩。去⑪歌舞者岂可以乐此哉？恤饥问寒以拊⑫孤，折券弃责⑬以拊贫，冠婚丧葬⑭以拊宗⑮，补耕助敛以拊客⑯，如是则歌舞于堂。"人皆粲然⑰相视曰："韩正翁而能乐之⑱乎！"此乐之情也，将以研桑，何时已哉！金玉之为好货，怨入而悖出，多藏厚亡，它日以遗子孙，贤则损其志，愚则益其过，韩子知及此，空为之哉！虽然，歌舞就闲之日以休研桑之心，反身以期于道，岂可以无孟献子之友哉？孟献子以百乘之家，有友五人，皆无献子之家者也[19]。必得无献子之家者与之友，则仁者助施，义者助均，智者助谋，勇者助决，取诸左右而有余[20]，使宴安而不毒[21]，又使子弟日见所不见，闻所不闻[22]，贤者以成德，愚者以寡怨，于以听隐居之松风，裛渊明之菊露[23]，可以无愧矣。

【注释】

①"期于"二句：《战国策·秦策一》："争名者于朝，争利者于市。"

②反诸身而已：求道者当返求于自身。《论语·卫灵公》："君子求诸己，小人求诸人。"《孟子·离娄上》："行有不得者，皆反求诸己，其身正，而天下归之。"又《尽心上》："万物皆备于我矣。反身而诚，乐莫大焉。"《礼记·中庸》："射有似乎君子，失诸正鹄，反求诸其身。"反，通"返"。

③"钟鼓"二句：《荀子·乐论》："且乐者，先王之所以饰喜也；军旅铁钺者，先王之所以饰怒也。"饰，此作表达解。

④"贵者"四句:《老子》:"金玉满堂,莫之能守;富贵而骄,自遗其咎。功成身退,天之道。"此化用其意。轩冕,车马与冠服,代指禄位。

⑤范蠡、计然之策:指理财之道。计然,范蠡之师。《史记·货殖列传》:范蠡用计然之策助勾践灭吴后,"乃喟然而叹曰:'计然之策七,越用其五而得意。既已施于国,吾欲用之家。'"于是弃官经商,遂成巨富。

⑥白圭、猗顿:二人均善经商者。白圭,战国魏文侯时人。猗顿,原鲁之穷士,至西河,大畜牛羊于猗氏之南而致富。见《史记·货殖列传》。

⑦楮(chǔ):原为木名,即构树,其皮可制纸,故作纸的代称。此指钱币。

⑧逌(yóu)然:悠然,脸色宽舒貌。

⑨研桑:研,指计然,姓辛名研。桑,汉桑弘羊,善理财。班固《答宾戏》:"研桑心计于无垠。"此用作动词,算计,谋利。

⑩"将以"数句:《孟子·梁惠王下》:"(孟子)曰:'独乐(欣赏音乐)乐,与人乐乐,孰乐?'(齐宣王)曰:'不若与人。'曰:'与少乐乐,与众乐乐,孰乐?'曰:'不若与众。'"

⑪去:原作"夫",不通,据万历本改。

⑫拊:通"抚",抚育。

⑬折券弃责:《战国策·齐策》载孟尝君使冯谖至薛收债,他悉烧该偿者之债券,民呼"万岁",冯称为孟"市义"。责,通"债"。

⑭冠婚丧葬:古代男子一生中的三大礼。冠,指成人礼,男子年满二十行束发加冠之礼。

⑮拊宗:抚育同宗之人。

⑯客:客户,城镇无房产与乡村无田产之户,与主户相对。乡村客户主要是佃农。

⑰粲然:启齿而笑貌。

⑱而能乐之:《孟子·梁惠王上》:"贤者而后乐此,不贤者虽有此,不乐也。……古之人与民偕乐,故能乐也。"

⑲"岂可"四句:《孟子·万章下》:孟子向万章谈交友之道:"不挟(倚仗)长,不挟贵,不挟兄弟而友。友也者,友其德也,不可以有挟也。孟献子,百乘之家也,有友五人焉:乐正裘、牧仲,其三人则予忘之矣,献子之与此五人者友也,无献子之家者也。此五人者,亦有献子之家,则不与之友矣。"家,卿大夫之族及其领地。

⑳"取诸"句:《孟子·离娄下》:"君子深造之以道,欲其自得之也。自得之,则居之安;居之安,则资之深;资之深,则取之左右逢其原。"

㉑"使宴安"句：安乐不能毒害其精神，反用"宴安鸩毒"。

㉒"又使"二句：扬雄《法言·渊骞》："七十子之于仲尼也，日闻所不闻，见所不见。"谓学业修养日有长进。

㉓"裛（yì）渊明"句：陶渊明《饮酒》："秋菊有佳色，裛露掇其英。"裛，通"浥"，沾湿。

【赏读】

据文中所述，此文当作于山谷元祐间供职京师时（元祐元年~六年，1086~1091）。此文借松菊亭阐述了一番人生哲理，于人心颇多启迪。松菊乃安闲者所钟情。韩正翁善于理财，经营三十年后，富埒王侯，乃以其余才筑亭自娱。山谷借为之作记劝勉韩氏与民同乐，扶危济困。这一人生哲学直继承孟子之说而来，也是我国古代社会中的一个优良传统。另一种人生之乐则是对财富的追求，这种追求只会招致怨恨悖逆，贻害子孙后代。韩氏能以歌舞燕安的生活方式来安顿逐利求富之心，正是其人生智慧之所在。山谷最后指出，能达于此一人生境界离不开朋友之助。这里山谷亦采用了孟子之说。孟献子与五人交游，他们的地位权势都不及孟献子。朱熹的《四书章句集注》引张子曰："献子忘其势，五人者忘人之势。不资其势而利其有，然后能忘人之势。"如此解释，则行为主体是孟献子，"无……家者"云云则指孟献子不依仗自己家之"势"，故杨伯峻承朱说，径直译为"没有心存大夫之尊的念头"（《孟子译注》）。山谷对此作了另解，主语变成了"五人"，即此五人没有献子之家"势"，于是生发出下面的文意：交友当交地位权势不如己者，这样可以对他施以仁义恩惠，言外意不当攀附高于己者。这当然是山谷对典故的活用。

黔南道中行记

　　绍圣二年三月辛亥，次下牢关①，同伯氏元明、巫山尉辛纮尧夫傍崖寻三游洞②。绕山行竹间二百许步，得僧舍，号大悲院，才有小屋五六间，僧贫甚，不能为客煎茶。过大悲，遵微行③，高下二里许，至三游间，一径栈阁④绕山腹，下视深溪悚人，一径穿山腹黮暗⑤，出洞乃明。洞中略可容百人，有石乳，欠乃一滴，中有空处，深二丈余，可玄⑥，尝有道人宴居⑦，不耐久而去。

　　厥壬子，尧夫舟先发，不相待。日中乃至，虾蟆碚⑧，从舟中望之，颐颔口吻，甚类虾蟆也。予从元明寻泉源，入洞中，石气清寒，流泉激激，泉中出石腰骨，若虬龙⑨纠结之状。洞中有崩石，平阔可客数人宴坐也，水流循虾蟆背重鼻口间，乃入江耳。泉味亦不极甘，但冷熨人齿⑩，亦其源深来远故耶。

　　壬子之夕宿黄牛峡⑪。明日癸丑，舟人以豚酒享⑫黄牛神，两舟人饮福⑬皆醉。长年三老⑭请少驻，乃得同元明、尧夫曳杖清樾间[15]，观欧阳文忠公诗及苏子瞻记丁元珍梦中事，观只耳石马[16]。道出神祠背，得石泉甚壮，急命仆夫运石去沙，泉且清而归。陆羽《茶经》记黄牛峡茶可饮，因令舟人求之，有媪卖新茶一笠，与草叶无异，山中无好事者[17]故耳。

癸丑夕宿鹿角滩下，乱石如困廪[18]，无复寸土。步乱石间，见尧夫坐石据琴，儿大方侍侧，萧然在事物之外。元明呼酒酌尧夫，随磐石为几案床座。夜阑乃见北斗在天中，尧夫为《履霜》《烈女》[19]之曲。已而风激涛波，滩声汹汹，大方抱琴而归。

初，余在峡州，问士大夫夷陵茶，皆云粗涩不可饮；试问小吏，云唯僧茶味善，试令求之，得十饼，价甚平也。携至黄牛峡，置风炉清樾间，身候汤，手搲[20]得味，既以享黄牛神，且酌元明、尧夫云："不减江南茶味也。"乃知夷陵士大夫但以貌取之耳，可因人告傅子正[21]也。

【注释】

①下牢关：在峡州治夷陵（今湖北宜昌）之西，隋于此置峡州，后为镇。

②三游洞：在西陵峡外，距宜昌约十公里。其名之由来，盖因唐代白居易、白行简兄弟及元稹曾同游此洞，

称"前三游";后宋代苏洵、苏轼、苏辙也同游过此洞,故称"后三游"。

③遵微行(háng):沿着小路。

④栈阁:栈道,依山架木而筑成的道路。

⑤黡暗(dǎn àn):昏暗。

⑥玄:通"悬"。此指可悬垂而置于穴中。

⑦宴居:间居,安居。此指安坐修道。

⑧虾蟆碚:在宜昌西北灯影峡上段,江边一大石形如蛤蟆,故名。其泉水陆羽品为第四。虾蟆,即蛤蟆。

⑨虬龙:无角之龙。

⑩冷熨(wèi)人齿:水寒激人之齿,犹如高温之熨。

⑪黄牛峡:在宜昌西,西陵峡中段,南岸山麓建有黄陵庙,为纪念大禹治水而建。山崖状如人牵牛,故名。

⑫以豚酒享:用小猪及酒祭神。

⑬饮福:祭祀完毕,饮供神之酒,谓受神之福,故云。

⑭长年三老:船工。长年,撑篙者。三老,掌舵者。

⑮曳杖清樾间:拖着手杖行走在清荫中。樾,树荫。

⑯"观欧阳"两句:指欧阳修《黄牛峡祠》诗及东坡《书欧阳公黄牛庙诗后》。东坡文中述其同年丁宝臣(元珍)梦中事,不久元珍除峡州判官,东坡贬为夷陵

令，二人共谒黄牛庙，入门所见皆与梦境相应，且门外石马独缺一耳亦与梦中相同，相视大惊，遂留诗庙中。诗及文皆刻石于庙。

⑰好事者：此指热衷品茶之人。

⑱囷（qūn）廪：粮仓。

⑲《履霜》《烈女》：皆琴曲名。《履霜操》相传为尹伯奇作，伯奇为周尹吉甫子，为后母所逐，作此曲以见意。"烈女"当作"列女"，相传孟郊有《列女操》。

⑳捼（ruí）：用手揉搓。

㉑傅子正：不详。盖即"夷陵士大夫"之流。

【赏读】

绍圣二年（1095）正月山谷在兄长大临的陪同下，由陈留出发，前往贬谪地黔州，三月到峡州，十六日（辛亥）次下牢关，十七日（壬子）宿黄牛峡，十八日（癸丑）谒黄陵庙，夕宿鹿角滩。本文即记载了这三日的行程。

题曰"行记"，故文章纯用纪实手法记录行踪，看似一篇流水账，但却映照出作者超越忧患得失的精神境界。文章按行程作客观记叙，似不见作者的心绪波动，唯其用这种不动心的笔法，方能表现出他不以个人遭际萦怀的超越之境。全文似一幅山水长卷，次第展开间，景色人物一一呈现。所写山水景物透出清冽之气，一切的尘嚣皆被洗去，点缀其间的人物也好似画中人，虽都是人间凡夫，所从事者也皆俗务，但却不染烟火之气，予人超尘出世之想。夜宿鹿角滩一幕场景尤启人遐想，乱石之间，县尉辛尧夫据石操琴，其儿侍侧，夜阑更尽，北斗在天，风激涛涌，天籁与琴声交融，人的存在已化入浩渺的宇宙，此情此景几与神仙之境无异，其高情雅趣足让人久久涵泳。

行文中有一事贯串始终，那就是饮茶。山谷对茶情有独钟，毕生以茶为伴，以致富弼称他为"分宁一茶客"。他的家乡出产一种茶名"双井茶"，他始终以此茶为傲，常与人分享。他的诗词中多咏茶之作，光咏茶诗就多达五十余首。四十岁戒酒之后他就以茶代酒，且常劝人饮茶。蜀中自古以来就是产茶重地之一，因而此行入蜀他对茶也多有关注。本文纪行，第一站即点出僧贫不能为客煎茶，第二站写黄牛峡茶，感叹无好事者为之品第，最后一段完全归结至茶的主题，为夷陵茶抱屈："不减江南茶味。"短短一言就透露出他此时内心涌现的还是家乡那清醇的茶味，传递的是他绵绵的乡情。抵黔之后他的茶趣不减，所作《踏莎行》《阮郎归》二词即以茶为主题。又，好茶总是与佳泉联系在一起的，本文在简练的纪行中于泉水却不吝笔墨，二者相得益彰，正传达出隽永的文人雅趣。

　　山谷的入川之途本是艰险之旅，且前程未卜，生死不测，但本文却写得冲融淡远，有一种遗落世事的高情雅致，不像有些游记濡染了悲情忧怀，确乎达到了王国维所谓的"无我之境"。

忠州[①]复古记

　　忠州，汉巴郡之临江、垫江县也，其治所在临江，故梁以为临州，后周以为南宾郡，唐贞观八年始为忠州。其地荒远瘴疠，近臣得罪，多出为刺史、司马。故刘尚书[②]以刺史贬，一年死；陆宣公[③]以别驾贬，十年死；李忠懿公[④]以刺史居六年，白文公[⑤]以刺史居二年。其后，喜事者以四公俱贤，图象为四贤阁：故相赠司徒、郑州刺史南华刘晏士安，故相赠兵部尚书、嘉兴陆贽敬舆，中书侍郎、平章事、赠司徒、安邑李吉甫宏宪，刑部尚书致仕、赠右仆射、下邽白居易乐天。由开元以来迄于会昌[⑥]，四君子相望凛然犹有生气，忠民常以此自负，而郡守至者必矜式[⑦]焉。

　　绍圣三年正月，知州事营丘王君辟之圣涂[⑧]，下车问民疾苦，曰："吏骜[⑨]而民困。"故圣涂为州，拊养柔良，知其饱饥，锄治奸猾，几于伤手[⑩]，治声翕然[⑪]。邑中豪吏故时受赇[⑫]舞文法[⑬]者相与谋曰："属且无类[⑭]。即以智笼小呆吏，群诉于部使者[⑮]。"圣涂不为变，且叹曰："白头老翁安能录录⑯吏苛民耶？"亦会部使者察其为奸，而圣涂治郡政成，时休车骑野次⑰，咨问故老，访四贤之逸事，而三君之政寂寥无闻，盖士安既赐死，而敬舆别驾不治民⑱，宏宪虽在州六年，亦嘿⑲耳。乐天由江州司马除刺史，为稍迁⑳，故为郡最豫暇㉑有声迹㉒。又其在州时诗，见传东楼以宴宾佐，西楼以瞰鸣玉溪，登龙昌上寺以望江南诸山，张乐巴子台以会竹枝歌女㉓，东坡种花㉔，东涧种柳㉕，皆相传识其处所㉖。于是一花一竹皆考子诗，复其旧贯㉗，种荔支数百株㉘，移木连㉙且十本，忠于一时遂为三峡名郡。

圣涂乃以书夸涪翁曰："为我记之。"涪翁曰："圣涂急鳏寡之病，使远方民沐浴县官㉚之泽，可谓知务矣。扫除四贤之室，思欲追配古人，可谓乐善矣。乐天去忠州于今为二百七十有九年，在官者鳃鳃然㉛常忧瘅疠之病已，数日㉜求去，故乐天之遗事芜没欲尽。圣涂齐人也，盖不能㉝巴峡之风土，又其击强拨烦㉞，材有余地，而晚暮为远郡守，乃能慨然不倦，兴旧起废，使郡中池观花竹郁然如元和己亥㉟时，追乐天而与之友，圣涂于是贤于人远矣。"圣涂为州之明年六月而涪翁为之记。

【注释】

①忠州：唐贞观八年（634）改临州置，治临江县（今重庆市忠县），宋属夔州路。

②刘尚书：刘晏，唐曹州南华（今山东东明）人，字士安。宝应二年（763）擢为吏部尚书、同平章事，领度支盐铁转运租庸使，前后主持财政二十年，理财有方，使安史乱后的国运得以重振。德宗立，受杨炎构陷，贬为忠州判史，旋被诬以谋反处死。

③陆宣公：陆贽（754～805），唐苏州嘉兴人，字敬舆。德宗即位，召为翰林学士，朱泚乱起，曾随德宗避难奉天，起草诏令，参与机务，号为"内相"。遭裴延龄诬，贬为忠州别驾，在州十年，避谤搁笔。谥宣。

④李忠懿公：李吉甫（758～814），唐赵郡（今河北赵县）人，字弘宪。博学多闻，贞元初为太常博士、中书舍人，恶牛僧孺等指陈时政，开启牛李党争。卒谥忠懿。著作今存《元和郡县图志》四十卷。

⑤白文公：白居易（772～846），字乐天，号香山居士，下邽（今陕西渭南）人。元和十年（815）因请缉捕刺杀宰相武元衡之凶手，得罪权贵，贬为江州司马，元和十四年迁忠州刺史。谥文。

⑥会昌：唐武宗年号（841～846）。

⑦矜式：尊重效法。《孟子·公孙丑下》："使诸大夫国人皆有所矜式。"

⑧"知州事"句：山谷于治平四年（1067）登进士第，王辟之为其周年。王辟之名圣涂，临淄营丘人，以营丘山得名。

⑨鸷：傲慢。

⑩几于伤手：差点伤了手。《老子》七十四章："常有司杀者杀。夫代司杀者杀，是谓代大匠斫。夫代大匠斫者，希有不伤其手矣。"此借用其语。

⑪翕（xī）然：聚合貌，此谓隆盛。

⑫賕（qiú）：贿赂。

⑬舞文法：玩弄法令以施行奸诈。

⑭属且无类：将要没命了。属，即将，眼看着。无类，"无噍类"之省文。噍，即嚼。噍类，能嚼食的活人。

⑮部使者：指路一级的转运使。"使"本谓朝廷派出的官员，但有些使后来即成为常设官。宋代的转运使号称"漕司"，掌管一路财政，又兼管刑狱及地方官的考察，类似于汉代的刺史、唐代的观察使之职，故转运使、副使又有"部刺史"之别称。

⑯录录：犹碌碌，平庸无能。

⑰野次：郊野。

⑱"而敬舆"句：别驾，州府佐吏名，唐代为州计

长官之副手，又称长史。陆贽贬为忠州别驾，实际不管事，故云"不治民"。

⑲嘿：同"默"。

⑳"乐天"二句：白居易由江州司马迁忠州刺史，属升迁。司马，州府执掌军事之佐史，位在别驾之下，刺史则为州长官，级别当然高于司马。

㉑豫暇：快乐悠闲。

㉒声迹：名声、政绩。

㉓"见传"四句：见传，犹言"现传"，以下所述皆据白诗篇目。张乐，摆开乐队，演奏音乐。《庄子·天运》："帝张《咸池》之乐于洞庭之野。"巴子台，纪念巴国国君的台观。周武王克商，封巴国为子国，称巴子国。白居易《九日登巴台》："今岁重阳日，萧条巴子台。"竹枝歌女，演唱竹枝词的歌女。竹枝词原是巴山楚水间的一种民歌，中唐以来为文人所模拟，成为一种曲子词。白居易《听竹枝赠李侍御》："巴童巫女竹枝歌，愫恼何人怨咽多。暂听遣君犹怅望，长闻教我复如何！"

㉔东坡种花：白居易有《东坡种花》诗二首，其一云："持钱买花树，城东坡上栽。但购有花者，不限桃杏梅。"

㉕东涧种柳：白居易有《东溪（一作"涧"）种柳》诗，云："野性爱栽植，种柳水中坻。"

㉖识（zhì）其处所：标示出它们相关的处所。

㉗旧贯：原先的样子、规模。

㉘"种荔支"句：忠州出产荔枝，白居易有诗咏之。《种荔枝》："红颗珍珠诚可爱，白须太守亦何痴。十年结子知谁在？自向庭中种荔枝。"

㉙木连：亦作"木莲"，白居易在忠州有诗咏之，题曰："木莲树生巴峡山谷间，巴民亦呼为黄心树，大者高五丈，涉冬不凋……"又《画木莲花图寄元郎中》："花房腻似红莲朵，艳色鲜如紫牡丹。唯有诗人能解爱，丹青写出与君看。"

㉚县官：朝廷或皇帝。

㉛鳃（xǐ）鳃然：恐惧貌。鳃，通"葸"。

㉜数日：数着日子。

㉝能（nài）：通"耐"。

㉞击强拨烦：打击豪强，去除麻烦。

㉟元和己亥：唐宪宗元和十四年（819）。此年春，白居易自江州赴忠州，次年冬自忠州召还。

【赏读】

这篇记是山谷为其同年友王辟之（圣涂）而作。古代以同榜登进士第者为同年，是一层很重要的社会关系。山谷与王圣涂的渊源不浅，涉及他的作品有好几篇。元祐六年王知河东县，山谷曾为之撰《伯夷叔齐庙记》。山谷贬黔州后，圣涂于绍圣三年（1096）正月知忠州。据本文所述，山谷于圣涂知忠州之明年，即四年六月为此记，后又为之作《王圣涂二亭歌》，诗序称圣涂"将自此归矣"，时年六十六，知忠州乃王氏仕途的最后一站，从此将告老还乡。由此可见，山谷此记颇具纪念意义。

　　首段交代忠州的建制来历，以及曾居于忠州的四位唐代名臣。忠州地处边远，故曾作为安置罪臣之地，但忠州地民众却以此四人为骄傲，遂建"四贤阁"，置图像以纪念之。次段记王圣涂之政绩。他于下车伊始即抚慰百姓、力除奸恶，虽遭奸人的刁难与阻挠，但终于挫败了他们的阴谋。诸事就绪、局面稳定之后，他又走访、咨询政老，寻访四贤之旧事遗迹，就中尤以白乐天之故事为多，于是据乐天所咏恢复其故地的旧观，成为缅怀先贤的胜地，忠州遂跃居为三峡的名都。末段山谷借答复圣涂之请再次表彰了他的政绩和追慕前贤的举措，尤其难能可贵的是，他以齐人的身份来到巴峡之地，为地方之治不倦奔走，兴旧起废，表现了他尚友古人的心愿。儒家自孔孟以来就有崇古的传统，孔子信而好古，追踪三代之礼，亲至杞、宋而微之，孟子更倡"尚论古之人"当知人论世的"尚友"精神。圣涂正是践行了这一传统的。

　　山谷在《书乐天忠州诗遗王圣涂》（按：《别集》卷十一录此文，"涂"作"徒"，误）中谓："营丘王圣涂守忠州，其治民事如庖丁之解牛，其摘吏奸如痀偻之承蜩，故不几时，郡中无一事。"这种为政作风正是山谷提倡的"整暇"。

　　顺便一提的是，山谷用"涪翁"之号首见于此文。《苕溪渔隐丛话》后集卷三十一载苕溪渔隐言，称此号来自《后汉逸民传》："初父老不知何出，常渔钓于涪水，人因号涪翁。"山谷初贬为涪州别驾，故以此为号。

阆州①整暇堂记

　　无事而使物，物得其所，可以折千里之冲②之谓整。有事而以逸待劳，以实击虚，彼不足而我有余之谓暇。夫不素备而应，卒可以徼幸于无患，而项颠沛狼戾③者十常八九也，岂唯人事哉！天之于物，疾风震雷，伏于土中者皆萌动，然后阜蕃④而成夏；落其实而枯其枝，然后闭塞而成冬。夫唯整故能暇，上天之道也。昔者晋栾针使于楚，楚执政问晋国之勇，对曰："好以众整。"又问："如何？"曰："好以暇⑤。"虽晋楚争盟务以辞相胜，充其情⑥，楚岂能与中国⑦抗衡哉？今之郡守，古诸侯也，提千里之兵以守关要，平居燕安⑧，拙者奉三尺⑨而有余；至于仓卒变故，巧者应事机而不足，此惟不知素⑩整暇故也。

　　荥阳⑪鱼侯⑫仲修，仁宗时御史中丞鱼公家也，儒素有风力，其家法⑬存焉，为阆中太守⑭，知学问为治民之原，知恭俭为劝学之路，先本后末右经而左律⑮，在官二年，内明而外肃，吏畏而民服，乃作堂以燕乐之。表里江山⑯，不知风雨，予以燕宾客，讲问阙遗⑰，沈沈⑱翼翼⑲，千里之观也。堂成而鱼侯甚爱之，问名于江南黄某，某曰：若鱼侯可谓能整能暇矣，故名之曰"整暇"，所以美其成功而劝其未至也。《诗》曰："迨天之未阴雨，彻彼桑土，绸缪牖户。今此下民，或敢侮予⑳？"可谓能整矣。又曰："来归自镐，我行永久，饮御诸友，炰鳖脍鲤，侯谁在矣，张仲孝友㉑。"可谓能暇矣。前所叙说，以告后人，后作赋诗，以为鱼侯寿，故并记之。

【注释】

①阆（làng）州：属利州路，治阆中（今属四川），辖境相当于今苍溪等县地。

②折千里之冲：折，摧折，打垮。冲，一种战车。折冲本指挫败敌军。《吕氏春秋·召类》："夫修之于庙堂之上，而折冲乎千里之外者，其习或子罕之谓乎？"后亦指谈判中制胜对方。千里，常用以指战场。《史记·留侯世家》："运筹帷帐中，决胜千里外，子房功也。"

③狼戾：狼藉，散乱不整。

④阜蕃：生长发育茂盛。

⑤"昔者"五句：事见《左传·成公十六年》。晋楚鄢陵之战中，晋国大夫栾针对晋厉公提起出使楚国的

往事，这段对话即是栾针与楚国大夫子重之间的交谈。众整，即人多而整饬。暇，闲暇，从容镇定。

⑥充其情：说实在话。情，实情。

⑦中国：中原地区，此指中原各诸侯国。

⑧平居燕安：平时悠闲安乐。

⑨三尺：指法律。古时把法律刻在三尺长的竹简上，故云。

⑩素：素来，一向。

⑪荥阳：宋时属京西北路郑州。

⑫侯：士大夫间的尊称，犹言"君"。

⑬家法：家族的治家之法。

⑭太守：汉代郡长官之名，后代沿用以称刺史、知州（府），以示古雅。

⑮律：律法。

⑯表里江山：犹言"表里山河"，即外有大河，内有崇山。《左传·僖公二十八年》："若其不捷，表里山河，必无害也。"

⑰阙遗：缺失遗漏的学问。阙，通"缺"。

⑱沈（tán）沈：深邃貌。

⑲翼翼：雄伟貌。

⑳"《诗》曰"数句：出《诗·豳风·鸱鸮》。诗意谓：趁此天还未下雨时，赶快剥取桑根（一说"皮"），

布置好我的门窗。如今你们这些下民，还有谁敢欺侮我？今此下民，"此"原诗作"女（汝）"。绸缪，缠结。

㉑"又曰"数句：出《诗·小雅·六月》。诗写尹吉甫出征猃狁，获胜凯旋，周宣王隆重宴赏。镐，镐京，西周都城，在今陕西西安市长安区西北。饮御，以宴饮款待。炰，烹煮。脍，细切鱼肉。侯，发语词，维。张仲孝友，尹吉甫友人张仲，孝敬父母，友爱兄弟，故云。

【赏读】

此文通过给鱼仲修之堂命名，揭示了山谷的一种政治理想，它和山谷所倡的宽猛相济有着异曲同工之妙。他从古典文献中发掘出"整暇"的概念，诚为别具慧眼，使得陈旧的典故焕发出现实的新意。

"整暇"的观念原出《左传》，"整"原指军容整饬，"暇"谓从容不迫。山谷将它移用于政事，则"整"指严整有序，各得其所，"暇"则是优游闲暇，以逸待劳。二者看似对立，但却有着内在的联系，构成一种对立统一关系。关键在于以整为备，有备方可无患。他指出"不素备而应"虽可侥幸一时，但十有八九将陷于狼狈不堪，故"唯整故能暇，上天之道也"。他的理想境界是通过严格的治理达到"整"，然后进入无为而治的"暇"。

在引经据典之后，文章归结到堂主鱼仲修之身，山谷称述他的理政之道颇有整暇之风，既严明法纪，吏民畏服，又乐易燕安，好客重学。以"整暇"名其堂，既"美其成功"，又敦促他更加努力。最后引《诗经》中的两首作品，分别对应于"整"和"暇"。第一首诗的引述应该说是受到了孟子的启发。《孟子·公孙丑上》引此诗后云："孔子曰：'为此诗者，其知道乎！能治其国家，谁敢侮之？'今国家闲暇，及是时，般乐怠敖，是自求祸也。"山谷以此强调"整"是"暇"的先决条件，有了未雨绸缪的准备，方能有平安易乐的局面。

在山谷的政治理念中，他更看重内整而暇的简静无为之境，这一境界在他其他的作品中也多有表述。如《送徐德郊》："在官者各有职典，民有亲疏，然大要简静平易，则足以使民移。"《祭郭给事文》："惟公德性柔嘉，器能优裕，遇事从容而有断，临民宽静而不烦。"这种境界实来自老庄哲学，尤其体现在汉初的黄老之学及其清静无为的政治实践中，故山谷每以《庄子》中的庖丁解牛之类的典故来表述通过干练有效的行政作风，从而形成逍遥逸乐局面的观念。他每每推许汉代的循吏，用以比拟他赞扬的贤能官员。这类官吏能抚循百姓，政不扰民。山谷的这种政治理念有其现实的针对性，与他对变法派的批评态度有关。他认为变法造成了法令烦苛的局面，百姓深受其害，因而需要反其道而行之，使百姓得以休养生息。

大雅堂记

丹棱①杨素翁，英伟人也，其在州闾乡党有侠气，不少假借人②，然以礼义，不以财力称长雄也。闻余欲尽书杜子美两川夔峡③诸诗，刻石藏蜀中好文喜事之家，素翁粲然向余，请从事焉。又欲作高屋广楹④庇⑤此石，因请名焉，余名之曰大雅堂，而告之曰：

由杜子美以来四百余年，斯文委地⑥，文章之士，随世所能，杰出时辈，未有升子美之堂者，况室家之好耶⑦！余尝欲随所欣然会意处⑧，笺以数语⑨，终以汩没世俗，初不暇给⑩。虽然，子美诗妙处乃在无意于文，夫无意而意已至，非广之以国风雅颂，深之以《离骚》《九歌》，安能咀嚼其意味，闯然入其门耶⑪！故使后生辈自求之，则得之深矣。使后之登大雅堂者，能以余说而求之，则思过半矣⑫。彼喜穿凿者，弃其大旨，取其发兴⑬于所遇林泉、人物、草木、鱼虫，以为物物皆有所记，如世间商度隐语者⑭，则子美之诗委地矣。素翁可并刻此于大雅堂中，后生可畏⑮，安知无涣然冰释⑯于斯文者乎！元符三年九月涪翁书。

【注释】

①丹棱：属成都府路眉州。

②"不少"句：少，稍。假借，给好脸色看，宽容。

③两川夔峡：两川，东川与西川。唐至德二载（757）将剑南节度使辖境分为剑南东川与剑南西川，东川治所为梓州，西川治所为益州（成都）。夔峡，瞿塘峡，泛指三峡。杜甫于乾元二年（759）岁末抵成都，开始流寓西川的生活，历时五载，永泰元年离蜀，大历元年到夔州，三年春出峡。

④广楹：犹言广厦。楹，厅堂前的柱子，也指屋子。

⑤庥（xiū）：庇荫，保护。

⑥斯文委地：风雅的传统已被抛弃。

⑦"未有"二句：以升堂与入室喻水平成就之高低，见《论语·先进》。此谓升堂者尚且未有，更何况入室者。

⑧"余尝"句：趁着欣然有所感悟之时。处，表示时间，即"……之时（际）"，并非指处所。

⑨笺以数语：山谷有《杜诗笺》一文，载《别集》卷四。

⑩"终以"二句：终于因为沉于世事俗务，无暇完

成。汩（gǔ）没，埋没。

⑪"非广之"四句：要能鉴赏并学习杜诗，必须具备《诗经》《楚辞》的深厚修养。咀嚼，即琢磨、体会。

⑫"则思"句：出《易·系辞下》。

⑬发兴：诗人触物起兴，即目睹某种景物，触发其情感，发而为诗。兴，为《诗》之"六义"之一。《文心雕龙·比兴》："兴者，起也。……起情者，依微以拟议。"

⑭"如世间"句：商度，估计，度量，揣摩。隐语，借他辞以暗示本意的话，如廋词，谜语。宋代民间有"商谜"，耐得翁《都城纪胜·瓦舍众伎》："商谜……聚人猜诗谜、字谜、戾谜、社谜，本是隐语。"

⑮后生可畏：出《论语·子罕》。

⑯涣然冰释：《老子》十五："涣兮若冰之将释。"杜预《春秋左传序》："涣然冰释，怡然理顺，然后为得也。"涣，离散。此谓疑虑消散，豁然开朗。

【赏读】

元符三年（1100），山谷的命运出现了转机，他于七月赴眉州青神探望姑母张氏，逗留至十一月返回戎州。在此期间，他书写了杜甫流寓两川及夔峡的全部诗作，并拟刻石咏志。本文即记此事。山谷另有《刻杜子美巴蜀诗序》一文可资互观，其文称："自予谪居黔州，欲属一奇士而有力者，尽刻杜子美东西川及夔州诗，使大雅之音久湮没而复盈三巴之耳。"说明山谷谪黔以来即已萌生此念，但久觅不得其人，后来杨素翁主动请求担此义举，于是山谷"悉书遗之，此西川之盛事，亦使来世知素翁正真磊落人也"。应该说，这不仅是西川之盛事，也是中国文化史上的一大壮举，遗憾的是这些书迹刻石已湮没于历史的烟云而渺不可寻了。

　　山谷之所以立志此举，首先可能是老杜的人生际遇引起了山谷的共鸣，山谷同老杜一样遭遇了人生的坎坷，流寓两川，故能感同身受。更主要的还是为了表彰杜甫彪炳史册的诗歌成就。在他看来，杜甫入川以后的诗歌达到了他创作的高峰，进入了炉火纯青的境界，即所谓的"不烦绳削而自合"，尤其夔州后诗简易平淡，无斧凿痕，甚至入于无意为文之境。山谷也用此来评陶渊明之诗。且不论这种评价该如何衡断，它更多地表现了山谷的人生感悟和诗歌美学祈向。如果说山谷前期的诗歌更多愤世嫉俗之慨，在风格上更趋奇崛拗硬，那么贬谪之后，他的锋芒愈盖内敛，更多地借助佛道思想来化解烦恼，获取心理的平衡，故其他诗作的风格趋于自然平淡。本文所述的诗学观点又见于《答王观复书》。蔡绦《西清诗话》谓"鲁直自黔南归，诗变前体，且云要须唐律中作活计乃可言诗”，说明其诗论与创作祈向是基本一致的，山谷之论杜毋宁可以视作他的夫子自道。

杜甫在宋代地位隆盛，崇杜已成宋人的共识，其甚至被冠以“诗圣”之名，成了自《诗经》以来的诗歌传统的杰出代表。自《毛诗序》以来，这一传统每被概括为“风雅比兴”，或简括为“大雅”。齐梁以来，这一优良传统日渐沦替，于是有了复归风雅的呼吁，如陈子昂之追慕“汉魏风骨”，李白之感叹“大雅久不作”“正声何微茫”（《古风》第一），都是要重振风雅的传统。山谷将安顿杜诗刻石的草堂冠名为“大雅”，与前贤的祈向是一脉相承的，文中称“广之以国风、雅颂，深之以《离骚》《九歌》”，正是表示对这一传统的继承。

风雅传统的核心是比兴。自《毛诗序》指出“比兴”义后，比兴遂被赋予了诗歌创作的最高价值。比兴原只是两种手法，即比喻和触物起兴，诗人通过它们委婉含蓄地表达思想感情。《文心雕龙·比兴》称“比显而兴隐”，“兴之喻婉而成章，称名也小，取类也大”；《诗品·总论》谓“文已尽而意有余，兴也；因物喻志，比也”。其后比兴之谓逐渐偏向诗歌所蕴含的思想意义上去了，因而风雅比兴往往连称，成为衡量诗歌思想价值的标杆。在这个意义上用“比兴”实兼含了“赋”之义，即赋比兴所表达的内容是否雅正。杜甫无疑是代表风雅传统的典范。山谷在此则指出了另一种应当避免的倾向，即应全面地把握诗歌意象的寓意，从大处着眼，而不能刻意求深，穿凿附会。若如猜谜语般求其寓意，就走向比兴的反面而使风雅扫地了。这是在强调诗歌比兴寄托的作用时导致的又一极端，早在汉儒对《诗经》的解读中就已出现了这种倾向，山谷指出这一点，不无纠偏解蔽的意义。

承天院塔记

　　绍圣二年余以史事得罪，窜黔中，道出江陵[①]，寓承天，以补纫春服[②]。时住持僧智珠方撤旧僧伽浮图于地[③]，瓦木如山，而嘱余曰："成功之后，愿乞文记之。"余笑曰："作记不难，顾或功为难耳。"后六年，余蒙恩东归[④]，则七级浮图岿然立于风雨之上矣。因问其事缘，珠曰："此虽出于众力，费以万缗，鸠工[⑤]于丁丑，而落成于壬午，其难者既成功矣，其不难者敢乞之。"余曰："诺。"

　　谨按：承天禅院僧伽浮图作于高氏有荆州[⑥]时，既坏而主者非其人，枝撑以度岁月[⑦]。有知进者住持十八年，守旧而已。智珠初问心法于清凉奇道者，而自闽中来，则佶知进主院事，道俗欣欣，皆曰："起废扶倾，唯此道人能之。"于是六年作而新之者过半。知进没，众归珠而不释，此浮图遂崇成耳。

　　僧伽本起于盱眙[⑧]，于今宝祠遍天下，其道化乃溢于异域，何哉？岂释氏所谓愿力普及者乎？儒者尝论一佛祠之费，盖中民万家之产，实生人谷帛之蠹，虽余亦谓之然。然自余省事以来，观天下财力屈竭之端，国家无大军旅勤民丁赋之政，则蝗旱水溢，或疾疫连数十州，此盖生人之共业，盈虚有数⑨，非人力所能胜者耶。然天下之善人少，而不善人常多，王者⑩之刑赏以治其外，佛者之祸福⑪以治其内，则于世教岂小补哉！儒者常欲一合而轨之⑫，是真何理哉！因珠来乞文，记其化缘，故并论其事。

智珠古田人，有智略而无心，与人无崖岸，又不为翕翕然⑬，故久而人益信之。买石者邹永年⑭，篆额者黄乘⑮，作记者黄庭坚，立石者马瑊⑯。

【注释】

①"绍圣"三句：山谷元祐中参与修《神宗实录》，绍圣初，章惇、蔡卞等论《实录》多诬，传讯史官，遂有黔州之谪。江陵，荆湖北路及江陵府治所。

②补纫春服：准备春天的服装。山谷二月至江陵，故云。纫，缝缀或以线穿针。

③"时住持"句：住持，主持僧寺者，寺主。撤，拆除。僧伽，僧众。浮图，即佛陀，此指塔。僧伽浮图，即佛塔。

④"后六年"二句：元符三年（1100）山谷解除编

管，十二月离戎州东下，距绍圣二年（1095）六年。

⑤鸠工：召集工匠。此指动工。

⑥高氏有荆州：后梁开平元年（907）朱温以高季兴为荆南节度使，后唐时高受封为南平王，又得归峡二州，史称南平国。高招缉流亡，筑城经匦，荆南得以繁盛。

⑦"既坏"二句：塔倾倒后，管事者缺乏能力，仅能勉强维持。枝撑，即支撑，维持。

⑧"僧伽"句：《太平广记》卷九六：僧伽大师，西域人也，俗姓何氏。唐龙朔初来游北土，隶名于楚州龙兴寺。后于泗州临淮县信义坊乞地施标……遂建寺焉。"中宗迎师入京，尊为国师。"至景龙四年三月二日，于长安荐福寺端坐而终……即以其年五月送至临淮，起塔供养。据韩愈《送僧澄观》诗，泗州僧伽塔毁于水火，由澄观重建。宋太宗太平兴国间下诏增修，由著名建筑师喻浩建造。盱眙，泗州治所。

⑨盈虚有数：富足与匮乏皆有定数。

⑩王者：称王者，统治者。

⑪祸福：佛教因果报应的说教，现世祸福乃前世善恶诸业之果，今生之业也必导致来生的报应。

⑫"儒者"句：谓儒者常想将治外与治内合一，以刑法来规范人的身心，不能真正感化人心。

⑬"与人"二句：崖岸，高傲。翕翕然，聚合、趋

附貌。韩愈《唐故朝散大夫……郑君墓志铭》："不为翕翕热，也不为崖岸斩绝之行。"

　　⑭邹永年：字天锡，松滋人，时从山谷游。

　　⑮"篆额"句：题写匾额者黄乘，山谷族弟，雅善小篆。

　　⑯马瑊：字忠玉，时知荆南府，领荆湖北路。

【赏读】

　　这是导致山谷最终走上不归路的一篇文章，小小一篇塔记竟然招来无妄之灾，常人是难以想象的，足见人生世态的险恶。

　　事情可追溯至绍圣二年山谷贬往黔州的途中，当时他路过江陵，寓居于承天寺，见住持智珠正在拆毁旧塔，着手重建，就答应了智珠日后为塔作记的请求。五年之后，山谷东归，又留居于江陵，于是兑现了他早先的承诺，于建中靖国元年（1101）四月写下了这篇塔记。记中表彰了智珠办事干练，能团结僧众，终于使佛塔重新拔地而起。文中表达了山谷对佛教的看法。儒者历来对佛教持批判态度，其集矢攻击者主要是针对佛教的废弃纲常以及对国家财政的损害。持此立场者可谓代不乏人。唐代佛教鼎盛，即便如此，非佛之声也不绝于耳，且多从财政赋税方面立论。如狄仁杰称佛寺"化诱倍急，切于官征；法事所须，严于制敕。膏腴美业，倍取其多；水碾庄园，数亦非少。逃丁避罪，并集法门”（《旧唐书·狄仁杰传》）。及至宋朝，非佛之论仍绵延不断。如王禹偁谓一般僧人靡费已巨，“而又富僧巨髡，穷极口腹，一斋之食，一袭之衣，贫民百家未能供给……不曰民蠹，其可得乎!”（《应诏言事疏》）李觏《富国策》批佛教“男不知耕而家夫食之，女不知蚕而织妇衣之”，“民才以殚，国用以耗”。山谷于此发表了不同的见解：国家的财政危机主要来自战争与天灾，且其发生有定数，非人力所能制约。言外之意是与佛教之费无大关系，但其遣词含蓄婉转，并不将这一点说破，却从佛教有补于世道人心的正面立论。如此一暗一明，正负相较，非佛之论也就不攻自破了。这正是山谷用笔的巧妙处。山谷此论实为本文的核心，是为佛教正名的用心之举。但恰恰就是这段议论为他种下了祸根。

据黄䜭《山谷年谱》崇宁二年条引其族伯父仲贲（名楸，山谷侄辈）《跋承天塔记》一文，记成刻石，知府马瑊某日在承天寺宴请同僚，然后绕塔而行，观摩山谷所书碑文。当时转运判官陈举、李直，提举常平林虞等请求将名字刻于碑尾以不朽，庭坚默而不答。陈举从此怀恨在心，伺机报复。他了解到山谷在河北时与赵挺之有隙，赵此时正高踞执政之位，于是赵就“以墨本走介献于朝廷，谓幸灾谤国"。其实这一指控完全是深文周纳，牵强附会。全文根本没有诽谤言论，如果硬要挑刺的话，则是文中为佛教辩解的数语。其实这些话只是为了说明社会财富不是用于军国大事就是费于水旱灾害，从而反驳了儒家的非佛之论，与"幸灾谤国"根本风马牛不相及。但山谷却因此而远贬宜州，终于贬所。文字狱的杀伤力于此可见一斑了。

卷四　杂著

蝉蜕尘埃兮，
玉雪自清，
听潺湲兮鉴澄明。

南园遁翁廖君墓志铭

庭坚以罪放黔中，三年又避亲嫌，迁置于戎州。不至而访其士大夫之贤者，有告者曰："王默复之、廖及成叟其人也。"问复之之贤，曰："复之学问文章为后进师表，褒善贬恶，人畏爱之；激浊扬清①，常倾一坐②。乡人之为不善者，必悔曰：'岂可使复之闻之！'"问成叟之贤，曰："事父母孝敬，有古人所难。邃③于经术，善以所长开导人，子弟以为师保④。能以财发其义⑤，四方之游士以为依归。"窃自喜曰："虽投弃裔土⑥，而得两贤与之游，可无恨。"至戎州而访之，则二士皆捐馆舍⑦矣，未尝不太息也。会成叟之子铎，以进士王全状其先人言行，来乞铭。遂叙而铭之。

叙曰：维廖氏得姓于周，至唐乃有显者，唐末有仕于犍为⑧，不能归，留为蜀人，至遁翁五世矣。大父君讳翰，辞不受祖田宅，以业其兄，而自治生，因为戎州著姓。生二子，曰璆，曰琮，璆有文行⑨而不得仕，琮以奉议郎⑩致仕，恩迁承议郎，累赠翰至宣德郎。璆有子曰及，是谓遁翁。遁翁天资魁梧[11]，性重迟[12]，不儿戏，长而刻意[13]问学，治《春秋》三传，于圣人之意有所发明，不以世不尚而夺其业[14]。元祐初，乃举进士，至礼部，有司罢之而不愠也。居交丧，卒哭而哀不衰，犹有思慕之色[15]。奉其母夫人，温清定省，能用《曲礼》[16]，使其亲安焉。士有负公租将就杖者[17]，遁翁持金至庭曰："愿以此输逋钱[18]，免废一士。"有司义而从之。土俗：病者必杀牛，祭非其鬼[19]。遁翁尝病，亲党皆请从俗祷焉。遁翁曰："不愧于天[20]，吾病将已；天且剿之[21]，于祷何益[22]！"里中尝荐士应经明行修[23]诏者，上下皆以为可，遁翁独不可，即而不果荐，识者以为然。年四十，遂筑南园，曰："吾期终于此，遁于人而全于天[24]，不亦可乎？"则自此南园遁翁，幽居独乐，非其所好，姻家邻室不觌也[25]。如是数年，年四十有五而卒。复之哭之曰："天夺我成叟，吾衰矣！"

娶河内于氏，生三男二女：男则铎，次构，次桐；长女适进士李武，次在室。铎以元符元年十有一月壬申葬遁翁于僰道县[26]之锦屏山，于是母夫人年七十三，除丧而哭之哀，曰："诸子孙事我，岂不夙夜[27]！亡者之能养，不可得已！呜呼，可谓孝子矣！"

铭曰：遁翁遁于人，乃其不逢[28]。全于天，乃其不穷[29]。初若泛也，考于仁而同。中若隘也，考于义而通。卒而不病于孝，蔼然㉚有古人之风。

【注释】

①激浊扬清：惩斥邪恶，发扬善行。

②常倾一坐：常使在座者倾倒、佩服。坐，即座。

③邃：深远，此谓精通。

④师保：皆古时辅导并协助帝王之官，此犹言老师、师父。

⑤"能以"句：谓能仗义疏财。

⑥投弃裔土：流放到边远之地。裔，原指衣服边缘，也泛指边。

⑦捐馆舍：死之委婉说法。

⑧犍为：郡名，初建于西汉，辖境甚广，治僰道。南朝梁于此置戎州，隋一度改犍为郡，唐复名戎州，故此指戎州。

⑨文行：文章与德行。

⑩奉议郎：与以下承议郎、宣德郎均阶官名。

⑪天资魁梧：天生身材高大。

⑫性重迟：性格持重。

⑬刻意：专心致志。

⑭"不以"句：不因当时不崇尚《春秋》之学而废止其学业。熙丰间王氏经学主宰学术，贬抑《春秋》是

其重要方面。王安石《答韩求仁书》："至于《春秋》，三传既不足信，故于诸经尤为难知。"并称《春秋》为"断烂朝报"（据周麟之跋孙觉《春秋经解》）。王应麟《困学纪闻》卷六："尹和靖云：介甫不解《春秋》，以其难之也，废《春秋》非其意。"故其《三经新义》仅解《书》《诗》《周礼》三经，《春秋》不在其列。熙宁四年更定科举法，《春秋》三传亦不列为考试科目，甚至被排除于经筵、学校的讲授之外。

⑮"卒哭"二句：停止了哭泣而哀痛犹不衰减，尚有追思怀念亲人的神色。

⑯"温凊（qìng）"二句：《礼记·曲礼》："凡为人子之礼，冬温而夏凊，昏定而晨省。"谓冬天让双亲温暖，夏天使其清凉，此指四时之礼；黄昏给双亲铺床，使其安定，清晨问候请安，此指早晚之礼。凊，凉。

⑰负公租：拖欠官府租税。杖：杖责，用竹板或荆条责打。

⑱输：缴纳。逋（bū）：拖欠。

⑲非其鬼：驱鬼。非，排。

⑳不愧于天：《诗·小雅·何人斯》："不愧于人，不畏于天。"

㉑天且劓（yì）之：《易·睽》："其人天且劓。"劓，割鼻之刑，引申为割除、消灭。《书·盘庚》："我乃劓殄

灭之。"

㉒于祷何益：《论语·述而》："子疾病，子路请祷。子曰：'有诸?'子路曰：'有之……'子曰：'丘之祷久矣。'"此化用之，谓天若亡我，祷告亦无用。

㉓经明行修：贡举科目之一。

㉔遁于人：逃避人世。全于天：保持自然的天性，循性而动，达到与天合一。《庄子·达生》："弃世则无累……弃事则形不劳，遗生则精不亏。夫形全精复，与天为一。"

㉕觌（dí）：相见。

㉖僰道县：戎州治所，今四川宜宾市。

㉗"诸子"二句：此谓子孙早晚殷勤侍奉。夙夜，早晚。

㉘不逢：遭遇不好，命运不佳。

㉙"全于"二句：与天合一，则能与天地相终始，获致永恒不朽。《庄子·在宥》："故余将去女（汝），入无穷之门，以游无极之野。吾与日月参（三）光，吾与天地为常。"

㉚蔼然：和顺亲切貌。

【赏读】

山谷于元符元年（1098）春由黔州移戎州，这篇墓志铭即作于此年。文章通过对廖及（遁翁）一生行迹的记述表彰了一种高尚的人格。廖氏世居戎州，遁翁祖父辞让祖产，独立创业，其父有文行其不得仕，这就点明了遁翁行事品格的渊源所自。以下所写遁翁的事迹无一不体现出儒家道德伦理的内涵，如其持重好学、力行孝道、助人偿租、病笃辞祷等，都是儒家人格修养中的题中应有之义。尤可圈点的是，遁翁的性格中更闪耀出耿介独立的光彩，缺少了这一节操的层面，其人充其量也只能是一乡愿。可贵的是他能抗俗而行，在举世不重《春秋》时能持守其学如故，在荐举中"上下皆以为可"的情势下，独能坚持己意。在这之后，文章又进而展现出遁翁退居独乐以全于天的一面，这是他以老庄之道应世的超越境界。即使是亲友邻家也不见。山谷所彰显的这一人格境界正是其以儒为本、融合道佛的人生思想的反映。最后的铭文中就有这样的点题之笔，即其"全于天"的境界是以仁义孝友为本质核心的。

此文的章法也有独到之处。一般墓志铭包括散文的叙和韵文的铭两部分。此文在叙之前又有一段文字，交代了写作的缘起，其中提到了戎州的两个贤人，遁翁之外就是王默（复之），而且先述王之为人。在惜墨志铭中，这些笔墨似嫌多余。其实作者乃意在以王来为廖作陪衬。王氏的性格偏于峻切，有令人敬畏之色，相比之下遁翁更具温厚之风，使人产生一种归属感。通过这一陪衬更能显出山谷所倡的"内刚外和"的理想人格的特色。这段文字犹如一出戏的序幕，未见其人，先闻其声，为人物出场做了铺垫。在叙的收尾处写到遁翁之死时，作者特意提到王默之哭，这一笔呼应了前文，说明山谷运笔之细密，不致宕而不归。由于文章重在散文之叙，故铭文颇为简练，且句法参差，灵活不拘，与叙文的风格较为统一。

毁 璧

夫人黄氏，先大夫之长女①。生重瞳子②，眉目如画，玉雪可念。其为女工③，皆妙绝人。幼少能自珍重，常欲炼形仙去④。先大夫弃诸孤早⑤，太夫人为家世堙替⑥，持孤女记⑦，以夫人归南康⑧洪民师。民师之母文成县君李氏，太夫人母弟也，治《春秋》甚文，有权智如士大夫⑨。夫人归洪氏，非先大夫意，怏怏逼之而后行，为洪氏生四男子，曰：朋、刍、炎、羽，年二十五而卒。民师亦孝谨，喜读书，登进士第，为石州⑩司户参军⑪，奔父丧客死。文成君闻夫人初不愿行，心少之，故夫人归⑫则得罪。及舅⑬与夫皆葬，夫人不得藏骨于其域，焚而投诸江，是时朋、刍、炎、羽未成人也。其卒以熙宁庚戌，其举而弃之，以元丰甲子某月。夫人殁后十有四年，太夫人始知不得葬，哭之不成声，曰："使是子安归乎？"其兄弟无以自解说，念夫人，建洪氏之庙南康庐山之下。故刻石于庐山，筑亭以庥⑭之，仿佛其平生而安之。

毁璧兮陨珠[15]，执手者兮问过。爱憎兮万世一轨[16]，居物之忌兮[17]，固常以好为祸。羞桃菊兮饭汝[18]，有席兮不嫔[19]汝坐。归来兮逍遥[20]，采芝英[21]兮御饿。淑善兮清明，阳春兮玉冰[22]。畸于世兮天脱其缨[23]，爱胃人兮生冥冥[24]。弃汝阳侯兮，遇汝曾不如生[25]。未可以去兮，殆而其雏婴[26]。众雏羽翼[27]兮故巢倾归来兮逍遥，西江浪波兮何时平！山岑岑兮猿鹤同社[28]，瀑垂天兮雷霆在下，云月为昼兮风而为夜，得意山川兮不可绘画。寂寂无朋兮去道如怨[29]，彼幽坎兮可谢。归来兮逍遥，增胶兮不聊此暇[30]。

【注释】

①"夫人"二句：陈师道为山谷母作墓铭云："四女，有妇行，长为洪氏妇，其死不幸，校理（山谷）是以赋《毁璧》也。"（《李夫人墓铭》）先大夫，山谷父黄庶。

②重瞳子：眼中有两个瞳仁，相传舜与项羽皆重瞳。

③女工：亦作"女红"，古时女子从事的各项工作。

④炼形仙去：指从事道家的修炼。

⑤"先大夫"句：先大夫，即山谷父黄庶，字亚父，庆历二年（1042）进士。其《伐檀集》自序云："既年二十五，以诗赋得第一。历佐一州三府，皆为从事。"摄

知康州（治今广东德庆），卒于任所，年仅四十，其时诸子尚少，山谷年十四，幼子仲熊仅四岁。

⑥埋替：衰败。

⑦持孤女记：此处原文残缺，据吴曾《能改斋漫录》卷十四所录补，然亦难通。

⑧南康：南康军，属江南东路，治星子县。

⑨"民师"四句：参见《白山茶赋》注①。母弟，同母之弟，此指女弟，即妹。

⑩石州：属河东路，治离石（今属山西）。

⑪司户参军：掌户籍、赋税等民事的佐史。

⑫归：女子出嫁。

⑬舅：丈夫之父，公公。

⑭庥（xiū）：庇荫。

⑮"毁璧"句：痛惜人亡。潘岳《杨仲武诔》："含芳委耀，毁璧摧柯，呜呼仲武，痛哉奈何！"

⑯"爱憎"句：世间尽管爱憎纷纭，但恩恩怨怨，总归一死。韩愈《秋怀》："浮生虽多途，趋死惟一轨。"

⑰"居物"句：受人忌恨。物，他人。

⑱"羞桃茢"句：羞，进献。桃茢，桃枝所编扫帚，用以扫除污秽不祥，殡葬时先用它祓除秽邪。《左传·襄公二十九年》："乃使巫以桃茢先祓殡。"饭，即饭含，以珠玉贝米之类纳于死者口中。

⑲媿：尊称死去的妇人。《礼记·曲礼》："生曰父，曰母，曰妻；死曰考，曰妣，曰媿。"此作动词，即以礼葬之。

⑳"归来"句：化用《楚辞》。《招魂》："魂兮归来哀江南。"《九歌·湘君》："聊逍遥兮容与。"

㉑芝英：瑞草。此想象其死后魂游之状。

㉒"淑善"二句：赞其人品。阳春言其温和，玉冰喻其纯洁。曹植《光禄大夫荀侯诔》："如冰之清，如玉之洁。"

㉓"畸于世"句：畸，即奇，不偶，此言与人世不合，指黄氏不为洪家所容。《庄子·大宗师》："畸人者，畸于人而侔于天。"缨，束缚。此言老天使其获得解脱。

㉔"爱胃人"句：爱，爱欲。胃，挂，此谓缠绕。爱欲缠缚人，使其生昏昧。

㉕"弃汝"二句：将其骨灰弃掷江中，对待她还不如牲口。阳侯，波神，指代水波。《九章·哀郢》："凌阳侯之泛滥兮。"生，即牲，用"生"乃故隐其词。《论语·乡党》："君赐生，必畜之。"邢昺疏："君赐已牲之未杀者，必畜养之，以待祭祀之用也。"

㉖"未可"二句：不能就此撒手而去，因为孩子尚小。殆，危险。

㉗羽翼：翅膀长成，指已成人。

㉘猿鹤同社：与猿鹤为友。社，志趣相投者结成的团体。

㉙去道如咫：离天道仅咫尺之遥。《礼记·中庸》："子曰：'道不远人，人之为道而远人，不可以为道。'"《文子·原道》："大道坦坦，去身不远。"此言黄氏虽孤单寂寞，却与天道亲近。

㉚"彼幽坎"三句：此三句文义晦涩，大意谓不必待在幽暗的地下，还是归来逍遥，否则徒增烦忧而不能乐此闲暇。幽坎，墓穴，冥间。谢，辞却。胶，困扰不安。聊，乐。

【赏读】

本文是山谷为其胞妹所作的一篇悼文。这篇饱蘸血泪写下的文字，披露了家长制压迫下一个青年女子的悲剧命运，千载之下读来仍令人唏嘘动容。《年谱》据"夫人殁后十有四年"推定此文作于元丰六年，不确，盖序文中有"其举而弃之以元丰甲子（七年）某月"语，则此文当作于七年（1084）或其后，《年谱》推算有误。元丰六年山谷仍在吉州太和县任上，十二月移官德平，途中曾返家省亲，获知胞妹死无葬身之地，遂作此文。也许因为事涉洪氏，所以洪炎在编定山谷文集时未收此文，今收录于《别集》。吴曾《能改斋漫录》卷十四亦载此文。两种版本文字都有若干讹夺，今择善以从。

　　序文叙述了胞妹嫁给洪氏，至死不得其葬，以及后来建庙立碑的经过。其婆母乃山谷姨母，按理这是亲上加亲，关系应更为融洽，孰料这位婆母是一非常之辈，她知书通文，善治《春秋》，有权谋智略，不输须眉。这桩婚事，本非黄家所愿，被逼无奈，方始成行。其中的隐情未作交代。婆母为之已心生怨念，从此这位媳妇动辄得咎，终至郁悒而亡。这是传统礼教制约下常有的一个婚姻悲剧，其遭遇酷似《孔雀东南飞》中的刘兰芝。值得注意的是，山谷并未对这位婆母做过多的谴责，对这场悲剧也只是隐约其词，点到为止，其《洪氏四甥字序》中还说："洪氏四甥，其治经皆承祖母文成君讲授，文成贤智，能立洪氏门户，如士大夫。"山谷还为她作《白山茶赋》。其间不乏赞赏之词。也许这是践行儒家怨而不怒、温柔敦厚诗教的结果吧。宜乎他对东坡有这样的微词："东坡文章妙天下，其短处在好骂，慎勿袭其轨也。"（《与洪甥驹父》）尽管发生了这样的悲剧，山谷对洪氏的四个外甥还是很关怀的，从书信中可以看出，他对他们谆谆教诲，悉心栽培，终于使他们各自成材。由此可以见出山谷的人品度量。

　　正文部分抒写了祭奠亡灵的悲悼之情，颇有《楚辞·九歌》的遗韵。九歌本来就是南方民间的祭神歌曲，屈原在此基础创为新篇，再现了"信鬼而好祠"的民情风俗。山谷在此袭用其意象与风格，正可表达其悼亡之情。文中以祸福同轨劝慰亡灵，召唤其前来受祭，表现其出没于山林雷瀑、风雨云月之间，意象迷离，风格哀怨，得《九歌·山鬼》之仿佛。由于事涉敏感，故行文不免晦涩，闪烁其词，但有时也难掩其悲愤，如"弃汝"二句即点出亡者的遭遇，一个"生"字影射"牲口"之意，曲折地传达出悲愤之情。

祭舅氏李公择文

盛德之士，神人所依①。珠玉在渊，国有光辉②。方时才难，公陨于道③！彼天悠远，莫我控告④。士丧畏友⑤，朝失宝臣⑥。我哭之恸，不惟懿亲⑦。公处贫贱，如处休显⑧。温温不试⑨，任重道远⑩。内行纯明，不缺不疵⑪。临民孝慈，来歌去思⑫。其在朝廷，如圭如璧⑬。忠以谋国，不沽予直⑭。熙宁元祐，言有刚柔。公心如一，成以好谋。十年江湖，睟然生色⑮。三年主计⑯，须发尽白。它日谓我："何丧何得！"我知公心，谋道忧国。出牧南阳⑰，往抚益部⑱。称责办严，笑语即路。天下期公，来相本朝。奄成大夜⑲，终不复朝。呜呼哀哉！我少不天，殆欲埋替⑳。长我教我，实惟舅氏㉑。四海之内，朋友比肩。舅甥相知，卒无间然㉒。今天丧我㉓，舅氏倾覆。谁明我心，以血继哭㉔！平生经过，有我举觞。沃酒棺前，割我肺肠㉕。呜呼哀哉！

【注释】

①"盛德"二句：有德者神和人都会护佑。《诗·大雅·旱麓》："岂弟出君子，神所劳矣。"孔颖达疏："劳，劳来，犹言佑助。"《左传·僖公五年》："鬼神非人实亲，惟德是依。故《周书》曰：'皇天无亲，惟德是辅。'……神所冯（凭）依，将在德矣。"

②"珠玉"二句：《荀子·劝学》："玉在山而草木润，渊生珠而崖不枯。"陆机《文赋》："石蕴玉而山辉，水怀珠而川媚。"此以珠玉比公择。《礼记·聘义》："君子比德于玉焉……《诗》云：'言念君子，温其如玉。'"

③"方时"二句：正当国家急需人才之际，他却于赴任道中溘然长逝。《论语·泰伯》："孔子曰：'才难，不其然乎?'"才难，人才难得。

④"彼天"二句：苍天遥远，无处陈诉哀情。

⑤畏友：令人敬畏的朋友。

⑥宝臣：贤臣如国之珍宝。刘向《说苑·至公》："是国之宝臣也。"

⑦懿亲：至亲。

⑧休显：美好显达。

⑨不试：指不用刑罚。《礼记·乐记》："兵革不试，五刑不用。"《史记·礼书》："是故刑罚省而威行如

流……《传》曰：'威厉而不试，刑措而不用。'"

⑩任重道远：语出《论语·泰伯》。

⑪"内行"二句：《荀子·赋篇》："明达纯粹而无疵也，夫是之谓君子之知。"

⑫去思：对去职官吏的怀念追思，如李白撰有《武昌宰韩君（仲卿）去思颂碑》。

⑬如圭如璧：语出《诗·卫风·淇奥》。

⑭"不沽"句：不待价而沽，即不计待遇。沽，出卖。直，即值，价钱。《论语·子罕》："子曰：'沽之哉，沽之哉！我待贾者也。'"此反用之。

⑮"十年"二句：指做了十多年的地方官。熙宁三年公择落职通判滑州，后历知鄂、湖、齐州，徙淮西提刑，元丰六年还朝，在外十三年，此举其成数。睟然，温润貌。生色，显现出的神色。《孟子·尽心上》："君子所性，仁义礼智根于心，其生色也，睟然见于面。"

⑯"三年"句：计，计簿，账簿，指财政。宋三司（辖盐铁、度支、户部三部）总理国家财政，号称计省。公择在元祐元年（1086）为户部尚书，元祐三年迁御史中丞，故云。

⑰出牧南阳：公择元祐年间出知邓州，兼京西南路安抚使，总一路军政，地位约当汉之州牧（汉之州在郡之上）。南阳，郡名，指邓州。

⑱往抚益部：公择在元祐四年十二月改知成都府，未到任而卒。益部，指成都府，知府例兼一路安抚使，故云"抚"。

⑲奄成大夜：突然去世。奄，遽，突然。

⑳"我少"二句：自己从小丧父，几遭埋没。天，指父。《诗·鄘风·柏舟》："母也天只。"

㉑"长我"二句：谓舅父于己有养育教导之恩。

㉒无间然：《论语·泰伯》："子曰：'禹，吾无间然矣。'"原意为无可指摘，说不出什么了，此谓没有隔阂，相知甚深。

㉓天丧我：《论语·先进》："颜渊死，子曰：'噫！天丧予，天丧予！'"

㉔以血继哭：《韩非子·和氏》："文王即位，和乃抱其璞而哭于楚山之下，三日三夜，泣尽而继之以血。"

㉕割我肺肠：柳宗元《与浩初上人同看山寄京华亲故》："海畔尖山似剑芒，秋来处处割愁肠。"

【赏读】

　　李常（公择）是山谷的舅父，学识人品为当世所重，少时读书于庐山五老峰下僧舍，出山后留下九千余卷书，以嘉惠后人，人称其处为李氏山房，东坡为作《李氏山房藏书记》。元祐间出知邓州，改徙成都府，行至陕府阌乡县暴卒，时在元祐五年（1090）二月二日。

山谷由于父亲早亡，十五岁即随公择游学淮南，具体地点是在涟水，盖公择时正监涟水军转般仓。对于舅家的养育教诲之恩，山谷始终铭感于心，如《再和公择舅氏杂言》云："外家有金玉我躬之道术，有衣食我家之德心，使我蝉蜕俗学之市，鸟哺仁人之林。"感激之情，溢于言表。公择之卒当然给山谷带来了极大的伤痛，时山谷任职于秘书省兼史局，祭文盖作于此时。

文章首先从国丧英才切入，点出公择之亡，于公于私，都是莫大的损失，正当国家急需用人之际，他却撒手而去，士大夫失去了一位畏友，朝廷折损了一名宝臣。这里为公恸叹为主，个人的悲恸则连带及之，"不惟"云云表示更多的是为国家痛惜。其间的轻重配置堪称得体，个人的悲情将留待最后宣泄。

祭文的重点在表彰公择的德政业绩，为国操劳的忠悃至诚。试举"熙宁"四句释之。"言有刚柔"指神宗与仁宗二朝之政有刚柔之别。元祐元年，苏轼拟学士院策论试直刺，谓："欲师仁祖之忠厚，而患百官有司不举其职，或至于偷；欲法神考之励精，而恐监司守令不识其意，流入于刻。"（《续资治通鉴长编》卷三九三）此策题引起轩然大波，非之者以为苏轼借题发挥，攻击先帝。苏轼在上疏中表示忧虑元祐"驭吏之法渐宽，理财之政渐疏，边备之计渐弛"，故应参以神宗励精图治之"刚"。苏轼反对元祐时一切复旧，主张参酌新法，择善而从。李常赞同苏轼之论，是所谓以刚济柔。而在熙宁间行新法时，李常为三司条例检详官，反对均输、青苗诸法，则被视为抑聚敛、宽民命之"柔"。故山谷赞其持平之论乃出于公心。

文章第三层则由其溘逝而转入抒发悲悼之情，内容由公及私，抒写对舅氏养育之恩的感念，对舅甥相知无间的追思，以及痛失舅氏的泣血悲情。这一段的内容是首段"我哭之恸"的展开、深化。全文纯以四言句构成，古雅典重，情理相兼，甚得祭文之体。

濂溪诗并序

春陵周茂叔①，人品甚高，胸中洒落，如光风霁月②。好读书，雅意林壑，初不为人窘束世故③，权舆④仕籍，不卑小官⑤。职⑥思其忧，论法常欲与民决讼⑦，得情而不喜。其为少吏，在江湖郡县盖十五年⑧，所至辄可传。任司理参军，运使以权利变具狱，茂叔争之不能得，投告身欲去，使者敛手听之⑨。赵公悦道⑩，号称好贤，人有恶茂叔者，赵公以使者临之甚威，茂叔处之超然⑪，其后乃寤曰："周茂叔，天下士也⑫。荐之于朝，论之于士大夫，终其身。其为使者⑬，进退官吏，得罪者自以不冤。中岁乞身⑭，老于溢城⑮。有水发源于莲花峰下，洁清绀寒⑯，下合于溢江。茂叔濯缨⑰而乐之，筑屋于其上。用其平生所安乐，媲水而成，名曰'濂溪'。"与之游者曰："溪名未足以对茂叔之美。虽然，茂叔短于取名而惠于求志⑱，薄于徼福⑲而厚于得民，菲于奉身⑳而燕及茕嫠㉑，陋于希世㉒而尚友千古㉓。闻茂叔之余风，犹足以律贪㉔，则此溪之水，配茂叔以永久，所得多矣。"茂叔讳惇实，避厚陵奉朝请名，改惇颐㉕。二子寿、焘㉖，皆好学承家，求余作濂溪诗，思咏潜德。茂叔虽仕官三十年，而平生之志，终在丘壑。故余诗词不及世故，犹仿佛鞭音尘㉗。

溪毛㉘秀兮水清，可饭羹兮濯缨。不渔民利兮，又何有于名？弦琴兮觞酒，写溪声兮，延五老以为寿㉙。蝉蜕尘埃兮㉚，玉雪自清，听潺湲㉛兮鉴澄明。激贪㉜兮敦薄㉝，非青蘋白鸥㉞兮，谁与同乐？津有舟兮荡㉟有莲，胜日㊱兮与客就闲。人闻挐音㊲兮，不知何处散发㊳醉？高荷为盖兮，倚芙蓉以当伐㊴，霜清水寒兮，舟著平沙；八方同宇兮，云月为家。怀连城㊵兮佩明月㊶，鱼鸟亲人㊷兮，野老同社而争席㊸。白云蒙头兮，与南山为伍；非夫人攘臂㊹兮，谁余敢侮！

【注释】

①春陵周茂叔：周敦颐（1017～1073），字茂叔，道州营道（今湖南道县）人。营道古居陵县，故称。嘉祐六年（1061）四十五岁赴虔州通判任时，道出江州，爱庐山之胜，有卜居之志，因筑书堂于其麓。堂前有溪，发源莲花峰下，注入溢水，溪水清纯，因以故乡之水濂溪名此水。

②光风霁月：风和日丽、晴空月朗的景色，形容其精神境界。

③窘束世故：拘泥于世俗的人情规矩。

④权舆：开始。

⑤不卑小官：不以官位低下为卑微。

⑥职：常。

⑦决讼：判决诉讼。

⑧"在江湖"句：周敦颐于康定元年（1040）入仕，任分宁县主簿，历时十五年，至嘉祐元年（1056）改署合州判官事。

⑨"任司理"五句：庆历四年（1044），茂叔时年二十八岁，经部使者推荐，任南安军（治大庚县，即今江西大余，宋居江南西路）司理参军（掌司法的佐吏）。"有囚法不当死，转运使王逵欲深论之。逵，酷悍吏也，众莫敢争，敦颐独与之辨，不听，乃委手板归，将弃官去，曰：'如此尚可仕乎！杀人以媚人，吾不为也！'逵悟，囚得免。"（《宋史》本传）运使，转运使，此指王逵。具狱，定案或据以定罪的全部案卷。《汉书·于定国传》："孝妇自诬服……于公争之弗能得，乃抱其具狱，哭于府上。"颜师古注："具狱者，狱案已成，其文备具也。"告身，委任官职的文书。

⑩赵公悦道：赵抃（1008~1084），衢州西安（今浙

江衢州）人，字悦道，号知非。官殿中侍御史，执法严明，人称铁面御史。先后为梓州路、益州路转运使。

⑪"人有"三句：此事发生在合州。嘉祐元年周敦颐任合州（治石照县，即今重庆合川区，宋居梓州路）判官，直至嘉祐五年。赵抃时任梓州路转运使。

⑫"其后"等句：嘉祐六年（1061），周敦颐任虔州（治赣县，今江西赣州）通判，赵抃适知虔州。"赵公熟视其所为，乃寤，执其手曰：'几失君矣！今日乃知周茂叔也。'"（朱熹《周敦颐事状》）

⑬其为使者：指周敦颐于熙宁元年（1068）在赵抃、吕公著的推荐下擢授广南东路转运判官，三年至四年任提点刑狱。

⑭中岁乞身：周在广南东路任上身体欠佳，又闻母墓为水浸蚀，需迁葬，遂请调知南康军（治星子县，属江南西路），到任后改葬母亲，事毕即辞官，分司南京而归。乞身，请求退职，因以做官为委身事君，故云。

⑮溢城：即溢口城，今江西九江，以地当溢水入长江处而得名，隋唐时又曾名浔阳。

⑯绀（gàn）寒：绀，天青色，一种深青带红的颜色。此形容水色青苍而有寒意。

⑰濯缨：《孟子·离娄上》："有孺子歌曰：'沧浪之水清兮，可以濯我缨。'"缨，系帽的带子。此形容超脱

尘俗，洁身自好。

⑱惠于求志：惠，通"慧"，此谓善于。求志，追求自己的志向。

⑲徼福：求福。徼，通"邀"。

⑳菲子奉身：对待自己很俭朴，自奉甚俭。菲，微薄。

㉑燕及茕（qióng）嫠（lí）：将安乐推及孤苦鳏寡之人。燕，通"宴"，安乐。茕嫠，孤独无依者和寡妇。

㉒陋于希世：陋，拙劣。希世，迎合世俗。《汉书·董仲舒传》："（公孙）弘希世用事，位至公卿。"

㉓尚友千古：上与古人为友。尚，即"上"。《孟子·万章下》："以友天下之善士为未足，又尚论古之人。颂其诗，读其书，不知其人可乎？是以论其世也，是尚友也。"

㉔律贪：约束贪腐。

㉕"避厚陵"二句：宋英宗赵曙陵名永厚陵，故以厚陵称英宗。周敦颐原名惇实，为避英宗藩邸时名讳，改为惇颐。按：英宗为濮王十三子，名宗实，立为皇子后赐名曙。奉朝请，参与朝请典礼者的名号。诸侯朝见天子，春曰朝，秋谓请，常安置闲散文武大臣、皇室、外戚等奉朝请。此指英宗在藩邸时的名号。

㉖二子寿、焘：长子寿，字季老，后改字元翁。次

子焘，字通老，一字次元。

㉗音尘：音讯。

㉘溪毛：溪水中的水草、藻类植物。《左传·隐公三年》："苟有明信，涧溪沼沚之毛，蘋蘩蕰藻之菜……可荐于鬼神，可羞（馐）于王公。"

㉙延五老以为寿：延，邀请。五老，传说中的五大行星金木水火土之精。此兼指庐山五老峰。庐山东南部有五峰耸峙，形似五位老人，为庐山胜境之一。寿，祝寿。

㉚"蝉蜕"句：喻超脱尘世。《史记·屈原贾生列传》："自疏濯淖污泥之中，蝉蜕于浊秽，以浮游尘埃之外。"

㉛潺湲：水流貌。屈原《九歌·湘夫人》："观流水兮潺湲。"

㉜激贪：激，原意为阻遏水势，此言遏制贪腐，犹言激浊扬清。

㉝敦薄：使浇薄之风敦厚。《孟子·万章下》："故闻柳下惠之风者，鄙夫宽，薄夫敦。"

㉞白鸥：《列子·黄帝》："海上之人有好沤（鸥）鸟者，每日之海上从沤鸟游，沤鸟之至者百往而不止。"形容人与自然和谐相处，毫无机心。

㉟荡：积水长草的洼地。

㊱胜日：美好的日子、时光，尤指节日或亲友相聚

的日子。

㊲拏音：桨声。拏，即桡，船桨。《庄子·渔父》：“（孔子）至于泽畔，（渔父）方将杖拏而引其船。”

㊳散发：披散头发。李白《宣州谢朓楼饯别校书叔云》：“明朝散发弄扁舟。”《庄子·渔父》中写渔父“被（披）发揄袂（挥袖）”，即此形象。

㊴“倚芙蓉”句：芙蓉，荷花之别名。《离骚》：“集芙蓉以为裳。”伎，通“妓”，以歌舞为业的女子。

㊵连城：价值连城之璧，故称。

㊶明月：指珠。《史记·鲁仲连邹阳列传》：“明月之珠，夜光之璧。”

㊷鱼鸟亲人：《世说新语·言语》：“简文（晋简文帝司马昱）入华林园，顾谓左右曰：‘会心处不必在远，翳然林水，便自有濠、濮间想也，觉鸟兽禽鱼自来亲人。’”

㊸“野老”句：《庄子·寓言》：“其阳子居往也，舍（旅舍主人）迎将（迎候侍奉）其家，公（主人）执席（安座位），妻执巾栉（梳洗用具），舍者旅客避席……其反（返）也，舍者与之争席矣。”阳子居原先倨傲，人恭敬以待，受老子教诲后，态度变得谦和，人皆与他不分彼此、不拘礼数了。此形容周敦颐襟怀淡泊，人与之赤诚相待。

㊹攘臂：捋起袖子，露出手臂，表示奋然作色之态。

【赏读】

元丰四年（1081）山谷到吉州太和县任县令，时周敦颐长子寿任吉州司法参军，山谷始与周氏兄弟订交。周敦颐于庆历五年（1045）曾为分宁主簿，善断疑狱，颇著政绩，山谷在家乡必有耳闻，其人格风范也必及于山谷。周、黄二人在生前虽未有交集，但山谷与周志趣相同，对他始终崇仰不置，故应周氏兄弟之请作此篇，成为刻画周敦颐人品的一篇经典文字。

散文体的序实为一篇生动的人物特写。开头对周氏人品的概括精辟而贴切，被理学家赞为"善形容有道气象"，为后世所久传不衰，成为对周的定评。序文先述其为官政绩，突出其依法办案、循理责实、宁肯弃官也不徇私枉法的作风，为此终获士论称许，荐于朝廷。文中借交游之口称其"短于取名"云云，四个排比句将其人品概括得全面而到位，真正体现了儒家倡导的仁者风范。其次，序文还展现了他不慕荣利、志在山林的人生趣尚，清澈的濂溪足以为其人格的象征，在孔门人物中，周敦颐更酷似颜回之为人，所谓"志伊尹之所志，学颜子之所学"（《通书》），拯济天下之志最终还是要落实到安贫乐道上来。楚辞体的正文重在发挥后一种人生境界。山谷对周氏人格境界的这两个方面都深相契合，一方面山谷为官也秉持以民为本的仁政理想，不惜为民请命；另一方面他又雅意丘壑，融摄庄禅，以逍遥适性为人生归宿。山谷秉持的这种入世而又超然的人生态度实与周敦颐同调。正是由于这种同声相应，山谷此篇才能将周敦颐的人格境界展现得如此生动切合。

周敦颐被推为理学的开山祖师，但他生前名位不显，并未获此殊荣，其理学开创者地位的确立是在南宋。北宋时二程随父居南安军时，曾从周敦颐问学，但并不认为师出于周，且声称"天理二字却是自家体贴出来"的。及至南宋，理学家方始发掘出周氏的创辟价值，进而其地位越抬越高，如胡宏称"周子启程氏兄弟以不传之妙……其功盖在孔孟之间矣"（《通书序略》）；朱熹尤着意于周氏，编《伊洛渊源录》，置周敦颐于卷首，明其为二程之所从出，周的开创者地位终得确立。其实，慧眼识珠之功当首推黄庭坚，他的这篇作品实得思想史上的风气之先，其功诚不可没。

苏李画枯木道士赋

东坡先生佩玉[1]而心若槁木[2]，立朝而意在东山[3]。其商略终古[4]，盖流终不得而言。其于文事补衮[5]则华虫[6]黼黻[7]，医国[8]则雷扁和秦[9]。虎豹之有美，不雕而常自然。至于恢诡谲怪[10]滑稽[11]于秋兔之颖[12]，尤以酒而能神，故其觞次[13]滴沥[14]，醉余颦申[15]。取诸造物之炉锤，尽用文章之斧斤[16]，寒烟淡墨，权奇[17]轮囷[18]。挟风霜而不栗，听万物之皆春。

龙眠有隐君子现之曰：商宇宙者，朝彻于一指[19]；计褚中[20]者，心醉于九九[21]，言其不同识也。截鹏背而不蒂芥[22]，烹鼠肝[23]而腹果然[24]，言其不同量也。彼以睢睢盱盱[25]，我以踽踽凉凉[26]，则惧夫子之独立而矢来无乡[27]。乃作女萝，施于木末[28]，婆娑[29]成阴，与世宴息[30]。于其槃根，作黄冠师[31]纳息于踵[32]。若新沐而晞[33]，促阮咸以赴节[34]，按万籁之同归。昔阮仲客深识清浊，酒沈于陆，无一物可欲，右琴瑟而左琵琶，陶冶此族，不溷不独，是谓竹林之曲[35]。彼道人者，养苍竹之节以玩四时；鸣槁梧之风以召众窍㊱。其鼻间栩栩然㊲，盖必有不可传之妙。若予也，寄栎社㊳以神其拙㊴，顾白鸥之乐人深㊵。一行作吏，此事便废㊶。怀稻果㊷以饴老㊸，就簪绂㊹而成禽㊺。庄生曰："去国期年，见似之者而喜矣㊻。"况予尘土之渴心㊼。

【注释】

①佩玉：古代贵族以佩玉为饰，以玉比德。此谓其官宦身份。

②心若槁木：《庄子·齐物论》："形固可使如槁木，而心固可使如死灰乎？"

③意在东山：向往隐居生涯。东山，东晋谢安隐居之地，在浙江上虞西南。《世说新语·排调》："谢公在东山，朝命屡降而不动。"后每以"东山""东山之志"喻隐逸。

④商略终古：商讨往古之事。《世说新语·栖逸》：阮籍于苏门山中遇真人，与之"箕踞相对。籍商略终古，上陈黄、农玄寂之道，下考三代盛德之美"。商略，商谈、讨论。终古，往昔、久远之世。

⑤补衮：补救君王的过失。衮，为帝王所服之龙袍，指代君王，故云。《诗·大雅·烝民》："衮职有阙，维仲山甫补之。"

⑥华虫：古代冕服上的装饰图案。《书·益稷》："山龙华虫作绘。"华，指草花。虫，谓雉类。一说华虫指纹彩斑斓之雉。

⑦黼黻（fǔ fú）：礼服上绘绣的花纹。此喻文采斐然。

⑧医国：以医生治病喻治国。《国语·晋语》："上医医国，其次医人。"

⑨雷扁和秦：四位名医。雷，雷公，传为黄帝大臣，善医。扁，扁鹊，黄帝时名医。和，春秋时秦国良医。秦，战国时名医秦越人，被喻为黄帝时神医扁鹊，故亦以扁鹊名行。

⑩恢诡谲怪：文风奇特怪异。

⑪滑稽：俳谐幽默，善以隐语讽谏。《史记·滑稽列传》称齐之淳于髡"滑稽多辩"。

⑫秋兔之颖：秋天兔子的毛。颖，毛的尖端。此指兔毫笔，泛指毛笔。韩愈《毛颖传》即以兔毫喻笔："毛颖者，中山人也。……因封于卯地，死为十二神。"卯即指十二生肖中之兔。"中山"云者乃谓"赵国平原广泽，唯有细草，是以兔肥，兔肥则毫长而锐，此良笔也"（宋·马永卿《懒真子》）。

⑬觞次：饮酒过程中。

⑭滴沥：水下滴。此言书写时墨汁下滴。

⑮颦申：颦，皱眉。申，伸展。《庄子·刻意》："熊经鸟申。"陆德明《音义》引司马彪云："若鸟之嚬呻也。"此处指运笔时而曲折，时而舒展。

⑯"尽用"句：指运用作文的笔削手法。斧斤，斧头。

⑰权奇：卓越非凡。

⑱轮囷：曲折离奇。

⑲"朝彻"句：朝彻，早上醒来，顿然省悟。《庄子·大宗师》："以圣人之道告圣人之才，亦易矣。吾犹守而告之……参日而后能外天下，已外天下矣，吾又守之，七日而后能外物，已外物矣，吾又守之，九日而后能外生，已外生矣，而后能朝彻，朝彻而后能见独，见独而后能无古今，无古今而后能入于不死不生。"庄子历述其超脱外物、生死的过程，一朝顿悟，即豁然贯通，体悟到万物之本体，即"一指"，即道。《庄子·齐物论》："天地一指也，万物一马也。"

⑳褚中：囊中。褚，袋子。

㉑九九：算法，犹大言"九章"。

㉒"截（zì）鹏背"句：吞食了巨物却不觉有什么梗阻。截，大块的肉，此作动词用。鹏背，巨物。《庄子·逍遥游》："鹏之背，不知其几千里也。"蒂芥，果蒂与草芥，喻内心的疙瘩。司马相如《子虚赋》："吞若云

梦者八九，其于胸中曾不蒂芥。"

㉓鼠肝：形容细微之物。《庄子·大宗师》："伟哉造化！又将奚以汝为？将奚以汝适？以汝为鼠肝乎？以汝为虫臂乎？"

㉔腹果然：肚子吃得饱饱的。《庄子·逍遥游》："适莽苍者，三餐而反，腹犹果然。"

㉕睢睢盱盱：横暴貌。《庄子·寓言》："而睢睢盱盱，而谁与居？"

㉖踽踽凉凉：孤独貌，落落寡合。《孟子·尽心下》："行何为中踽踽凉凉？"

㉗矢来无乡：箭从不同的方向射来。乡，通"向"。《韩非子·内储说上·七术》："夫矢来有乡，则积铁以备一乡；矢来无乡，则为铁室以尽备之：备之，则体不伤。"铁室谓全身的铠甲。

㉘"乃作女萝"二句：女萝，地衣类植物，又称松萝，细枝如线，依附他物生长。施（yì），蔓延，延伸。《诗·小雅·頍弁》："茑与女萝，施于松柏。"此用其句式。

㉙婆娑：枝叶纷披、茂盛。

㉚宴息：安息。

㉛黄冠师：道士。

㉜纳息于踵：将气息纳于脚后跟，即道家修炼的一

种气功法，称踵息。《庄子·大宗师》："古之真人，其寝不梦，其觉无忧，其食不甘，其息深深。真人之息以踵，众人之息以喉。"

㉝新沐而晞：刚刚沐浴完毕后，身上干爽宜人。《史记·屈原贾生列传》："新沐者必弹冠，新浴者必振衣。"晞，晾干。

㉞"促阮咸"句：用阮咸弹出节奏急促的乐曲。阮咸原为人名，字仲容，阮籍之侄，后又指一种乐器。唐李匡乂《资暇集》下："乐器有似琵琶而圆者，曰阮咸。"唐中宗朝，有人于古冢中得一铜铸乐器，献于太常少卿元行冲，元称："此阮仲容所造。"遂命工人以木为之，名曰阮咸。

㉟竹林之曲：三国魏末阮籍、嵇康等七人常宴集于竹林之下，时人号为"竹林七贤"。阮咸亦为其中之一，故此处以"竹林"称其演奏之曲。

㊱众窍：各种洞穴，此指风吹洞穴发出的声音。《庄子·齐物论》："夫大块噫气，其名为风。是唯无作，作则万窍怒呺。……地籁则众窍是已。"所谓"地籁"即大地发出的声音。

㊲栩栩然：活跃的样子。《庄子·齐物论》："昔者庄周梦为胡（蝴）蝶，栩栩然胡蝶也。"

㊳栎社：以栎树为标识的土地神社。社，土地神，亦指祭祀土地神的神坛，每以其地所宜之树木为其标识。

《庄子·人间世》载：匠石之齐，见栎社树高大无比，其弟子叹其壮美，匠石却视而不见，只顾行走，弟子问其由，匠石称其为"散木也……是不材之木也，无所可用，故能若是之寿"。

㊴神其拙：因其拙劣而神奇。《庄子·人间世》："此果不材之木也，以至于此其大也。嗟乎，神人以此不材。"

㊵"顾白鸥"句：鸥鸟事出《列子·黄帝》，见《濂溪诗并序》注㉞。

㊶"一行作吏"二句：一行作吏，一旦做了官。嵇康《与山巨源绝交书》："游山泽，观鱼鸟，心甚乐之，一行作吏，此事便废。"

㊷稻果：粮食，生活所资。杜甫《同诸公登慈恩寺塔》："君看随阳雁，各有稻粱谋。"

㊸饴老：享受老年的生活。

㊹簪绂：帽饰。簪，固定帽子的长针。绂，丝制之冠带。皆礼服之制，指代显贵的身份。

㊺成禽：被擒获，指人生受制于功名利禄。禽，通"擒"。

㊻"去国"二句：《庄子·徐无鬼》："子不闻夫越之流人乎？去国数日，见其所知而喜；去国旬月，见所尝见于国中者喜；及期年也，见似人者而喜矣。不亦去人滋久、思人滋深乎？"期年，一整年。

㊼渴心：急切之心。

【赏读】

此文是为苏轼与李伯时所画枯木道士而作的赋。元祐三年（1088）东坡与山谷均在京师任职，是年三月，苏轼等知贡举，山谷为参详官。公务之余，诸公多唱和雅集，又前往李公麟处，观摩作画，赋诗题咏。赋当作于此时。伯时固是一代画师，而东坡的画名往往为其文名所掩，其实苏的画艺也颇卓绝，在画史上是留了名的。东坡首倡文人画的写意思潮，随兴之所至，尤于酒酣耳热之际挥毫，喜作墨竹、枯木、怪石之类。苏李有时也联手合作，如苏辙有诗《子瞻与李公麟宣德共画翠石古木老僧，谓之憩寂图，题其后》（《栾城集》），金代刘从益有《题苏李合画渊明濯足图》（《中州集》）即记此类事。本赋亦是一例。

首段描绘东坡独立不倚、才艺超拔的形象。一开头即概括其虽立朝为官却意在山林的人生态度，这就是古人常说的"吏隐"。东坡虽学而优则仕，但一生志在超越，故游心佛道，交结浮屠，尝自命五祖戒和尚转世，常衣衲衣；又传说他在朝服下每衬道衣，南迁时携一轴弥陀像，称之为他生于西方的证据。这些都可以用来印证此处的描述。接下来写其文才出众，翰墨之余还涉笔绘事。此处尤为突出了他率性而为的文人画做派，这典型地体现在他乘酒兴而作画的习性上。邓椿《画继》即引此赋以为证，又引山谷题竹石诗云："东坡老人翰林公，醉时吐出胸中墨。"进而写道："先生自题郭祥正壁亦云：'枯肠得酒芒角出，肺肝槎牙生竹石，森然欲作不可留，写向君家雪色壁。'则知先生平日非乘酣以发真兴，则不为也。"引此以见东坡绘事之任情率真。

　　次段以李公麟所述画面之构图意象而组织成文。这是对古赋中主客对话体的一种变化运用。此处"龙眠"指李公麟隐居的龙眠山，"隐君子"指李公麟。他称世上有两种人，其一是已了悟人生，能与道同行、寂寞自守者；另一种人则是工于算计的世俗之徒，横行世间，不可一世。画面中所描绘的道人即属前一种人。山谷在此化用了《庄子》中的种种典故意象，通过其吐纳、弹琴等举止展现其形象。最后隐君子自述其身居江湖、守拙抱真以及废弃官场、乐其余生的人生态度。这样的表述未始不是山谷的夫子自道。

白山茶赋

姨母文城君①作《白山茶赋》，兴寄高远，盖以自况，类楚人之《橘颂》，感之作《后白山茶赋》。

孔子曰："岁寒，然后知松柏之后雕也②。"丽紫妖红，争春而取宠，然后知白山茶之韵胜也。此木产于临川③之崔嵬④，是为麻源第三谷⑤，仙圣所庐⑥，金堂琼榭。故是花也，禀金天⑦之正气，非木果之匹亚⑧；乃得骨于昆阆⑨，非乞灵于施夏⑩。造物之手，执丹青而无所用；析薪⑪之斤，虽睥睨⑫而幸见赦⑬。高洁皓白，清修闲暇。裴回⑭冰雪之晨，偃蹇⑮霜月之夜。彼细腰⑯之子孙，与庄生之物化⑰；方培户⑱以思温，故无得而陵跨。盖将与日月争光⑲，何苦与洛阳争价⑳？惟是当时而见尊显，处于瑶台㉑玉墀之上；是以闭藏而无闷㉒淡，然于干枫枯柳之下。江北则上徐、庾㉓，江南则数鲍、谢㉔。盖不能刻画㉕嫦娥，藩饰㉖姑射㉗。谅无地以寄言，故莫传于脍炙㉘。况乎见素抱朴㉙，难乎郢人㉚，故徐熙㉛、赵昌㉜舐笔和铅而不敢画。或谓山丹[33]之皓质，足以争长而更霸，知我如此，不几乎骂？虽琼华明后土之祠[34]，白莲秀远公之社[35]，皆声名籍甚，俗态不舍。挟脂粉之气而蕴兰麝，与君周旋其避三舍[36]。

【注释】

①姨母文城君：山谷母亲之妹，山谷之妹又嫁其子洪民师，不幸早夭，山谷为作《毁璧》。又山谷《洪氏四甥字序》称："洪氏四甥，其治经皆承祖母文城君讲授，文城贤智，能立洪氏门户，如士大夫。"可见山谷的这位姨母乃是通经善文之女性，且是一位具有权谋的强势人物。文城，一作"文成"，其名讳不详。也有人将她与山谷的另一位姨母崇德君相混淆，后者亦为李常之妹，王之才妻，擅画墨竹。周紫芝《太仓稊米集》卷六十六《书李夫人枯木墨竹后》称："徐伯远出其家所藏李夫人枯木墨竹，霜枝劲节，凛凛在人目中，自非作《白山茶赋》手，安能出此奇崛态度？"周氏显误，特表而出之。

②"岁寒"二句：语出《论语·子罕》。雕，通"凋"。

③临川：三国吴始置临川郡，宋时为抚州，治临川县（今江西临川）。

④崔嵬：土石之山。《尔雅·释山》："石戴土谓之崔嵬。"

⑤麻源第三谷：麻姑山最大的山谷，在麻姑山北，山在今江西南城县西南。谢灵运为临川内史时写有《入华子冈是麻源第三谷》诗，颜真卿有《麻姑仙坛记》。梅尧臣《送潘士方建昌》："军垒近仙山，麻源第三谷。灵运诗亦存，鲁公记可读。"

⑥仙圣所庐：仙圣，麻姑，传说中的仙女。东汉桓帝时，仙人王远（方平）降于蔡经家，召麻姑至，见葛洪《神仙传》。此谓麻姑居留之地。山顶有古坛，相传为麻姑得道处。

⑦金天：秋天，金为五行之一，于位为西，于时为秋，故称。

⑧"非木果"句：非一般的果树品种。匹亚，可以匹配的同类事物。

⑨昆阆（làng）：昆，昆仑山。阆，阆风，传为仙人居所，在昆仑山之巅。

⑩施夏：西施与夏姬。夏姬，春秋时郑穆公女，陈大夫御叔妻，与陈灵公等人私通，后又嫁连尹襄老、巫臣。施、夏二人均为惑乱朝政者。

⑪析薪：劈开树木。《诗·齐风·南山》："析薪如之何？匪斧不克。"

⑫睥睨：斜视。

⑬见赦：赦免了此树。

⑭裴回：徘徊。

⑮偃蹇：高耸。

⑯细腰：细腰蜂，又名螺蠃、蒲芦，产卵于螟蛉（桑虫）幼虫体内，吸取其养分，卵即从中孵化而出。《庄子·天运》："乌鹊孺（孵化），鱼傅沫（互相以口沫相濡而孕育），细要（腰）者化。"

⑰"与庄生"句：参与庄子所谓的"物化"。庄子将万物的变化称为物化，细腰蜂的化生即是其例。《庄子·至乐》："天无为以之清，地无为以之宁。故两无为相合，万物皆化生。"

⑱培户：昆虫把土堆在洞穴周围。《逸周书·时训》："秋分之日，雷始收声。又五日，蛰虫培户。"孔颖达注："户，穴也，以土增益穴之四畔。"

⑲与日月争光：《史记·屈原贾生列传》："推此志也，虽与日月争光可也。"

⑳与洛阳争价：洛阳，指牡丹。欧阳修《洛阳牡丹记·花品序》："牡丹，出丹州、延州，东出青州，南亦出赵州，而出洛阳者，今为天下第一。……然虽赵人亦不敢自誉，以与洛阳争高下。"

㉑瑶台：以美玉建成之台，指华美的宫观，亦指神仙居所。

㉒闭藏而无闷：《易·乾卦·文言》："龙，德而隐者

也，不易乎世，不成乎名，遁世无闷。"闭藏，即隐而不显。无闷，没有烦恼苦闷。

㉓徐、庾：徐陵和庾信。徐陵，南朝梁、陈时文人，字孝穆，东海郯（今山东郯城）人。编有诗集《玉台新咏》。庾信，梁朝文人，字子山，南阳新野（今属河南）人。曾出使西魏，被强留，又仕北周，终老于北方。二人均擅宫体诗，并称"徐庾"，所作世号"徐庾体"。

㉔鲍、谢：鲍照与谢朓。鲍照，字明远，东海（今江苏涟水）人，南朝宋文人，与谢灵运、颜延之合称"元嘉三大家"。谢朓，字玄晖，陈郡阳夏（今河南太康）人，南齐诗人，与沈约等创"永明体"。

㉕刻画：描摹、形容。

㉖藻饰：修饰，文饰。《荀子·荣辱》："今以夫先王之道、仁义之统，以相群居，以相持养，以相藻饰，以相安固耶？"

㉗姑射（yè）：女仙。《庄子·逍遥游》："藐姑射之山，有神人居焉，肌肤若冰雪，绰约若处子。"

㉘脍炙：指人之口。脍，细切的肉；炙，烤肉。均为美味，故云"脍炙人口"。此以"脍炙"歇后"人口"。

㉙见素抱朴：现其本真，守其纯朴。素，未经染色的生丝，喻纯洁的本质。朴，未经加工的原木。《老子》

十九章："见素抱朴，少私寡欲。"

㉚难乎郢人：《庄子·徐无鬼》："郢人垩慢（以石灰涂抹）其鼻端若蝇翼，使匠石斫之。匠石运斤成风，听而斫之，尽垩而鼻不伤，郢人立不失容。"此谓技艺高超之人也难以做到。

㉛徐熙：五代南唐画家，金陵人，善画花草虫鱼、蔬果禽鸟，与后蜀黄筌并称，有"黄家富贵，徐熙野逸"之说。

㉜赵昌：北宋画家，字昌之，广汉（今属四川）人，擅画花果，常于清晨对花圃写生，设色平润匀薄，被誉为"妙于傅色"。

㉝山丹：草名，四月开红花，似百合花。

㉞"虽琼华"句：琼华，即琼花，一种珍稀名贵之花。周密《齐东野语》卷十七："扬州后土祠琼花，天下无二本，绝类聚八仙（一种花名），色微黄而有香。"此琼花传为唐人所植，天下无双，欧阳修建亭花侧，名无双亭。

㉟"白莲"句：远公，东晋高僧慧远，入庐山，居东林寺，与刘遗民、宗炳等十八人结成"白莲社"，在山三十余年，被推为净土宗初祖。谢灵运服膺远公，为精凿东西二池，种植白莲。

㊱避三舍：《左传·僖公二十三年》：晋公子重耳流

亡至楚，为报答楚成王款待之恩，应允将来晋楚一旦交兵，晋"其避君三舍"。一舍为三十里。僖公二十八年晋楚城濮之战中，晋果兑现承诺，"退三舍避之，所以报也"。

【赏读】

山谷此赋是步其姨母文成君的原赋而作的。她还是山谷胞妹的婆母，在其强势压迫下，山谷妹郁悒而终，且不得其葬，山谷作《毁璧》以哀之。对于这样一位姨母，山谷却还是肯定其学识才华与权谋才智，本文即是一个例证，序中称其原作类屈原之《橘颂》，评价不可谓不高。

本文描摹的对象是白山茶，但非以刻画形似为主，而是重在展示其"韵胜"，即一种高贵的精神气质。全文组织各种典故，以拟人笔法展现其神韵，从而达到以花拟人、赞美超凡脱俗的人格品位的目的。开首即引孔子赞松柏之语以比拟白山茶，点出其不同于争春取宠的凡花的品格，颇有高屋建瓴之势。接写其生长的环境乃仙圣所居，故得造化之正气，无丹青之俗艳。"高洁"以下作正面描写，参以拟人手法，写木又似写人，人与木的形象合一难分，显其冰清玉洁的孤高之姿。然后又以对比反衬，突出其清高拔俗。其一是细腰故友借寄生他物而繁衍，只知自求温饱；其二是洛阳牡丹，适当际会而获一时之尊，跻身宫禁御庭。在它们的映衬下其是一个淡泊自守、避世无争的隐君子形象。《礼记·中庸》云："君子依乎中庸，遁世不见知而不悔，唯圣者能之。"是之谓也，"江北"以下转换视角，从入诗上画的角度来展现其品位。由于其朴实无华，故使名家高才也难以措手，以致不传于人口。最后复以三种花与之对比：明丽的山丹虽欲与之争长，也只能招骂；即使高贵似琼花、雅洁如白莲，也不免其俗态，在白山茶面前也当退避三舍。经过这样的层层铺写，一个高雅脱俗的人格形象终于脱颖而出。

宋代以文赋为盛，文章大家也多染指此体。一方面，它继承了赋体俳偶用典的传统手法，一方面又创为新体，融入散文特色，抒情状物，言志议论，自由挥洒，无所不可。如前所述，本文自始至终编织了各种典故，连类而下，让人产生丰富的联想，构造出白山茶的高洁形象。至于语言的骈散结合，句法之灵动变化，也是可圈可点的。大体而言，开头与结尾两段为散句，但散中有骈；中间则为俳偶之体，偶对律切，但对偶句中，长句与短句交错，读来跌宕生姿。可以说，本文诚为文赋中的佳构。

跛奚移文[①]

女弟阿通归李安诗[②]，为置婢，无所得，乃得跛奚。蹒跚离疏[③]，不利走趋，颖[④]出屋檐，足未达户枢[⑤]，三妪挽不来，两妪推不去[⑥]，主人不悦，厨人骂怒。黄子笑之曰[⑦]："尧牵羊，而舜鞭之，羊不得食，尧舜俱疲。百羊在谷，牧一童子，草露晞而出，草露湿而归，不亡一羊，在其指扚[⑧]。故曰：使人也，器[⑨]之。物有所不可，则亦有所宜。警夜偷者不以马，司昼漏者不以鸡[⑩]。准绳规矩，异用殊施。天倾西北，地缺东南[⑪]；尺有所不逮，寸有所覃[⑫]。子不通[⑬]之，则屦[⑭]不可运土，箅[⑮]不可当履，坐而睨之，大小俱废。子如通之，则瞽者[⑯]之耳，聋者之目，绝利一源，收功十百[⑰]。事固有精于一则尽善，遍用智则无功；有所不能，乃有所大能焉。"

呼跛奚来："前，吾为若诏[⑱]之。汝能与壮士拔距[⑲]乎？能与群狙争芧[⑳]乎？能与八骏[㉑]取路乎？能逐三窟狡兔[㉒]乎？"皆曰："不能。"曰："是固不能，闺门之内，固无所事此。今将诏若可为者。汝无状于行，当任坐作㉓。不得顽痴㉔，自令谨饬㉕。晨入庖舍㉖，涤鎗瀹釜㉗，料简蔬茹㉘，留精黜粗。脔肉㉙法欲方，脍㉚鱼法欲长，起溲如截肪㉛，煮饼深注汤，和糜勿投醯㉜，齑臼㉝晚用姜，葱渫㉞不欲焦，旋菹不欲黄㉟。饭不欲著牙，扬盆勿驻沙㊱。进火守炷，水沃沸鼎㊲，斟酌芗芼㊳，生熟必告。姨𡢃临食㊴，爬垢撩发，染指舐杓，嘬蔵怀骨㊵，事无小大，尽当关白㊶。食了涤器，三正三反，拉拭蠲洁㊷，寝匙㊸覆碗，陶瓦髹素㊹，视在谨数㊺，兄弟为行，牡牝相当㊻。日中事间，浣衣漱襦，器秽器净，谨循其初，素衣当白，染衣增色，栀郁㊼为黄，红螺蚜光㊽，挼蓝杵草㊾，茅蒐橐皂㊿，浆胰粉白(51)，无不媚好。燥湿处亭(52)，尉帖坦平(53)，来往之役，资(54)它使令。牛羊下来，唤鸡栖桀(55)，撑拒门关，闲护草窃(56)，饮饭(57)猫犬，堙塞鼠穴。凡乌攫肉，猫触鼎(58)，犬舐钥，鼠窥甑，皆汝之罪也。春蚕三卧(59)，升簇自裹(60)，七昼七夜，无得停火。纻麻藤葛，蕉任絺绤(61)，锡疏手作(62)，无有停时。紾缉偷工夫(63)，一日得半工，一缨亦有余(64)。暑时蕴蒸，扇凉蜜冰，薰艾出蚊，冰盘去蝇。果生守树，果熟守筥(65)，执弓怀弹，驱吓飞鸟。无得吮尝，日使残少，姆妪骂讥(66)，疟痢泄呕。天寒置笼(67)，衣衾毕烘，搔痒抑痛，炙手搁冻(68)。

无事倚墙，鞋履可作，堂上呕呼⑥⑨，传声代诺⑦⑩。截长续短，凫鹤皆忧⑦⑪，持勤补拙，与巧者侔⑦⑫。凡前之为，汝能之不？"跛奚对曰："我缺于足，犹全于手。如前之为，虽劳何咎⑦⑬？"黄子曰："若是，则不既有用矣乎！"皆应曰："然。"无不意满。

【注释】

①跛奚：跛腿的奴婢。移文：即檄文，此谓晓谕之文。

②女弟：妹妹。归：出嫁。李安诗：名摅，山谷母舅李常（公择）长子。

③离疏：指形体残缺不全。《庄子·人间世》中有畸形之人名支离疏，意为支离残缺。

④颡（sǎng）：额头。

⑤户枢：门户的转轴，此代指门。

⑥"三妪（yù）"二句：《晋书·邓攸传》：为吴郡守，离任时百姓挽留，歌曰："邓侯拖（《太平御览》引作"挽"）不留，谢令推不去。"此用其句式。妪，妇人，犹今言老妈子。

⑦黄子：山谷自谓。

⑧"尧牵羊"数句：《列子·杨朱》："君见其牧羊者乎？百羊而群，使五尺童子，荷棰（鞭子）而随之，

欲东而东，欲西而西。使尧牵一羊，舜荷棰而随之，则不能前矣。"此化用其意，谓当量才而用人。晞，干。指捄，指挥。

⑨器：才能、本领。此用为动词，即用其才。

⑩司：负责，管理。昼漏：白天的计时器。漏，漏壶，古计时器。

⑪"天倾"二句：《淮南子·天文训》："昔者共工与颛顼争为帝，努而触不周之山，天柱折，地维绝。天倾西北，故日月星辰移焉；地不满东南，故水源尘埃归焉。"

⑫"尺有"二句：《楚辞·卜居》："夫尺有所短，寸有所长。"不逮，不及。覃（tán），长。

⑬通：通晓，通达。此谓不拘泥，能因事制宜。

⑭屦（jù）：麻葛等制成的单底鞋，此泛指鞋。

⑮篑（kuì）：盛土竹器。

⑯瞽（gǔ）者：盲人。

⑰"绝利"二句：《阴符经》："瞽者善听，聋者善视。绝利一源，用师十倍。"利，指耳目之利，即其敏锐度，能力。此谓盲人失明，其听力可收十百之功。聋人同理。

⑱诏：告，教训，晓谕。

⑲拔距：古代一种习武活动。《汉书·甘延寿传》"投石拔距"注："拔距者，有人连坐相把据地，距以为坚而能拔取之，皆言其有手掔之力。"

⑳群狙争芋（xù）：事见《庄子·齐物论》。狙，猕猴。芋，栎树，也指栎实。此指狙公（养猴人）分发给猴吃的橡子。

㉑八骏：周穆王所驾八匹骏马。

㉒三窟狡兔：用《战国策·齐策》所载冯谖事。

㉓"汝无"二句：谓行走不成样子，却可做坐着之事。

㉔顽痴：愚昧，不灵活。

㉕谨饬：谨慎周到。

㉖庖舍：厨房。

㉗鎗：俗作铛（chēng），此指锅。瀹（yuè）：洗涤。釜（fǔ）：古烹饪器。

㉘料简：拣择。蔬茹：蔬菜。

㉙脔肉：将肉切成块。

㉚脍：细切。

㉛起溲：发酵。截肪：切开的脂肪。比喻发酵之面食。

㉜和糜：搅和捣碎。醯（xī）：醋。

㉝薺臼：在石臼中捣碎（葱、姜等物）。

㉞葱渫（yì）：蒸葱。

㉟"旋菹"句：此谓趁蔬菜鲜嫩时马上做成菹（腌菜）。旋，随即。菹（zū），腌渍。

㊱"扬盆"句：倒去盆中的东西不要留下渣滓。

㊲烓（wēi）：火炉。此指灶。沃：灌注。

㊳斟酌：调和。芗芼（xiāng mào）：调味的香草及野菜。芼，又可指芼羹，即野菜杂羹。

㊴姨：佣妇。嬾（lán）：女子。

㊵“染指”二句：染指，以手拈菜。舐（shì），舔。嘬（chuài），吞食。胾（zì），大块肉。怀，怀藏，挟带。

㊶关白：报告。

㊷拭拭：擦拭。蠲（juān）洁：清洁。

㊸寝匙：放置匙具，其状如卧，故云。

㊹陶瓦：陶器。髹（xiū）：漆，此指漆器。素：未上漆之器物。

㊺谨数：仔细点数。

㊻“兄弟”二句：兄弟，同类的器物。牡牝（pìn），雄雌，此指配对的器物。

㊼栀（zhī）郁：两种可作黄色染料的植物。

㊽砑光：即研光，以石打磨使光泽。此指用红螺磨光。

㊾挼（ruó）蓝：揉搓蓝草。杵：舂捣。

(50)茅：即茜草，可作深红色染料。橐皂：橐吾与皂荚。

(51)浆：米汤，作浆衣用，使干后平挺。胰：猪胰，此指胰子，即肥皂。

(52)处亭：安排停当。

(53)尉（yùn）帖坦平：熨烫得平坦服帖。

(54)资：凭借，依靠。

(55)"牛羊"二句：《诗·王风·君子于役》："日之夕矣，羊牛下来……鸡栖于桀。"桀，小木桩。

(56)闲：防备。草窃：草野窃盗。

(57)饮饭：用作使动，指给猪犬喂食喝水。

(58)猫触鼎：孙光宪《北梦琐言》卷七载唐卢延让诗："栗爆烧毡破，猫跳触鼎翻。"为前蜀王建所赏，卢自叹："不意得力于猫儿狗子也。"

(59)三卧：蚕经三次蚕眠，蜕三次皮，方能成熟。卧，指蚕眠。

(60)簇：供蚕作茧之具。自裹：指蚕吐丝结茧。

(61)蕉：芭蕉，纤维可织布，称蕉布。絺（chī）：细葛布。綌（xì）：粗葛布。

(62)锡：通"緆（xī）"，细布。疏：粗布。

(63)絼（mí）：即縻。缉：绩。指将纤维编织为线。

(64)"一缨"句：此谓做条带子尚有余。缨，带子。

(65)筥（jǔ）：圆形竹筐。

(66)姆：保姆。妪：老妇。

(67)笼：熏笼，作熏香、取暖、烘干等用。

(68)挼（ruó）冻：揉搓冻僵的部分。挼，两手相揉摩。

⑥嘂（jiào）：大声呼叫。

⑦传声：向人传达堂上之命。代诺：替人应答。

⑦"截长"二句：《庄子·骈拇》："是故凫胫虽短，续之则忧；鹤胫虽长，断之则悲。故性长非所断，性短非所续，无所去忧也。"意谓当顺其天性。

⑦侪：同类，相等。

⑦虽劳何咎：犹任劳任怨。咎，怨恨。

【赏读】

　　此文的作年已难确考。据山谷诗，李撝（安诗）早在元丰之前就已辞世。秦观《李公择行状》称李撝曾任扬州江都县尉，而山谷在嘉祐四年至治平四年间（1059～1067）曾从李公择于淮南，扬州为淮南东路治所，则本文或作于此时。

　　本文堪称一篇奇文。"移文"本是古代官府的一种文书，旨在晓谕对方。作者借用这一形式，通过对一位跛脚女婢的训话，表达了某种人生哲理，谐谑夸诞，妙趣横生。

　　从体裁而言，本文其实是用赋体写成的一篇移文。按赋的通例，开头往往有一段序文，交代写作缘起或相关的背景资料。本文第一段就类似一篇赋的序，由跛奚的腿脚不利，受人诟病，生发出一段关于人生的议论，其要旨在于说明人和物一样，各有其长处与不足，若能用其所长，且专精于此，则可大有所能。以下一大段文字则可视为赋的正文。它运用赋体主客对话的传统形式，将跛奚的职责加以一一铺陈，从饮食洗涮、照看禽畜、喂养猫狗到养蚕绩麻、驱鸟护果、消暑祛寒，事无巨细，都要承担，而且还要见缝插针，完成额外任务。最后以凫鹤之喻说明当因任自然，循性而行，如此则残缺之人亦可成有用之才，回应了序文揭示的主题。说到底，这是庄子哲学的形象化表述。此段文字充分发挥了赋善于铺叙的文体特点，将奴婢的辛苦劳作描述得淋漓尽致，其中不无夸饰的成分，目的主要是为了展示残缺之人也可大有作为的主题，亦即庄子无用即有大用的思想。但是它也反映了主人对奴婢的压迫之甚，作者对此津津乐道，且以训诫口吻责其完成任务，这种态度并不可取。

早在南宋，洪迈就指出此文"拟王子渊（褒）《僮约》，皆极文章之妙"（《容斋续笔》卷十五）。钱锺书先生也持此论，称其"琢词警炼"（《管锥编》第三册二十六论王褒《僮约》）。《僮约》是西汉王褒的一篇诙谐赋，是以赋体写成的一篇契约文书，将对家奴便了的要求尽数叙于赋中。山谷此文显然采用了《僮约》的构思。但其游戏笔墨的背后蕴含了人生哲理，更耐人寻味。其语言也很有特色。如序为散体，但散中具整练，适当穿插对偶句；正文以四字句为主，但又参以若干三言、五言、七言句，问答之间还有一些参差不齐的口语句式，配合着排比与对偶句的运用。如此则使文章于整齐中有变化和流动的韵致。四言句节奏紧促，加上韵脚变化频繁，颇能传达历数事项的口吻。文中罗列众多物象和动作，用词变化多端，且有意使用一些古字，以造成古朴拗硬的风味。凡此都体现了赋的特有情调。

解　疑

　　或议涪翁御奴婢不用鞭挞，能慈而不能威，涪翁笑曰："奴婢贱人，不过为恶而诈善，慢令①而诈恭。当其见效在前，虽我亦不能不怒；退自省不肖②之状在予躬③者甚多，方且自鞭其后，又何暇舍己之沐猴④而治人之沐猴哉？"

　　或曰："孔子曰：'小惩而大戒，小人之福⑤。'然则非欤？"涪翁曰："然，有是言也。不曰'不教而诛谓之虐，不戒视成谓之暴，慢令致期谓之贼'乎⑥？今之用鞭挞者，有能离此三过者乎？昔陶渊明为彭泽令⑦，遣一力助其子之耕耘，告之曰：'此亦人子也，善遇之⑧。'此所谓临人而有父母之心者也。夫临人而无父母之心，是岂人也哉，是岂人也哉！"

【注释】

　　①慢令：轻慢上司的命令。

　　②不肖：不像样，不正派。

③躬：自身。

④沐猴：猕猴，带贬义。《史记·项羽本纪》："说者曰：'人言楚人沐猴而冠耳。'"以此讽刺项羽。

⑤"孔子曰"等句：《易·系辞下》："小惩而大戒，此小人之福也。"《系辞》引此作"子曰"，故称"孔子曰"，谓在小事情上受到惩罚，在大的方面就可有所警诫。

⑥"不曰"等句：《论语·尧曰》："子张曰：'何谓四恶？'子曰：'不教而杀谓之虐，不戒视成谓之暴，慢令致期谓之贼，犹之与人也，出纳之吝谓之有司。'"视成，要求成功。致期，限期完成。

⑦陶渊明为彭泽令：陶渊明，字元亮，一说名潜，东晋诗人，曾为彭泽县令。

⑧"遣一力"等句：萧统《陶渊明传》："以为彭泽令，不以家累自随，送一力（仆役）给其子，书曰：'汝旦夕之费，自给为难，令遣此力，助汝薪水之劳。此亦人子也，可善遇之。'"

【赏读】

本文的中心题旨是阐释儒家的"恕"道。有人以山谷对奴婢不用鞭挞而质之，山谷答以自身多有不肖之状，首先当自我检省，而不应单纯去苛责他人。问者进一步引孔子之言，以申惩戒小人之必要，山谷答曰，今之施行鞭挞者多有虐、暴、贼之过，言外之意是自身尚有缺陷，有何资格去责罚他人？山谷所言贯串了儒家的恕道，取譬可谓精当。

　　"恕"是儒家道德修养的核心概念之一，其内涵是从自己的内心体验出发来推度他人之所感所想，以决定自己的行为实践，质言之就是推己及人，将心比心。"恕"又和"忠"连言，称"忠恕"，《论语·里仁》甚至称"夫子之道忠恕而已矣"。忠是从积极的方面而言的，是有所为；恕则反之，谓有所不为。诚如朱熹所释："尽己之谓忠，推己之谓恕。"山谷从自身的不足推及他人，从而以宽恕之道待人，从另一个角度而言就是"己所不欲，勿施于人"，孔子将此归结为"恕"，是"一言而可以终身行之者"（《论语·卫灵公》）。此后的儒家非常重视忠恕之道，念兹在兹，身体力行，如《中庸》谓："忠恕违道不远。施诸己而不愿，亦勿施于人。"儒家一贯强调责己为先，如董仲舒《春秋繁露》所云"求诸己谓之厚，求诸人谓之薄；自责以备谓之明，责人以备谓之惑"。

　　在儒家的伦理体系中，忠恕又归于更高的范畴"仁"，如《论语·颜渊》载仲弓问"仁"，孔子答曰"己所不欲，勿施于人"；又《雍也》："夫仁者，己欲立而立人，己欲达而达人。"山谷在最后引陶渊明的例子，实即揭示出上述的待人之恕道本质上就是"仁"道，即以对待人的态度来待人，一言以蔽之，"仁者爱人"（《孟子·离娄下》），或曰"仁者，人也"（《中庸》）。如此，则将"恕"上升到了"仁"的高度。

以文体而言，此文的体制也是渊源有自的。全文以主客对话贯串始终，这种写法可追溯至古赋的设论体，它假设主客问答，以铺叙人情物理。最早运用此体者当推宋玉的《对楚王问》。汉代文人承此绪余，踵事增华，发展出一种气雄体大的设论文体，《昭明文选》卷四五专列《设论》一类，收有东方朔《答客难》、扬雄《解嘲》、班固《答宾戏》等名篇。其实这种体裁并不限于"设论"一类，汉大赋中也常用主客对话的形式。本文在采用设问体的同时，并未沿袭汉赋的藻饰铺排，而是更多地融入了古文的散体成分。此外，征引史实典故也是这类文章的特色，本文也体现了"援古以征今"这一文体特征。

顺便一提，《黄庭坚的散文艺术》第六篇中提到本文"乃针对旧作《跋吴移文》，'因人有疑而解释之'"，不知何据。细检此二文，看不出其间的联系，应属臆断。

论　书

　　士大夫学荆公书，但为横风疾雨之势，至于不著绳尺而有魏晋间风气，不复仿佛；学子瞻书，但卧笔取妍，至于老大精神，可与颜、杨[①]方驾[②]，则未之见也。余书姿媚而乏老气，自不足学，学者则萎弱不能立笔。虽然，笔墨各系其人工拙，要须其韵胜耳。病在此处，笔墨虽工，终不近也。又，学书端正，则窘于法度；侧笔取妍，往往工左病右。正书如右军《霜寒表》、大令《乞解台职状》、张长史[③]《郎官厅壁记》[④]，皆不为法度病其风神。至于行书，则王氏父子随肥瘠皆有佳处，不复可置议论。近世惟颜鲁公、杨少师特为绝伦，甚妙于用笔，不好处亦妩媚，大抵更无一点一画俗气。比来士大夫惟荆公有古人气质而不端正，然笔间甚遒。温公[⑤]正书不甚善，而隶法极端劲，似其为人。林和靖[⑥]诗句自然沉深，其字画尤工，遗墨尚当宝藏，何况笔法如此。笔意殊类李西台[⑦]，而清劲处尤妙。

【注释】

①颜、杨：颜真卿与杨凝式。《宣和书谱》称杨"笔迹独为雄强，与颜真卿行书相上下，自是当时翰墨中豪杰"，故颜、杨并称。杨凝式仕于唐及五代，官至太子太保，故世称"杨少师"。

②方驾：并驾齐驱。

③张长史：唐代书法家张旭，字伯高，吴郡人，官金吾长史，故称。尤善狂草，有"草圣"之誉，往往酒后狂书，人称"张颠"。

④《郎官厅壁记》：张旭书法代表作品，《郎官石记》正书碑刻，开元二十九年（741）立于长安，原石久佚，传世皆重刻本，笔势精劲，法度森严，兼有雍容娴雅之度。是为张旭存世之唯一楷书作品，又称《郎官石柱记》）。此称"厅壁记"可能为山谷误记。

⑤温公：司马光卒后赠太师、温国公，故称。

⑥林和靖：北宋诗人林逋（967～1029），隐居杭州西湖孤山，卒谥"和靖先生"，故称。

⑦李西台：北宋书法家李建中，曾任西京留司御史台，故称。

【赏读】

此篇《论书》集中表述了山谷的书法美学观点，其核心即是"韵"。本文从文人学子习王安石与苏轼书法谈起，说习书者徒得二人的形貌笔法而缺乏一种精神气质，文中称之为"魏晋间风气""老大精神"，概言之则为"韵"。书法的工与拙因人而异，但"要须其韵胜"方有品位，否则的话，笔墨再工也难为佳作。韵是山谷书法美学的核心观点，居其书论之首，不仅鉴赏书法当观其韵，创作时更要能传韵。韵属于超乎技法的风格论范畴，若从反面予以界定，则是"不俗"，如他评"东坡简札，字形温润，无一点俗气。今世能书者数家，虽规模古人，自有长处，至于天然自工，笔圆而韵胜"，则有所欠缺。（《题东坡字后》）要之，韵就是一种高雅的神韵气度、脱俗的风格品位，落实到具体的风格类型上，山谷崇尚的是魏晋人书法中体现出的那种萧散简远的风神。《题绛本法帖》云："两晋士大夫类能书，笔法皆成就，右军父子拔其荒萃耳。观魏晋间人论事，皆语少而意密，大都犹有古人风泽，略可想见。论人物要是韵胜为尤难得，蓄书者能以韵观之，当得仿佛。"山谷在此将人物的韵胜与书法之韵直接挂钩，可见其持论的内涵。为此他特重二王的书法传统。其门人范温在《潜溪诗眼》中称"书之韵，二王独尊……夫惟曲尽法度，而妙在法度之外，其韵自远"，就揭出了韵的实质。

　　宋代书家中以韵胜者，山谷举出了王安石与苏轼。

山谷对东坡评价之高自在情理之中，而他对安石书法的评价每为人所忽略，其实在他眼中，安石是可与东坡比肩的大家，犹如杨凝式之于颜真卿。《题王荆公书后》云："王荆公书字得古人法，出于杨虚白。"又《跋王荆公书陶隐居墓中文》："斯文既高妙，而王荆公书法奇古，似晋宋间人笔墨。"他还将安石与苏舜元（才翁）、苏舜钦（子美）兄弟相提并论，《答王云子飞》云："诚有意书字，当远法王氏父子，近法颜杨，乃能超俗出群，正使未能造微入妙，已自不为俗书，如苏才翁兄弟、王荆公是也。"也就是说，安石之书达到了韵胜或不俗的境界。鉴于山谷在政治立场上与安石相左的背景，山谷的这种评价确实反映出他公正持平的客观态度，不因政见的歧异而有所偏执。

论作字

晁美叔①尝背议予书唯有韵耳，至于右军波戈②点画，一笔无也。有附予者传若言于陈留③，予笑之曰："若美叔书即与右军合者？优孟抵掌谈说，乃是孙叔敖耶④？"往尝有丘敬和⑤者，摹放右军书，笔意亦润泽，但为绳墨所缚，不得左右，予尝赠之诗，中有句云："字身藏颖⑥秀劲清，问谁学之果《兰亭》⑦。大字无过《瘗鹤铭》⑧，晚有石崖颂中兴⑨。小字莫作痴冻蝇⑩，《乐毅论》胜《遗教经》，随人作计终后人，自成一家始逼真。"不知美叔尝闻此论乎？南昌黄鲁直题。

【注释】

①晁美叔：晁端彦（1035～1095），字美叔，晁仲衍子，嘉祐二年（1057）进士。通判雄州，提点淮南东路刑狱，徙两浙路，历知并州、亳州。元祐元年为贺辽国正旦使，五年为江淮荆浙等路发运使，以秘书监知陕州卒。

②波戈：书法的两种笔法。波，指捺的折波。戈，指"乀"的笔法。

③陈留：开封府属县，在今开封东南。

④"优孟"二句：《史记·滑稽列传》载：楚相孙叔敖死后，其子穷困，优孟"即为孙叔敖衣冠，抵掌谈语。岁余，像孙叔敖，楚王及左右不能别也。庄王置酒，优孟前为寿，庄王大惊，以为孙叔敖复生也"。优孟乘机讽谏楚王，遂使孙叔敖之子受封以奉其祀。后世遂以优孟衣冠称善于模仿之举。

⑤丘敬和：丘楫。元丰三年（1080）山谷赴吉州太和任，途经舒州，时舅父李常为提点淮南西路刑狱，十一月二十一日与友人同上灊峰，同行者中有"华阳丘楫"。山谷有《以右军书数种赠丘十四》诗云："字身藏颖秀劲清，问谁学之果《兰亭》。我昔颇复喜墨卿（书法之拟人化，见扬雄《长杨赋序》），银钩虿尾烂箱簏，赠君铺案黏曲屏。小字莫作痴冻蝇，《乐毅论》胜《遗教经》。大字无过《瘗鹤铭》，官奴作草欺伯英。随人作计终后人，自成一家始逼真。"以下山谷所引与原诗有出入，盖记忆所及，不免有缺文或颠倒。

⑥藏颖：即藏锋。颖，即笔锋。唐张彦远《法书要录》三徐浩《论书》："用笔之势，特须藏锋，锋若不藏，字则有病。"

⑦《兰亭》：指王羲之的《兰亭序帖》。东晋永和九年三月三日，王羲之等四十一人会于会稽山阴之兰亭，修禊赋诗，羲之为之作序，以蚕茧纸、鼠须笔书，凡二十八行，三百二十四字。真迹已随唐太宗葬于昭陵，传世皆摹本。

⑧《瘗鹤铭》：润州（镇江）焦山西麓之摩崖石刻，题"华阳真逸撰，上皇山樵书"。宋时字已残缺，其原文亦有不同之本。宋刘昌诗《芦浦笔记》卷六录有二种铭文，第二种题"上皇山樵人逸少书"，故世传此铭出王羲之手笔，山谷亦以为右军书，如《书〈遗教经〉后》："瘗鹤铭大字右军书，其胜处乃不可名貌。"欧阳修《集古录》疑为顾况书，黄伯思《东观余论》以为陶弘景（456～536）书，持此论者较多。山谷书法受此铭影响实大，乃由隶变真之重要书迹。

⑨"晚有"句：指摩崖石刻《大唐中兴颂》，"在祁阳（属永州）浯溪石崖上，元结文，颜真卿书，大历六年刻，俗谓之磨崖碑"（《舆地纪胜》卷五十六）。山谷南贬途中于崇宁三年三月初六，泊舟浯溪，与当地僧俗人士来游，作七言古诗《书磨崖碑后》。

⑩痴冻蝇：唐张鷟《朝野佥载》卷四：张元一评王方庆为"王十月被冻蝇"，或问其故，答曰："被冻蝇顽怯。"此借喻字体僵化不活。韩愈《送侯参谋赴河中幕》：

"痴如遇寒蝇。"

【赏读】

　　文中提到"陈留"，可断定此文作于绍圣元年岁末居于陈留时。山谷因修史获罪，被命于开封境内听候质询，绍圣元年由长兄陪同于十一月到陈留，居于净土院，直至次年正月赴贬所。本文即作于此时。

　　山谷在书论中既主张学习古人法度，又强调自主创新，本文即体现了这一在对立中求统一的艺术辩证法观点。晁美叔曾讥评山谷书法不遵王右军的点画笔法，"唯有韵"正是指其书法一味追求萧散简远的风神而欠缺法度。山谷则回应道：死守右军笔法，只是优孟衣冠，徒有其形貌而无自己的独特风韵，只有既用古法又不拘古法，才能形神兼备。丘敬和学右军书仅得其貌，为其笔法所缚，不能挥洒自如，其病与晁氏相仿，故山谷赠诗相告。此诗曾被他多次引用，足见其对这一观点的重视。诗的前六句说的都是向古法学习，这是他多年习书的经验总结。《兰亭》被公认为书法之典范，山谷也备极推崇，成为学古的首选。但他又指出："《兰亭》虽是真行书之宗，然不必一笔一画以为准，譬如周公、孔子不能无小过，过而不害其聪明睿圣，所以为圣人。不善学者，即圣人之过而学之，故蔽于一曲，今世学《兰亭》者多此也。"(《又跋〈兰亭〉》)所论与此文论旨相类，可以参观。《瘗鹤铭》被山谷推为大字之首，断为右军书，"如欧、薛、颜、柳数公书，最为端劲，然才得《瘗鹤铭》仿佛尔"（《书〈遗教经〉后》），他又评《遗教经》"在楷法中小不及《乐毅论》尔，清劲方重，盖度越萧子云数等"（同上）。山谷书虽转益多师，但此四家最是其渊源所自，故反复致意。诗的最后两句点明了力求创新之意，这才是他的命意所在。

苏轼称赞山谷草书前无古人，自出新意："张融有言：'不恨臣无二王法，恨二王无臣法。'吾于黔安（指山谷）亦云，他日黔安当捧腹轩渠也。"（《跋山谷草书》）苏轼又说："（霍）去病穿城蹋踘，此正不学古兵法之过也。学即不足，不学亦不可。"（《跋莹鲁直草书》）后两句正是对这一辩证书论的绝好概括。苏黄在这一方面的观点可谓深相契合。

山谷不仅以此教人，而且也在评书中贯彻了这一辩证书学观。如其评颜真卿书："体制百变，无不可人，真行草书隶皆得右军父子笔势。"（《题颜鲁公〈麻姑坛记〉》）"颜鲁公书，虽自成一家，然曲折求之，皆合右军父子笔法。"（《跋洪驹父诸家书》）颜鲁公作为一代书学师表，其成就正在于达到了学古与创新相统一的境界。

书萍乡县^①厅壁

　　庭坚杭荆江^②，略洞庭，涉修水^③，径七十二渡，出万载、宜春，来省伯氏元明于萍乡。初元明自陈留^④出尉氏^⑤、许昌，渡汉沔^⑥，略江陵^⑦，上夔峡^⑧，过一百八盘^⑨，涉四十八渡^⑩，送余安置于摩围山^⑪之下。淹留数月，不忍别，士大夫共慰勉之乃肯行，掩泪握手，为万里无相见期之别。蛮中九年，白头来归，而相见于此，访旧抚^⑫新，悲喜兼怀，其情有不胜言者矣！

　　余之入宜春之境，闻士大夫之论，以谓元明尽心尽力，视民有父母之心，然其民嚚讼^⑬，异于它邦，病在慈仁大过，不用威猛耳。至则问元明，元明叹曰："天子使宰百里，固欲安乐之，岂使操三尺法而与子弟仇敌哉？昔汉宣帝患北海多盗贼，起龚遂为太守，及入见，见其老而悔之，遂进而问曰：'北海之盗，陛下将胜之耶？将安之耶？'然然宣帝喜见于色曰：'张官置吏，固欲安之也^⑭。'余尝许遂以为天下长者也。夫猛则玉石俱焚，宽则公私皆废，吾不宽不猛，唯其是而已矣。故榜[15]吾所居轩曰'唯是'而自警。"庭坚曰："夫猛而不害善良，宽而不长奸宄[16]，虽两汉循良[17]不过如此。萍乡邑里之间，鸱枭[18]且为凤凰，稂莠[19]皆化为嘉谷矣。"因书之屏间，以慰别后怀思。

庭坚之来以崇宁元年四月乙酉，而去以是月之己亥。

【注释】

①萍乡县：北宋时属江南西路袁州，今属江西。

②杭荆江：杭，通"航"。荆江，长江自湖北枝城至湖南城陵矶一段的别称，长约 430 公里，河道曲折，北为江汉平原，南为洞庭湖平原。

③修水：又称修河、修江，传统认为发源于赣西北的幕阜山，在永修注入鄱阳湖。

④陈留：宋时属开封府，又曾为京畿路治所。

⑤尉氏：今属河南。

⑥汉沔：即汉水（江）。汉江发源于秦岭南麓，流经沔县（今陕西勉县），故称。汉水上游为沔水，故汉沔连称。

⑦江陵：宋时为荆湖北路治所，今属湖北。

⑧夔峡：即瞿塘峡，因其地为古夔子国，唐置夔州，

治奉节县，宋属夔州路。

⑨一百八盘：三峡中的一处盘山道路。陆游《入蜀记》卷六《巫山县》："隔江南陵山，极高大，有路如线，盘屈至绝顶，谓之一百八盘。"

⑩四十八渡：明曹学佺《蜀中名胜记·黔江县》："四十八渡水在治西二十里，发源栅山，溪水折流四十八湾，夹于两岸之间。"一说在夔州治西七里。

⑪摩围山：在彭水县，山下有开元寺，寺有摩围阁，山谷寓居于此。

⑫抚：思，念及。杜甫《自京赴奉先县咏怀五百字》："抚迹犹酸辛。"又《羌村》："抚事煎百虑。"

⑬嚚（yín）讼：顽劣奸诈而好打官司。

⑭"昔汉宣帝"数句：事见《汉书·龚遂传》。

⑮榜：设置匾额。

⑯奸宄（guǐ）：犯法作乱。

⑰循良：即循吏，奉职守法之官吏。《史记》首创《循吏列传》，《汉书》《后汉书》承之。

⑱鸱（chī）枭：即鸱鸮（xiāo），猫头鹰一类的鸟。

⑲稂（láng）莠：两种有害于禾苗的杂草。

【赏读】

山谷与其兄大临（元明）手足情深，传为兄弟情谊的佳话。山谷两次贬谪，元明皆陪同远赴贬所，留下了诗、词、文作品，以纪其行，让我们后世的人仍能从中感受到他们同命运、共患难的骨肉之情，在当今之世是弥足珍贵了。

自蜀中放归之后，庭坚于崇宁元年初，发荆州，经岳、鄂而返乡，四月初一（乙酉）到萍乡探望元明，逗留半月而别，时元明知萍乡县。别后山谷前往江州与其家会合，途中过新喻（今江西新余），作《新喻道中寄元明用觞字韵》诗，尾联云："一百八盘携手上，至今犹梦绕羊肠。"正是本文中所忆及的他们兄弟入川的经历。

首段追忆当初元明陪伴山谷远赴黔中的历程。绍圣元年，山谷因修史获罪，元明即陪同他前往开封陈留，听候审查，十二月贬谪命下，二年正月始赴贬所，元明一路相伴，途中不乏翻山越岭的艰辛之旅，山谷有《竹枝词》二首述其旅况："撑崖拄谷蝮蛇愁，入箐攀天猿掉头。鬼门关外莫言远，五十三驿是皇州。""浮云一百八盘萦，落日四十八渡明。鬼门关外莫言远，四海一家皆弟兄。"四月到黔州，六月方依依作别，山谷有《和答元明黔南赠别》诗："万里相看忘逆旅，三声清泪落离觞。朝云往日攀天梦，夜雨何时对榻凉？急雪脊令相并影，惊风鸣雁不成行。归舟天际常回首，从此频书慰断肠。"这首诗将兄弟间的骨肉至情表达得淋漓尽致。此后"觞"

字韵也就成为他们兄弟间唱和的一个专用韵脚了。这些诗词正可用来印证"其情有不胜言者"。

　　如果说首段是关乎兄弟私谊的话，那么以下一段文字则记述了元明为官一方的政绩和施政理念。全段由士大夫之论及兄弟间的对话构成。先述地方人士对元明理政的反应，谓其"慈仁大过"。接下来通过元明之口表述了他的理念，他以汉代循吏龚遂为榜样，践行了儒家的仁政理想，主张宽猛相济，唯是而从。最后以庭坚的赞语作结。元明所述其实也是庭坚本人秉持的政治理念。关于这一思想可以参见本书所录其《阆州整暇堂记》。

写真自赞（三则）

一

余往岁登山临水[①]，未尝不讽咏王摩诘辋川别业之篇[②]，想见其人，如与并世。故元丰间作"能诗王右辖"之句[③]，以嘉素写寄舒城李伯时[④]，求作右丞像。此时与伯时未相识，而伯时所作摩诘偶似不肖，但多髯尔。今观秦少章[⑤]所畜画像甚类而瘦，岂山泽之儒故应臞[⑥]哉？少章因请余自赞。赞曰：

饮不过一瓢，食不过一箪[⑦]，田夫亦不改其乐，而夫子不谓之能贤，何也？颜渊当首出万物，而奉以四海九州[⑧]，而享之若是，故曰："人不堪其忧。"若余之于山泽，鱼在深藻，鹿得丰草，伊其野性则然[⑨]，盖非抱沈陆[⑩]之屈，怀迷邦之宝[⑪]，既不能诗成无色之画，画出无声之诗[⑫]，又白首而不闻道，则奚取于似摩诘为？若乃登山临水，喜见清扬[⑬]，岂以优孟为孙叔敖[⑭]，虎贲似蔡中郎者耶[⑮]？

二

或问鲁直："似不似汝？"似与不似，是何等语！前乎鲁直，若甲若乙，不可胜纪；后乎鲁直，若甲若乙，不可胜纪。此一时也，则鲁直而已矣。一以我为牛，予因以渡河而彻源底；一以我为马，予因以日千里[16]。计鲁直之在万化，何翅太仓之一稊米[17]，吏能不如赵张三王[18]，文章不如司马班扬[19]。顾顾[20]以富贵鸩毒[21]，而鸩毒不能入其城府，投之以世故豺虎而豺虎无所措其爪角[22]，则于数子有一日之长[23]。

三

似僧有发，似俗无尘。作梦中梦，见身外身。

【注释】

①登山临水：《楚辞·九辩》："登山临水兮送将归。"

②"未尝"句：唐代诗人王维，字摩诘，曾官尚书右丞，故称王右丞，尚书右丞别称右辖，故又称王右辖。辋川，源出秦岭，北入霸水，因诸水汇合如车辋辐辏，故名。王维晚年在辋口（今陕西蓝田西南）得宋之问

"蓝田别墅"，改建为"辋川别业"，隐居其中，与裴迪等啸咏流连，并画为《辋川图》。其唱和编为《辋川集》，收录二人所作咏二十景之五绝，一景一诗，共四十首。

③"故元丰"句：元丰六年山谷《摩诘画》诗，有句云："丹青王右辖，诗句妙九州。"

④李伯时：画家李公麟。

⑤秦少章：秦观之弟觏，字少章。

⑥臒：通"癯"，清瘦。

⑦"饮不过"二句：《论语·雍也》：孔子赞颜回："贤哉回也！一箪食，一瓢饮，在陋巷，人不堪其忧，回也不改其乐。"《庄子·逍遥游》："鹪鹩巢于深林，不过一枝；偃鼠饮河，不过满腹。"

⑧"颜渊"二句：颜回字子渊，故称。《易·乾》："首出庶物，万国咸宁。"孔颖达疏："圣人为君，在众物之上，最尊高于物，以头首出于众物之上。"此言颜回本治国之才，当出人头地，受天下人供奉。

⑨"鹿得"二句：嵇康《与山巨源绝交书》："此犹禽鹿……愈思长林而志在丰草也。"顾况《游子吟》："鹿鸣志丰草。"伊，语助词，即"乃"。

⑩沈陆：即陆沉，无水而沉。此喻人才埋没。

⑪怀迷邦之宝：《论语·阳货》："怀其宝而迷其邦，

可谓仁乎?"意谓身怀才德却不出仕,致使邦国迷乱。

⑫"既不能"二句:无色画谓诗,无声诗谓画。

⑬清扬:清指目,扬指眉,引申为容貌风采。《诗·郑风·野有蔓草》:"有美一人,清扬婉兮。"

⑭"岂以"句:孙叔敖事见《论作字》注④。

⑮"虎贲"句:东汉蔡邕,官至中郎将,故称蔡中郎。虎贲,勇士之称,汉有虎贲中郎将,主宿卫。

⑯"一以我为牛"四句:化用《庄子》意。《庄子·应帝王》:"泰氏其卧徐徐,其觉于于。一以己为马,一以己为牛。"又《天道》:"老子曰:'夫巧知神圣之,吾自以为脱焉。昔者子呼我牛也,而谓之牛;呼我马也,而谓之马。'"又《大宗师》:"浸假(假如)而化予之左臂以为鸡,予因以求时夜(报晓);浸假而化予之右臂以为弹,予因以求鸮炙(烤鸮肉);浸假而化予之尻(屁股)以为轮,以神为马,予因以乘之,岂更驾哉!"此兼用之。

⑰"计鲁直"二句:《庄子·秋水》:"计中国之在海内,不似稊米之在大(太)仓乎?号物之数谓之万,人处一焉。"翘,通"啻",仅,止。稊米,小的米粒。

⑱赵张三王:汉代的几名贤能的官吏。《汉书·王吉传》:"京兆有赵广汉、张敞、王尊、王章,至骏(王吉之子),皆有能名,故京师称曰:'前有赵张,后有

三王。'"

⑲司马班扬：司马相如，班固，扬雄，皆为汉代能文之士。

⑳颀颀：身长或崇高貌，但用在此处义不明。

㉑富贵鸩毒：富贵犹如毒药。《左传·闵公元年》："宴安鸩毒，不可怀也。"鸩，一种毒鸟，其羽浸酒，可毒杀人，亦指这类毒酒。

㉒"投之"句：《诗·小雅·巷伯》："投畀豺虎，豺虎不食。"此言抛入险恶的世俗人生。《论语·子路》："刑罚不中，则民无所措手足。"此借用其语，言凶恶者也无从加害。

㉓"则于"句：《世说新语·品藻》：庞统谓顾劭曰："陶冶世俗，与时浮沉，吾不如子；论五霸之余策，览倚仗之要害，吾似有一日之长。"又《贞观政要·任贤》：王珪曰："至于激浊扬清，嫉恶好善，臣于数子，亦有一日之长。"此兼用之。

【赏读】

这三篇自赞是山谷为自己的画像所作的题词，表达了他的人生态度。

第一篇表达了他放情山水的人生志趣，自嘲中透出超脱放旷。先以颜回作对比。山谷在此活用了《论语》

中的典故。孔子赞赏颜回的原意是，一般人忍受不了颜回那样的俭朴生活，而颜回却能甘之如饴。但到了山谷的笔下却变成了一般人也能乐此却不能称贤，独颜回为孔子所赞赏，乃是因为颜回本为治国之材，应受天下供奉，一般人理应抱怨"不堪其忧"，但颜回却乐而对之，故获夫子之赞。这样的解读显然偏离了《论语》的原意，但通过这样的曲解，山谷树立起颜回作为"国士"的形象，以与自己的"凡庸"作为对比。因而文章接下来就渲染自己天然自放的"野性"，无怀才不遇之怨，既不能诗，又未闻道，何以能与王维相提并论？在此山谷以"无色画""无声诗"状诗与画，实关联王维的故实。山谷在元祐间曾作过一诗《题阳关图》，云："断肠声里无形影，画出无声亦断肠。"前句谓诗有声无形，后句指画有形无声。诗乃为李伯时所画《阳关图》而题，由画又自然关涉到王维，因所画乃王维《渭城曲》中送别的场景。宋代谈艺者多论及诗画之异体同貌，其例甚多，如苏轼《韩干马》："少陵翰墨无形画，韩干丹青不语诗。"张舜民《跋百之诗画》："诗是无形画，画是有形诗。"又苏轼有《和文与可洋川园池三十首·溪光亭》，施元之注："诗人以画为无声诗，诗为有声画。"（《施注苏诗》）南宋孙绍远还收录唐以来题画诗为《声画集》。凡此均见出宋人对诗画同质的共识。山谷于此以诗画并提勾连王维，用笔堪称细密贴切。文章最后归到自己放逸旷达的秉性上，以优孟、虎贲自喻，委婉地表达自己无王维之类的国士之实，徒有其貌而已。诙谐中流露出自嘲、自谦，读来耐人寻味。

第二篇表达了他随缘任运的人生态度，其源主要出于庄子思想。按庄子所论，万物只是道在运行过程中所呈现的暂时性形式，物千变万化，而道却是恒定的，庄子称此为"物化"。具体的个人也仅是这变化链条上的一个环节，不过是一时间的存在，如此又何必固执于一己的得失荣辱、个体的价值意义呢？《庄子·天地》明确表述了这一思想："一之所起，有一而未形。物得以生谓之德，未形者有分，且然无间谓之命，留动而生物，物成生理谓之形。""一"即是道，道在流行中稍一"留动"即生出了物，其无间然的流动即是命，万物（包括人）唯有循命而动，一切因任自然。既如此，则为牛为马，顺其天性而行即可，秉持了这样的人生态度则无往而不可了。

第三篇仅短短四句，表达了他僧俗一贯、人生如梦的思想。自大乘佛学在中土兴盛以来，打通僧俗界限的思想日渐流行，愈益渗入士大夫的日常生活与思想行为。大乘的重要经典《维摩诘经》就抹杀出家与在家的界限，以为解脱不一定取出家的形式，甚至在家反而高于出家。

僧肇为之作注说："大士美恶齐旨，道俗一观。故终日凡夫，终日道法也。净名之有居家，即其事也。"后来的禅宗继承了这一思想，大大发挥了"出世而入世""平常心是道"的修行方式，寓修行于俗务之中。山谷此处的前两句当作如是观。在他处他也常表述此说，如"无山而隐，不褐而禅"（《赵景仁弹琴舞鹤图赞》），"在家出家，无俗可舍"（《赠刘静翁颂》），均可与此文参观。至于后二句也是发挥佛说。《金刚经》中所说偈"一切有为法，如梦幻泡影。如梦亦如电，应作如是观"，即是山谷此处所云之本。肉身已是梦幻泡影，则画像更是梦中之梦、身外之身了。宋范晞文《对床夜语》卷五云："唐僧澹交写真诗云：'图形期自见，自见却伤神。已是梦中梦，更逢身外身……'"引此以见山谷语之渊源所自。

家 戒

　　某自丱角①读书及有知识，迄今四十年，时态历观谛见②。润屋③封君④、巨姓豪右、衣冠世族，金珠满堂，不数年间复过之，特⑤见废田不耕，空囷不给⑥。又数年复见之，有缧绁⑦于公庭者，有荷担而倦于行路者，问之曰："君家曩时蕃衍盛大⑧，何贫贱如是之速耶？"有应于予曰："嗟乎！吾高祖起自忧勤，噍类⑨数口，兄叔慈惠，弟侄恭顺，为人子者告其母曰：'无以小财为争，无以小事为酬⑩，使我兄叔之和也。'为人夫者告其妻曰：'无以猜忌为心，无以有无为怀，使我弟侄之和也。'于是共厄而食，共堂而燕⑪，共库而泉⑫，共廪⑬而粟。寒而衣，其币同也；出而游，其车同也。下奉以义，上谦以仁。众母如一母，众儿如一儿。无尔我之辨，无多寡之嫌，无私贪之欲，无横费之财。仓箱共目而敛之，金帛共力而收之，故官私皆治，富贵两崇。逮其子孙蕃息，妯娌众多，内言多忌，人我意殊，礼义消衰，诗书罕闻，人面狼心，星分瓜剖，处私室则包羞⑭自食，遇识者则强曰同宗⑮，父无争子⑯而陷于不义，夫元贤妇而陷于不仁，所志者小而所失者大，至于危坐孤立，患害不相维持，此其所以速于苦也。"

某闻而泣之，家之不齐遂至如是之甚！可志此以为吾属之鉴，因为常语以劝焉。吾子其听否？昔先猷以子弟喻芝兰玉干生于阶庭者⑰，欲其质之美也。又谓之龙驹鸿鹄⑱者，欲其才之俊也。质既美矣，光耀我族；才既俊矣，荣显我家。岂宜偷取自安而忘家族之庇乎！汉有兄弟焉，将别也，庭木为之枯；将合也，庭木为之荣⑲。则人心之所叶者，神灵之所祐也。晋有叔侄焉，无间者为南阮之富，好异者为北阮之贫⑳。则人意之所和者，阴阳之所赞也。大唐之间，义族尤盛。张氏九世同居，至天子访焉，赐帛以为庆㉑。高氏七世不分，朝廷嘉之，以族间为表㉒。李氏子孙百余众，服食、器用、童仆无所异，黄巢、禄山大盗，横行天下，残灭人家，独不劫李氏，云"不犯义门"也㉓。此见孝慈之盛，外侮所不能欺。

虽然，古人陈迹而已，吾子不可谓今世无其人。德安王兵部义聚百余年，至五世，诸母㉔新寡，弟侄谋析财而与之，俾营别居。诸母曰："吾之子幼，未有知识，吾所倚赖犹子㉕、伯伯、叔叔也，不愿他业，待吾子得训㉖经意如㉗礼数足矣。"其后侄子官至兵部侍郎，诸母援金冠章帔㉘，人皆曰："诸母其先知乎？有助耶？"鄂之咸宁有陈子高者，有腴田五千，其兄之田止一千，子高爱其兄之贤，愿合户而同之。人曰："以五千膏腴就贫兄，不亦卑乎！"子高曰："我一身尔，何用五千？人生饱暖之外，骨肉交欢而已。"其后兄子登第，官至太中大夫，举家受荫㉙。人始曰："子高心地吉，乃预知兄子之荣也。"

然此亦人之所易为也，吾子欲知其难者，愿悉以告。昔邓攸遭危厄之时，负其侄而逃之，度不两全，则托子于人而宁抱其侄也㉚。李充在贫困之际，昆季无资，其妻求异，遂弃其妻曰："无伤我同胞之恩㉛！"人之遭贫遇害，尚能为此，况处富盛乎！

然此予闻见之远者，恐未可以信人，又当告以耳目之尤近者。吾族居此四世矣，未闻公家之追负，私用之不给，泉粟盈储，金朱继荣，大抵礼义之所积，无分异之费也。其后妇言是听，人心不坚，无胜己之交㉜，信小人之党，骨肉不顾；酒戡㉝是从，乃至苟营自私，偷取目前之逸，恣纵口体，而忘远大之计。居湖坊者㉞，不二世而绝；居东阳㉟者，不二世而贫。其或天欤？亦人之不幸欤？吾子力道㊱闻学，执书册以见古人之遗训，观时利害，无待老夫之言矣。于古人气概风味岂特仿佛耶？愿以吾言敷㊲而告之，吾族敦睦当自吾子起。若夫子孙荣昌，世继无穷之美，则吾言非小补哉㊳，志之曰家戒。时绍圣元年八月日书。

【注释】

①丱（guàn）角：犹总角，儿童将头发束成两角的形状。

②谛见：仔细观察。

③润屋：富贵之家。《礼记·大学》："富润屋。"

④封君：有封爵名号者。

⑤特：但，只。

⑥空囷不给：粮仓空虚，不丰足。给，丰富。

⑦缧绁（léi xiè）：缚犯人的绳索。此用如动词。

⑧蕃衍盛大：人丁兴旺。

⑨噍（jiào）类：活人。噍，即嚼，能吃饭者。此指家中人口。

⑩酬：报复。

⑪"于是"二句：卮，一种圆形饮器，此指食具。燕，通"宴"，宴饮，亦作安乐解，此处兼用。

⑫泉：犹钱，音近而通。一说货币如泉水之流行。《汉书·食货志》："故货，宝于金，利于刀，流于泉。"此言在同一银库中出纳钱财。

⑬廪（lǐn）：粮仓。此言在同一仓库中贮存粮食。

⑭包羞：心怀羞耻，或承受耻辱。

⑮"遇识者"句：在外遇到相识的家人，勉强认为同宗，意谓在家则形同陌路。

⑯争子：能规谏父母的儿子。争，即诤，直言进谏。《孝经》："父有争子，则身不陷于不义。"

⑰"昔先猷"句：先猷，先贤。《世说新语·言语》："谢太傅（安）问诸子侄：'子弟亦何预人事，而正欲使其佳？'诸人莫有言者，车骑（谢玄）答曰：'譬如芝兰玉树，欲使其生于阶庭耳。'"

⑱龙驹鸿鹄：骏马与天鹅，喻才俊之士。《晋书·陆云传》："此儿若非龙驹，当是凤雏。"《世说新语·赏誉》："陆士衡、士龙鸿鹄之徘徊，悬鼓之待槌。"

⑲"汉有"五句：梁吴均《续齐谐记》："京兆田真兄弟三人，共议分财，生资皆平均，惟堂前一株紫荆树，共议欲破三片。明日就截之，其树即枯死，状如火然。真往见之，大惊，谓诸弟曰：'树本同株，闻将分斫，所以憔悴，是人不如木也。'因悲不自胜，不复解树，树应声荣茂。兄弟相感，合财宝，遂为孝门。"

⑳"晋有"三句：《世说新语·任诞》："阮仲容（咸）、步兵（阮籍）居道南，诸阮居道北，北阮皆富，南阮贫。"山谷所言与此有异。

㉑"张氏"三句：《旧唐书·孝友传》："郓州寿张人张公艺，九代同居。……贞观中特敕吏加旌表。麟德中，高宗有事泰山，路过郓州，亲幸其宅，问其义由。其人请纸笔，但书百余'忍'字，高宗为之流涕，赐以缣帛。"

㉒"高氏"三句：《新唐书·高崇文传》："其先自渤海徙幽州，七世不异居，开元中，再表其闾。"闾，乡里。表，旌表，立牌坊、赐匾额以表彰。

㉓"李氏"数句：《旧唐书·孝友传》："李知本，赵州元氏人……事亲至孝，与弟知隐甚称雍睦。子孙百余口，财物僮仆，纤毫无间。隋末，盗贼过其间而不入，因相让曰：'无犯义门。'"山谷所记稍有异。

㉔诸母：对同宗族伯叔母之通称。

㉕犹子：兄弟之子，即从子。

㉖训：教诲。

㉗如：与，和，并列连词。

㉘章帔：章服，以图文表示等级的礼服。

㉙荫：庇护。狭义的"荫"指子孙因祖上的官位或功勋而得官。

㉚"昔邓攸"四句：邓攸，晋人，事见《世说新语·德行》及刘孝标注。

㉛"李充"等句：李充，晋人，字弘度，江夏人，

少孤贫，官著作郎，撰《四部书目》，《晋书·文苑传》有传。山谷所述不知所本。

㉜无胜己之交：即《论语·学而》"无友不如己者"之反面。胜己，用《孟子·公孙丑上》："不怨胜己者。"

㉝截（zì）：大块肉。

㉞居湖坊者：指黄氏在长沙的一支。后该族黄昭官至侍御史，山谷称之为族伯父晦甫侍御，家荆南。

㉟东阳：古郡名，治长山（今浙江金华），即婺州。

㊱力道：致力于道。

㊲敷：铺陈，陈述。

㊳"则吾言"句：《孟子·尽心上》："上下与天地同流，岂曰小补之哉？"

【赏读】

本文是一篇告诫族人子弟如何维持家族兴旺不坠的文字，具体告诫对象不详，但联系山谷此年的行踪，或能发现若干蛛丝马迹。山谷时已年届五十，刚刚结束居母丧之期，正等待新的任命。此时新党复起，元祐人士面临贬黜，山谷则盘桓于家乡，八月到彭泽。据其《彭泽县题名》，"伯氏元明、舍弟天民将侄朴、桓自微径来江西"（《年谱》引），朴、桓均为元明之子，故此文有可能是对这些子侄辈的训诫。

　　此文虽方"戒"，却并非干巴巴的道德训词，而是通过生动的实例、循循善诱的话语表达其劝勉之意的。文章从一种常见的社会现象入手，即富贵之家数世之后常常沦落不振。应对者则揭出，家族的兴旺往往缘于聚族而居，家族成员间友爱互助，财富共享，和衷共济，及至子孙繁衍，就滋生出了离异之心，最终走向分崩离析。

　　山谷提出的对治之策就是维持家族聚居的向心力。他以历史上聚族而兴的例子来加以说明，所举实例，由古及今，层层推进。为了加强说服力，他还举出了舍子而救侄儿、处贫困而拒离析的极端例子，说明人处困危中尚能顾念家族，则富盛之时更应互相扶持了。如果说以上所述均为正面事例的话，那么最后揭出的则是离心离德的反面例子，且是本族现存的实在境况，殷鉴不远，有目共睹，就更具警示作用。

　　细绎此文的作法，实具古赋的规模。赋之为体往往分三个层次，开头每以主客对话为引子，然后进入正文的铺陈，本篇亦以衰败者与作者的对话导入，然后以作者铺排聚族兴旺之例为主干，最后归结为家戒的主题，即所谓"曲终奏雅"。本文也略具此种体制，只是相较于大赋的恢宏格局来，它是具体而微罢了。其语言也具有赋体的特色，散行之间以骈偶对仗及排比铺陈的句式，整饬而不失灵动，诚为一不失古意的佳作。

书幽芳亭^①

　　士之才德盖一国，则曰国士^②；女之色盖一国，则曰国色；兰之香盖一国，则曰国香^③。自古人知贵兰，不待楚之逐臣^④而后贵之也。兰盖甚似乎君子，生于深山丛薄^⑤之中，不为无人而不芳，雪霜凌厉而见杀^⑥，来岁不改其性也。是所谓遁世无闷，不见是而无闷者也^⑦。兰虽含香体洁，平居萧艾不殊^⑧，清风过之，其香霭然^⑨，在室满室，在堂满堂，是所谓含章以时发者也^⑩。

　　然兰蕙之才德不同，世罕能别之，予放浪江湖之日久，乃尽知其族姓。盖兰似君子，蕙似士，大概山林中十蕙而一兰也^⑪。《楚辞》曰："予既滋兰之九畹，又树蕙之百亩。"以是知不独今，楚人贱蕙而贵兰久矣^⑫。兰蕙丛生，初不殊也，至其发华，一干一华而香有余者兰，一干五七华而香不足者蕙^⑬。蕙虽不若兰，其视椒则远矣^⑭，世论以为国香矣，乃曰："当门不得不锄^⑮！"山林之士所以往而不返者耶？

【注释】

①幽芳亭：戎州有兰山，在僰道县界，山中生兰。山谷又有《幽芳亭记》："兰是山中香草，移来方广院中，方广老人作亭，要东行西去，涪翁名曰幽芳。"

②国士：《战国策·赵策》："知伯以国士遇臣，臣故国士报之。"又萧何曾称韩信为"国士无双"（《史记·淮阴侯列传》）。

③国香：《左传·宣公三年》：郑文公妾燕姞梦天使与己兰，曰："余，而祖也，以是为而子，以兰有国香，人服媚之如是。"

④楚之逐臣：指屈原。

⑤丛薄：草木丛生处。薄，迫，林木相迫不可入曰薄。

⑥"不为"二句：《荀子·宥坐》：孔子曰："夫芷兰生于深林，非以无人而不芳。君子之学，非为通也；为穷而不困、忧而意不衰也，知祸福终始而心不惑也。"又《孔子家语·在厄》："且芝兰生于幽林，不以无人而不芳；君子修道立德，不为穷困而改节。"见杀，遭摧残。

⑦"是所谓"二句：《易·乾·文言》："龙，德而隐者也。不易乎世，不成乎名，遁世无闷；不见是而无

闷，乐则行之，忧则违之，确乎其不可拔，潜龙也。"此谓君子避世，乐在其中，故无烦闷；即使不为世人所赞同，亦无闷也。不见是，不被赞同。

⑧"平居"句：平居，平时。萧艾，野生蒿草，味臭，喻小人。《离骚》："何昔日之芳草兮，今直为此萧艾也。"

⑨"清风"二句：陶渊明《饮酒》："幽兰生前庭，含薰待清风。清风脱然至，见别萧艾中。"

⑩"是所谓"句：《易·坤·象》："含章可贞，以时发也。"含章，含有文（纹）章，即内蕴美质。以时发，遇到适当的时机即发露于外。

⑪"然兰蕙"数句：兰，兰草，一名蕳。古所谓兰多指兰草，非今之兰花。洪兴祖《楚辞补注·离骚》："泽兰如薄荷，微香，荆湘汀岭南人家多种之，此与兰草大抵相类。但兰草生水旁。时光润尖长，有歧，阴小紫，花红白色而香，五六月盛。"蕙有二种：一种可薰除灾邪，故亦名薰草；一种即山谷所述者，名蕙兰。

⑫"予既"四句：引文出《离骚》。邵博《邵氏闻见后录》卷二十九引此数句云："兰以少故贵，蕙以多故贱，予以为非是。盖十二亩为畹，则九畹、百亩，亦相等矣。"而洪兴祖《补注》又以多为贵："畹或曰十二亩，或曰三十亩，九畹盖多于百亩矣。然则种兰多于蕙

也。此古人贵兰之意。"

⑬"至其"三句：宋·罗愿《尔雅翼·释草·兰》：
"其一干一华而香有余者兰，一干五七华而香不足者蕙。
今野人谓兰为幽兰，蕙为蕙兰。"

⑭视：比。椒：皆类茱萸，椒有木本、草本之分，
木本者俗名花椒。

⑮"当门"句：《三国志·蜀志·周群传》：先主
（刘备）欲诛张裕，"诸葛亮表请其罪，先主答曰：'芳
兰生门，不得不锄。'"兰喻才士，张裕通晓占候，天才
过人，而刘备则衔其不逊，故云。《南史·袁淑传》载淑
诗云："种兰忌当门，怀璧莫向楚。楚少别玉人，门非植
兰所。"

【赏读】

山谷在元符元年因避外兄张向之嫌而迁戎州，其地
远在川西，治所僰道即今宜宾，比黔州更为僻远。六月
抵达戎州后寓居南寺，次年初春迁至城南，赁屋而居。
本文盖写于初来戎州期间，另有姐妹篇《幽芳亭记》可
以参看。

在其笔下，兰乃是国士、君子的象征，其实也是山
谷自我人格的写照。首先，文章点明了兰的寂寞自守、
洁身自好的品格，虽杂于草木而不泯其香，虽受风霜雨

雪的摧残而不改其性，实在是遁世而无闷的隐君子形象。山谷初到戎州时，处境非常艰难，尝自题所居为"槁木庵""死灰寮"，但旋即调整了自己的心态，以随缘任运的态度来应对逆境，置生死荣辱于度外，正如他在《任运堂铭》中所云："腾腾和尚歌云：'今日任运腾腾，明日腾腾任运。'堂盖取诸此。余已身如槁木，心如死灰，但不除须发，一无能老比丘，尚不可邪？"他这样描写自己的生活："既不出谒，所与游者亦不多，山花野草，微风动摇，以此终日。衣食所资，随缘厚薄，更不劳治也。"（《与宋子茂书》）对照他的这种处世心态，兰确实是他的贴切自喻。不过山谷在此还点出，兰虽杂于众草，却赖"清风"而香气四播，故兰虽含香却须待时而发，《幽芳亭记》表述更明："兰虽有香，不遇清风不发。"山谷也许想借此婉曲地表达对人生转机的一种期待吧。

　　文章的后半部分转而述兰与蕙的异同。兰蕙形似而性异，世人往往难以分辨，山谷则点出兰似君子，蕙似士，蕙虽比不上兰，但却远胜那些杂草，仍为权势者所忌。山谷在此肯定了蕙优于恶草的优良品质，实有鼓励士人努力修养，进而成为君子的期望。山谷在贬谪地与士子的交往中，不仅倾心传授学识，而且激励他们治心养性，进德修身。这也许就是他别择兰蕙的寓意所在吧。

《论语》 断篇

《论语》一书，孔子之门人亲受圣言[①]，虽经秦事，编简断缺，然而文章条理，可疑者少。由汉以来，师承不绝[②]，比之传记[③]，最有依据，可以考六经之同异，证诸子之是非，学者所当尽心。夫趋名者于朝，趋利者于市[④]，观义理者于其会，《论语》者，义理之会也。凡学者之于孔氏，有如问仁，有如问孝、问政、问君子者众矣，所问非有更端，而所对每不一[⑤]。盖圣人之于教人，善尽其材，视其学术[⑥]之弊、性习之偏[⑦]，息黥补劓[⑧]之功深矣。古之言者，天下殊途而同归，百虑而一致[⑨]，学者傥不于领会，恐于义理终不近也。

近世学士大夫知好此书者已众，然宿学者尽心，故多自得；晚学者因人，故多不尽心[⑩]。不尽其心，故使章分句解[⑪]，晓析诂训[⑫]，不能心通性达，终无所得。荀卿曰："善学者通伦类[⑬]。"盖闻一而知一，此晚学者之病也；闻一以知二，固可以谓之善学。由此以进，智可至于闻一知十；由此以进，智可至于一以贯之[14]。一以贯之[15]，圣人之事也。由学者之门地至圣人之奥室，其途虽甚长，然亦不过事事反求诸己[16]，忠信笃实，不敢自欺，所行不敢后其所闻，所言不敢过其所行，每鞭其后，积自得之功也。

夫不仕无义也[17]。子使漆雕开仕，对："吾斯之未能信。"孔子说[18]。盖漆雕开在圣人之门，闻义虽甚高，至于反身以自诚，则未能笃信其心。未能笃信，则事至而不能无惑，以不能无惑之心适事，而欲应变曲当[19]，不可得也。此漆雕开所以不愿仕也。先王制礼，行道之人皆有三年之爱于其父母[20]，而宰予欲于期祥之中食稻衣锦，引天下至薄之行，自以为安[21]。渐渍孝弟之说不为不久，岂其无所忌惮，吐不仁之言至于如此？盖若宰予者，其先受之质薄，自其至诚内观[22]，实见三年为哀已忘，而强勉为之者，将欲加厚其质而不可得，故不敢少自隐匿，方求孔子之至言，以洗雪其邪心，以穷受薄之地，不暇恤人之议己也。岂其不仁者欲见于一时之言，而近仁者将载于终身之行？古之学者所自得于内而不恤其外，凡如此也。此所以有讲有学，有朋友切磨以相发明，非为文章可传后世，辩论可屈众人而发也，其所闻于师与自得于心者如此。方其学于师也，不敢听以耳而听之以心[23]；于其反诸身也，不敢求诸外而求之内。故乐与诸君讲学，以求养心寡过之术，士勇之不作久矣，同与诸君勉之。

【注释】

①"《论语》"二句：《汉书·艺文志》："《论语》者，孔子应答弟子、时人及弟子相与言而接闻于夫子之语也。当时弟子各有所记，夫子既卒，门人相与辑而论纂，故谓之《论语》。"

②"由汉"二句：魏·何晏《论语集解序》："刘向言鲁《论语》二十篇，皆孔子弟子记诸善言也。太子太傅夏侯胜、前将军萧望之、丞相韦贤及子玄成等传之。齐《论语》二十二篇……琅邪王卿及胶东庸生（名谭）、昌邑中尉王吉皆以教授。……鲁共王时尝欲以孔子宅为宫，坏，得古文《论语》。……安昌侯张禹本受鲁论，兼讲齐说，善者从之，号曰'张侯论'。……古论唯博士孔安国为之训解，而世不传。"此后马融、郑玄、陈群、王肃等续有传承。

③传记：对事件、人物等的记述。汉人每将《论语》视作传记，如《汉书·扬雄传赞》："传莫大于《论语》。"按：在汉代《论语》及《孝经》皆属传而非经，故未立于学官，刘歆《七略》将它们归入《六艺略》，《汉书·艺文志》因之。

④"夫趋名"二句：参见《战国策·秦策一》。

⑤"所问"二句：更端，另一件事。《礼记·曲礼》："侍坐于君子，君子问更端，则起而对。"问更端，即问及另外的话题，孔子对不同的人所问的同样的问题，每有不同的回答。

⑥学术：学问与道术。术多指具体的技艺、方法。

⑦性习之偏：《论语·阳货》："子曰：'性相近也，习相远也。'"孔子认为人的天性是近似的，后天养成的习性却相去颇远，故曰"偏"。

⑧息黥（qíng）补劓（yì）：语出《庄子·大宗师》。黥，在脸上刺刻涂墨；劓，割去鼻子：均为刑罚。此谓补救缺隐弊病。

⑨"天下"二句：参见《易·系辞下》。

⑩尽心：《孟子·尽心上》："尽其心者，知其性也。知其性，则知天矣。"此言学习经典当用心去领悟。

⑪章分句解：指章句之学，即对经书的章节文句加以解释分析。汉儒今文学派尤重此学，其弊为烦琐支离。

⑫晓析诂训：指训诂之学，即对经书的字义进行诠释，古文学派重此，如马融、郑玄遍注群经，许慎《说文解字》集文字训释之大成。但此派忽略了对义理的阐发。

⑬"善学"句：《荀子·劝学》："伦类不通，仁义

不一，不足谓善学。学也者，固学一之也。"伦类，种类。通伦类，即贯通各类事物，如此方可谓善学。

⑭"盖闻一"数句：《荀子·解蔽》："故君子一于道而赞稽物。一于道则正，以赞稽物则察。以正志行察论，则万物官矣。"赞稽，参与考察。

⑮一以贯之：语出《论语·里仁》。

⑯反求诸己：见《松菊亭记》注②。

⑰"夫不仕"句：《论语·微子》：子路于途中遇隐者，归告孔子。"子路曰：'不仕无义。长幼之节，不可废也；君臣之义，如之何其废之？'"

⑱"子使"等句：出《论语·公冶长》。孔子让漆雕开去做官，他答道："我对此还没有信心。"孔子听了很高兴。说，通"悦"。

⑲应变曲当：应对变化，委曲得宜。《荀子·儒效》："其持险应变曲当。"

⑳"先王"二句：《礼记·三年问》："三年之丧何也？……创巨者其日久，痛甚者其愈迟，三年者，称情而立文，所以为至痛极也。……凡生天地之间者，有血气之属必有知，有知之属莫不知爱其类。……故有血气之属者，莫知于人，故人于其亲也，至死不穷。"三年之丧乃是出于人情而制定的礼制，因人是血气之属中最有知觉者，无不知爱其同类，故三年丧期乃是对父母之爱

的表达。

㉑"而宰予"三句：宰予，孔子学生，字子我。《论语·阳货》：宰予以为三年之丧过长，一年已足。"子曰：'食夫稻，衣夫锦，于女（汝）安乎？'曰：'安。''女安，则为之。夫君子之居丧，食旨不甘，闻乐不乐，居处不安，故不为也。今女安，则为之。'宰我出，子曰：'予之不仁也。子生三年，然后免于父母之怀。夫三年之丧，天下之通丧也，予也有三年之爱于其父母乎？'"期（jī），一周年；祥，丧祭名，父母死后十三个月祭名小祥，二十五个月后祭名大祥。此指一年的服丧期中。

㉒至诚内观：一种内省的修养，通过省察自身而探求至诚之心。《礼记·中庸》："诚者，天之道也；诚之者，人之道也。……唯天下至诚，为能尽其性。"道家亦讲内省。《庄子·骈拇》："吾所谓聪者，非谓其闻彼也，自闻而已矣。吾所谓明者，非谓其见彼也，自见而已矣。"《抱朴子·至理》："反听而后所闻彻，内视而后见无朕。"

㉓"不敢"句：《庄子·人间世》："若一心，无听之以耳，而听之以心；无听之以心，而听之以气。听止于耳，心止于符。"

【赏读】

《论语》在中国历史上的崇高地位是毋庸置疑的，它在中国古代达到了几乎家弦户诵的程度，甚至流传出宋代赵普以半部《论语》治天下的说法（源自罗大经《鹤林玉露》乙编卷一，成于元高文秀杂剧《遇上皇》第三折）。《论语》与《孝经》本不在"经"之列，而仅属"传"，但在两汉已产生广泛的社会影响，其作用甚或超过"五经"。汉人实际上已将之视为经典，故五经皆有"纬"，而《论语》《孝经》亦有纬，《论语》遂成为"七经"之一。

　　一般似乎都将《论语》视作一部道德教科书、人生格言集，但山谷却点出《论语》是"义理之会"，是六经、诸子的衡量准则。不仅如此，它更是开启儒学心性论的创辟之作。关键在于是否"尽心"。遗憾的是，后学者"多不尽心"，不尽心则只能陷于章句训诂之学，"不能心通性达"。

　　诚然，孔子对于心性论未有具体的论述，正如子贡感叹的："夫子之文章，可得而闻也；夫子之言性与天道，不可得而闻也。"（《论语·公冶长》）但孔子已敏锐地察觉了这个问题的重要性。山谷在此举的两个例子就是孔子思想探幽索赜的证明。其一是漆雕开自认为缺乏自信，故不愿出仕。其一是宰予以为三年之丧过长，一年已足，孔子就以心安与否问宰予，宰予答曰心安，孔子就说心既安，则为之。这两个例子表明孔子将治国安邦、奉行礼仪都建基于心的自觉之上。《阳货》中孔子说:"礼云,礼云,玉帛云乎哉?乐云,乐云,钟鼓云乎哉?"此言更点明了礼乐并不只是外在的礼品、乐器之类的物质形式,而是内在的情感实质。尽管孔子对此问题只是点到为止,但他却开了儒学心性论的端绪,承此作进一步拓展的是孟子。

孟子揭示了礼的基础是人的道德属性,它存在于人的先天本性中,是为"性",它是不虑而知、不学而能的"良知""良能",体现为"不忍人之心",即仁、义、礼、智的"四端"。人的道德实践就是"求其放心","反身而诚",要之,"尽心"而已,"尽其心者知其性,知其性则知天矣。存其心,养其性,所以事天也"(《孟子·离娄上》)。由心而性,而天,构成了一个上达天道的内省修养之链,成了所谓思(孔子孙子伋,字子思)孟学派的核心内容。山谷抓住了这一核心,指出为学当以道"一以贯之",统帅各个门类,即"事事反求诸己",通过尽心以求心通性达,即合于天道。

儒学由传统的章句之学和门第礼学向心性之学的转化,是一个漫长的历史过程,其肇端在中唐的韩愈和李翱,入宋以后孟子及其心性论愈益受到重视。在儒学的主体架构下,又吸收改造了佛道的明心见性及心斋等理论,遂形成了理学这一新形态。山谷此文对《论语》的发明，在中国思想史的转型历程上有其不可忽视的重要意义，它昭示了儒学重心的转移。但是因为山谷的创见为其诗歌与书法的盛名所掩，故其贡献不为人所重视。他对周敦颐的推许，对庄禅的融摄，都是他得风气之先的表现，是与儒学的转型相联系的。我们今日读此文，当具备抉微发覆的眼光。

图书在版编目（CIP）数据

黄庭坚小品 /（宋）黄庭坚著；黄宝华注评. —郑州：中州古籍出版社，2020.12
（唐宋小品丛书 / 欧明俊主编）
ISBN 978-7-5348-9530-2

Ⅰ. ①黄… Ⅱ. ①黄… ②黄… Ⅲ. ①小品文-作品集-中国-宋代 Ⅳ. ①I264.4

中国版本图书馆 CIP 数据核字（2020）第 239609 号

黄庭坚小品

选题策划：梁瑞霞
责任编辑：侯　琼
责任校对：周　靖
装帧设计　书籍/设计/工坊　刘运来工作室

出　版　中州古籍出版社
　　　　　地址：郑州市郑东新区祥盛街 27 号 6 层
　　　　　邮编：450016
　　　　　电话：0371-65788693
印　刷　河南新华印刷集团有限公司
版　次　2020 年 12 月第 1 版
印　次　2020 年 12 月第 1 次印刷
开　本　787 毫米×1092 毫米　1/32
印　张　10.75 印张
字　数　210 千字
定　价　49.00 元